강산들

5

FUSION FANTASTIC STORY

강산들 5

김대산 퓨전 무협 소설

초판 1쇄 찍은 날 § 2007년 5월 16일
초판 1쇄 펴낸 날 § 2007년 5월 26일

지은이 § 김대산
펴낸이 § 서경석

편집장 § 문혜영
편집책임 § 유경화
편집 § 이재권 · 유혜림

펴낸곳 § 도서출판 청어람
등록번호 § 제1081-1-89호
등록일자 § 1999. 5. 31
어람번호 § 제2-1206호

주소 § 경기도 부천시 원미구 심곡1동 350-1 남성B/D 3F (우) 420-011
전화 § 032-656-4452 팩스 § 032-656-4453
http://www.chungeoram.com
E-mail § eoram99@chollian.net

ⓒ 김대산, 2007

ISBN 978-89-251-0707-3 04810
ISBN 978-89-251-0533-8 (세트)

목차

1. 옛날 방식

그들은 이제 이단계 활동에 들어가기로 했다.

조유진이 제안한 방법은 간단했다.

그리고 그 방법에 대해 김강 역시 아주 간단히 동의했다.

다만 장훈만이 볼멘소리를 했다.

"헐! 뭐야? 그러니까 지금 무슨 시라소니나 김두한 흉내라
도 내보자는 거야?"

장훈의 반응에는 걱정이 섞였으나, 반대로 절반쯤은 기대
가 녹아 있기도 했다.

조유진의 방법은 다분히 '옛날 방식' 이었다.

장훈의 볼멘소리처럼 해방 전후 시기의 건달 세계에서나 있었음직한 싸움의 형태였다.

작전이고 전략이고 필요없이 세 사람이서 PJ파와 한판 정면으로 부딪치고 보자는 것이었다.

누가 더 센지 말이다.

단적으로 말해, 세 사람이 그냥 몸으로 때우자는 주의였다.

"싫은 사람은 빠져!"

조유진의 의지는 단호해 보였다.

만약 반대하면 그 혼자서라도 실행하겠다는 듯이.

물론 조유진의 그런 배짱은 이미 김강의 동의를 받아놓았기에 부려보는 것일 수도 있었다.

어쨌든 장훈의 인상이 확 구겨졌음은 당연했다.

그러나 장훈은 감히(?) 정면으로 성질을 부리지는 못했다.

다만 혼잣말로 투덜댔을 뿐이다.

"에이 씨! 자꾸 이런 쪽으로 나가면 곤란한데……?"

그러나 장훈은 자신의 투덜거림이 조유진이나 김강에게 의미 깊게 들리는 것을 바라지는 않는 듯했다.

여동훈은 비선조직(秘線組織)의 가동에 들어갔다.

조유진 등이 PJ파에 대해 시도하겠다고 통보해 온, 다분히 고전적이며 복고적인 전략(?) 때문이었다.

그 전략이란 것이 너무도 단순하고 순진하여 무모하기까지 해 보이니, 그로서는 리스크 관리에 들어가지 않을 수 없었던 것이다.

김강이 포함된 그들 세 사람이 고심 내지는 고집(?)으로 짜낸 그 전략을 백지화할 힘과 권한이 여동훈에게는 없었던 때문이기도 했다.

비선조직은 평상시에는 없는 조직이나 일단 소집 명령이 내려지면 비로소 생겨나는 조직이다.

그래서 비선조직이다.

본래는 오십 명 정도의 규모로 기획이 되었으나, 아직까지는 그 반도 안 되는 겨우 스무 명 정도로만 채워진 조직이었다.

회사의 짧은 연혁도 연혁이지만 무엇보다도 까다로운 선발 조건 때문에 적합한 대상자들을 찾는 것이 그렇게 수월치가 않았던 때문이다.

구성원들의 무조건적인 충성심은 기본적으로 요구가 되었다.

그리고 여동훈이 단계적으로 제시해 보이는 다분히 특별하고도 독특하다고 해야 할 시대적 사명(使命)과 비전에 대해 최소한 거부감을 보이지는 않는, 사회관과 가치관을 가진 인물이어야만 했다.

평상시 그들 스무 명은 회사 내에서 각기 다른 부서에 소속되어 있었다.

그리고 그들의 실체를 아는 사람은 여동훈 외에 나머지 두 본부장들과 회장인 김강뿐이었다.

그러나 오로지 여동훈만이 아는, 또한 그 혼자만이 알아야 하는 사실도 있었다.

비선조직 스물 중의 다시 열 명은 오로지 여동훈 혼자만의 또 다른 비선조직이라는 사실.

즉, 그 속의 열 명은 (주)CHINGU의 소속이기 이전부터 그의 사람들이었다.

처음부터 이 특별한 조직을 주도해 가기 위해 의도적으로 입사를 시켰던, 그래서 나중에 오십 명의 조직이 완성되고 나면 그들 열 명이 각각 다섯 명 단위의 분임조직의 조장을 맡아 조직을 장악하도록 하려는 치밀한 사전 계산이 있었던 것이다.

그리하여 결국 비선조직은 여동훈의 명령에 의해서만 움직이는, 그의 사조직이나 마찬가지가 되는 것이었다.

"아직까지는 많이 이르다."

여동훈은 혼잣말로 중얼거렸다.

본래의 계획대로라면 아직까지는 비선조직을 움직일 때가 아니었다.

조직의 규모와 명령 체계가 아직 완성되지 않았기도 하지만, 시기 또한 아직까지 그가 계산하고 있는 만큼 무르익지 않은 것이다.

가만히 이맛살을 찌푸리며 여동훈은 다시금 나직한 독백을 뱉었다.

"그러나 움직이지 않을 수도 없는 상황이다. 때가 이르기도 전에 그들이 먼저 꺾여 버릴 수도 있는 상황이니 그런 위험을 손 놓고 보고만 있을 수는 없는 노릇이지. 뒷선에서 백업이라도 하도록 할 수밖에."

*   *   *

시내 유흥가의 한 빌딩.

노명철은 칠층에 있는 룸살롱의 영업 상황을 점검하고 내려오는 길이었다.

본격적으로 영업이 시작되는 밤 아홉 시 무렵이면 그가 매일같이 행하는 일과였다.

건물을 나서자 앞쪽 도로변에 차를 대기시켜 놓고 있던 두 명의 부하가 구십 도로 허리를 접었다.

운전기사 겸 보디가드로 데리고 다니는 애들이었다.

그 광경에 주변을 지나던 사람들의 시선이 일시 자신에게로 쏠리는 것을 느끼며 노명철은 느긋하게 어깨를 폈다.

이럴 때면 그는 늘 뿌듯하도록 기분이 좋았다.

그는 PJ파의 실질적인 넘버 쓰리였다.

물론 몇몇 고문급들이 명목상 그의 윗서열을 차지하고는 있지만, 어디까지나 고문은 고문일 뿐 실세는 아니었다.

그는 지방의 웬만한 조직을 능가하는 규모의 조직을 직할하고 있었고, 또한 제법 물이 좋다고 소문난 알짜 지역을 나와바리로 관리하고 있었으므로, 지위적으로나 경제적으로나 모두 여유가 있는 편이었다.

어느 조직의 간부급들이나 대개 그러하듯, 노명철 또한 지금의 위치에 올라오기까지는 참으로 험한 꼴들을 많이 겪어야 했었다.

그중 어떤 일들은 아직까지도 돌이켜 생각하는 것만으로도 온몸에 소름이 돋을 정도로 아찔했던 경우도 있었다.

어렸기에, 그래서 세상을 잘 몰랐기에 물불 가리지 않는 무모함으로 생각없이 해치웠던 일도 있었다.

어쨌거나 그는 자신의 능력에 대해서는 물론 자부하거니와, 운 또한 그다지 나쁜 것은 아니라고 생각했다.

이제 서른 중반으로 접어드는 비교적 젊은 나이임에도 불구하고, 조직 내에서는 벌써부터 그를 조직의 차기 보스감으로 거론하는 말들이 나오고 있는 것이다.

조직 내의 그런 분위기에 대해 노명철은 그저 느긋하게 즐기고 있는 중이었다.

물론 그의 위에는 넘버 투가 멀쩡하게 버티고 있었고, 또한 조직의 보스가 성성하게 건재하고 있었지만, 그래도 노명철은 자신이 있었다.

PJ파의 보스 문정근은 이미 오십 줄을 코앞에 바라보는 나이였다.

게다가 노명철이 보기에 문정근은 지닌 바 그릇의 크기에 대비해 이미 가질 만큼 가진 입장이었다.

몇 년 전부터 문정근이 그야말로 바람에 날리는 낙엽에도 한껏 몸을 사리고 있는 것도 바로 그런 때문일 것이었다.

그리고 넘버 투인 행동대장 오태동.

노명철 자신과 동갑인 그가 자신있게 내세우는 것은 오로지 주먹 하나뿐이었다.

사실 그의 주먹 실력은 대단하다고 인정할 만했다.

아마도 주먹 하나로만 따진다면 오태동은 조직을 넘어 전국구급에 들어가는 실력자였다.

그러나 나이 들어서까지 내세울 것이 오로지 주먹 하나밖에 없다면, 결국은 소위 말하는 '깍두기'나 '어깨' 노릇밖에 더하겠는가?

조직의 궂은일이나 하다가 끝을 봐야만 하는 신세밖에 안 되는 것이다.

부하가 차의 뒷문을 여는 것을 지켜보며 노명철은 힘주어 어깨를 쭉 폈다.

아침에 면도를 하였건만 벌써 까칠하게 돋아난 턱밑 수염이 새 와이셔츠의 빳빳한 깃에 스치면서 꽤나 기분 좋은 느낌을 만들어내고 있었다.

"뭐야?"

부하 중 한 녀석이 내뱉는 날 선 목소리에 노명철은 흠칫하고 잠깐의 상념에서 깨어났다.

언뜻 보기에도 당차 보이는 건장한 체격의 사내 하나가 곧바로 그를 향해 다가오고 있는 중이었다.

좀 전에 말로 제지를 하였던 부하가 이번에는 사내의 앞을 가로막으면서 거칠게 가슴을 떠밀었다.

"뭐냐니까, 새꺄?"

그러나 다음 순간,

"엇?"

사내가 슬쩍 비켜서며 팔을 잡아채는 바람에 부하는 놀라 헛바람을 토하면서 휘청하니 앞으로 끌려 나가고 말았다.

그와 동시에 사내의 무릎이 짧은 궤적을 그리며 부하의 복부를 파고들었다.

콱!

"윽!"

짧막하게 비명을 끊어낸 부하는 그대로 바닥으로 무너져 내렸다.

이어서 사내의 몸은 왼발을 축으로 날렵하게 호전을 일으켰다.

깨끗하게 돌려 차낸 사내의 오른발은 그때쯤 막 사내를 향해 달려오고 있던 다른 부하의 턱 어림을 정확히 후렸다.

팍!

"큭!"

두 손으로 턱을 감싸 안은 부하가 여지없이 바닥으로 나뒹굴었다.

'보통 놈이 아니다.'

어떻게 해볼 엄두도 내지 못하는 사이에 부하들 둘이 당하는 것을 보고, 노명철이 우선 떠올린 감상이자 판단은 그랬다.

하긴 지금으로서는 그것보다 더 현실적인 판단도 없을 것이었다.

그리고 노명철은 곧바로 옆으로 물러서며 사내와의 거리를 확보했다.

사내의 정체와 의도를 알 수 없는 데다 결코 범상하지 않은 실력까지 본 마당이었다.

굳이 사서 위험을 감수할 필요까지는 없었다.

여기는 어디까지나 그가 관할하는 나와바리의 한복판이었다.

넉넉잡고 몇 분간만 버틴다면 곧 그의 부하들이 달려오게 되어 있는 것이다.

"노명철!"

낯선 상대가 대뜸 자신의 이름을 불렀다는 데서 노명철은 언뜻 어떤 찜찜함과 불안감 같은 느낌을 받았다.

"뭐 하는 새끼냐?"

노명철이 사납게 물었지만 사내는 느긋하게 웃으며 말을 받았다.

"나? 내가 뭐 하는 새끼라고 말해줘도 모를 텐데? 훗! 그냥 탱크라고 알아둬!"

"탱크?"

사내는 바로 장훈이었다.

예고도 없이 장훈의 몸이 앞으로 튀어나갔다.

납작하니 바닥으로 자세를 낮춘 채 노명철의 정면을 향해 쏘아져 간 것이다.

노명철은 순간적으로 마치 한 마리의 곰이 자신에게로 덮쳐 오는 듯, 혹은 장훈이 스스로 밝힌 대로 정말로 거대한 탱크 한 대가 전속력으로 달려드는 듯한 그런 압박감을 느꼈다.

그러나 이런 상황에서 그저 당하고만 있을 만큼 순진하거나 간이 작은 노명철은 아니었다.

"새끼!"

기합처럼 욕을 내뱉으며 노명철은 상대의 숙인 머리를 노리고 빠르게 발을 차올렸다.

그러나 노명철의 그 일격은 장훈이 자신의 가슴 앞에다 'X' 자로 교차시키고 있던 우람한 두 팔에 의해 간단히 차단당해 버렸다.

터억!

그리고 바로 다음 순간,

퍼억!

노명철은 가슴에 강한 충격을 느꼈다.

장훈의 어깨가 정통으로 그의 가슴을 들이받아 버린 것이다.

가슴의 충격은 이어서 그의 머리와 온몸으로 찌르르하게 번져 갔다.

그리고 한 덩어리가 된 두 사내의 몸은 잠시 허공에 떴다가는 이내 바닥으로 처박혔다.

쿵!

결코 가볍지 않아 보이는 두 사내의 덩치가 하나가 되어 바닥으로 떨어지면서 생긴 육중한 충격은 고스란히 아래에 깔린 노명철이 감당해야만 하는 것이었다.

조금의 틈을 두고 노명철에게서 답답한 신음 소리가 흘러나오고 있었다.

"끄응!"

장훈의 밑에 깔린 채, 노명철은 지금 전신을 꼼짝도 할 수 없는 상태가 되어 있었다.

어디를 잡히고, 또 어디를 꺾인 것인지 노명철은 자신의 온몸이 마치 단단한 콘크리트 속에 갇혀 있는 것 같은 느낌을 받아야만 했다.

잠시 충격과 당황을 추스른 다음에, 노명철이 앙다문 잇새로 힘겹게 말을 뱉었다.

"새꺄! 너 지금 도대체 뭐 하자는 거냐?"

마치 말을 타는 듯 노명철의 가슴 위를 타고 앉은 자세에서 싱글거리며 장훈이 말했다.

"뭐 별건 아니고, 경고할 게 하나 있어서 말이야."

노명철은 있는 대로 인상을 그리는 것으로써 장훈의 다음 말을 기다렸다.

그러나 장훈은 조금도 급할 게 없다는 듯 느긋해 보였다.

"백영우라고 알지? 너네 PJ파에서 뒤를 봐주고 있는 그 뭐시기냐, 룸살롱 재벌? 하여간 그 인간 말이야."

"음?"

노명철이 나직하게 비음을 토해냈고, 장훈은 문득 얼굴에서 웃음기를 거두었다.

　"단도직입적으로 말하겠는데, 너희 쪽에서 뒤로 좀 빠져줬으면 좋겠어. 백영우하고 우리 사이에 풀어야 할 숙제가 좀 있거든?"

　노명철은 비로소 자신이 처한 이 황당한 상황에 대해 최소한의 납득이 된 듯했다.

　그가 꼼짝 못하고 깔려 있는 중에도 표정에다 비릿한 웃음기를 떠올리며 말을 뱉었다.

　"훗! 그러니까 지금 나하고 거래를 트자는 건더, 새끼! 그렇다면 제대로 된 순서를 밟아야지, 이따위로……."

　그러나 그 순간 장훈의 투박한 손바닥이 그대로 노명철의 면상을 후려갈겼다.

　쩌억!

　노명철의 고개가 조금 심하게 한쪽으로 홱 돌아갔다가는 다시 돌아왔는데, 그의 입과 코에서는 대번에 핏기가 비치고 있었다.

　장훈이 차가운 눈빛으로 노명철을 내려다보며 말했다.

　"너! 한 번만 더 함부로 입을 놀리면, 귀찮게 경고니 뭐니할 것도 없이 지금 바로 작살을 내버린다?"

　잠시 멍하게 풀렸던 노명철의 두 눈이 뒤늦게 본래의 빛을 되찾고 있었다. 그리고는 이어 화를 주체하지 못하겠다는 듯 찢어질 듯 부릅떠지며 활활 타올랐다.

그러나 노명철은 쉽사리 입을 열지는 못했다.

장훈은 한결 차분하게 말을 이었다.

"이쯤 했으면 말뜻을 충분히 이해했을 줄로 믿고, 오늘은 이만하도록 하지. 하지만 만약에 똑같은 일로 다음에 다시 날 만난다면, 그때는 아주 이 바닥 생활을 접도록 만들어 버릴 테니까 아무쪼록 신중히 판단하는 게 좋을 거야. 어떻게 할 거냐고? 후후! 확인해 볼 생각이 있다면 기대해도 좋아. 절대 널 실망시키지는 않을 테니까 말이야."

노명철은 일순 등줄기를 스멀거리며 기어오르는 한가닥의 공포를 느끼고 있었다.

그가 이 바닥에서 지금의 위치까지 오면서 이보다 더 험한 꼴을 겪어보지 않은 것은 아니었다.

또한 한번 당한 이상, 다음에 또다시 똑같은 일을 당하고만 있을 그도 아니었다.

그러나 지금 도저히 감당 못할 완력으로 자신을 짓누르고 있는 상대에게서는 산전수전 다 겪은 그로서도 쉽게 적응이 되지 않는 뭔가 아주 묘한 느낌이 풍겨 나오고 있었다.

상대의 그런 느낌이란 것은, 전반적인 분위기에서 아주 밑 바닥의 막가는 놈은 아니란 것을 짐작할 수 있음에도 불구하고, 한편으로 한번 한다고 한 것은 반드시 하고야 말 것 같은 집요함과 끈질김의 느낌 같은 것이랄까?

장훈이 몸을 일으키고 또 마치 아무 일도 없었던 것처럼 태연한 걸음걸이로 사라져 가는 동안, 노명철은 바닥에서 반쯤 몸을 일으킨 채 멍하니 그 뒷모습을 쳐다보고 있었다.

건물 안쪽으로부터 그의 부하들 대여섯 명이 우르르 달려 나올 때까지.

부하들 중 하나가 외치는 놀란 목소리가 노명철의 멍한 의식을 깨우고 있었다.

"형님!"

2. 그의 사춘기

"이런 병신 새끼들! 너희들 도대체 뭐 하는 새끼들이야?"

PJ파 보스 문정근은 끓어오르는 화를 참지 못하고 고래고래 고함을 지르고 있었다.

"다른 조직에 속해 있는 애들도 아니라며? 기껏 셋밖에 안 된다며? 그런데 아직까지 놈들의 그림자도 못 찾고 있어? 소문이 어떤지 알아? 우리 조직이 이미 한물가다 못해 아예 무너졌다고까지 소문이 파다하게 돌고 있어. 도대체 언제까지 이런 쪽을 팔 작정이냐?"

PJ파는 벌써 한 달여 전부터 비상이 걸려 있는 상태였다.

넘버 쓰리 노명철을 시작으로 하여 주요 중간보스급들이 잇달아서 깨지고 있었다.

그렇다고 무슨 조직 간의 대대적인 전쟁이 벌어진 것도 아니었다.

더욱 웃기지도 않은 것은, 그 일련의 테러가 단 세 놈에 의해 벌어지고 있는 일이라는 것이었다.

번개와 탱크라고 스스로를 밝히고 다니는 두 놈에다, 아무 소리 없이 그냥 한바탕 휘젓고는 조용히 사라져 버리는 또 한 놈.

생판 들어보지도 못한 놈들이 갑자기 나타나서는 지들이 무슨 뒷골목 영화의 주인공들이라도 되는 양 밤거리를 휘젓고 다니는 것이었다.

그 세 놈들은 PJ파를 그야말로 아주 난장판으로 만들어놓고 있는 중이었다.

지난 한 달여 동안 놈들은 그래도 서울바닥에서 제법 야물다는 소리를 듣고 있던 PJ파의 주요 주먹들을 잇따라 주저앉혀 버렸다.

말 그대로 두 주먹만으로 말이다.

정작으로 기가 찰 노릇은, 놈들에게 조직의 핵심들이 판판이 깨져 나가고 있는데도, 아직까지 놈들의 윤곽조차 제대로 잡지 못하고 있다는 점이었다.

그것도 놈들이 매번 PJ파의 영역 안에서만 놀고 있는데도 말이다.

PJ파라고 왜 그동안 당하고만 있었겠는가.

왜 온갖 방법을 다 동원해 보지 않았겠는가.

그래도 서울의 한다 하는 조직들 중에서도 손가락 안에 꼽히는 PJ파가 아닌가.

그런데 이 세 놈들은 그야말로 무슨 홍길동이나 되는 것 같았다.

신출귀몰했다는 그 홍길동 말이다.

놈들은 번번이 자신들을 잡으려는 노림수들을 정말로 용하게도 비켜 나갔다.

그리고 꼭 전혀 생각지도 못했던 상황과 장소들만 골라 나타나서는 일을 저지르고 있었다.

"미꾸라지 같은 새끼들! 내 손에 걸리기만 하면 그냥 확 명줄을 끊어놓는 건데……."

넘버 투 오태동이 슬쩍 노명철 쪽을 흘깃거리면서 중얼거렸다.

단순 무식하다는 평을 받는 성격대로, 오태동에게서는 와중에도 노명철을 은근히 뭉개자는 수작이 엿보였다.

노명철은 쓴웃음을 삼키고 말았다.

은근히 자신을 밟자는 오태동의 노골적인 수작이 엿보이

기도 했지만, 어쨌거나 이 황당한 사건에 가장 먼저 당한 것은 바로 자신인 것이다.

사실 노명철로서도 사태가 이런 지경으로까지 진전이 될 줄은 미처 상상하지 못했던 일이었다.

이토록 빨리, 그리고 이토록 위협적으로 말이다.

노명철이 조심스레 입을 열었다.

"아직 정확하게 알아본 것은 아니지만, 혹시……."

문정근이 신경질적으로 말끝을 챘다.

"혹시 뭐야?"

그러나 노명철은 신중한 기색으로 잠시간의 뜸을 들인 다음에야 다시 말을 이었다.

"놈들이 매번 남기는 요구가 모두 다 백영우와의 관계를 끊으라는 것인 걸 봐서는… 우선은 어떤 식으로든 서설 쪽이 관련된 장난이 아닌가 하는 생각을 해보지 않을 수 없습니다."

"서설? 그 윤소영인가 뭔가 하는 계집애가 하는 가게 말이야?"

"예! 그쪽에서 경호업체를 끌어들였지 않습니까?"

"그래서?"

그렇게 묻고 나서 문정근은 대뜸 확 인상을 그렸다.

"그러니까 뭐야? 그 경호업체 쪽에서 지금 우리한테 이런 어이없는 수작을 부리고 있기라도 하다는 거야?"

그러나 노명철의 대답은 차분했다.

"알아보고 있는 중이니까 곧 무슨 결과가 나올 겁니다. 다만 상식적으로 생각을 해보더라도, 경호업체 차원에서 이런 무모한 짓을 벌였을 가능성은 거의 없습니다. 혹시 놈들 중에 경호업체에 소속된 놈이 있을 가능성도 배제할 수는 없지만, 설사 그렇다고 해도 아마 경호업체와는 별개로 움직이고 있는 걸 겁니다."

"그건 또 뭔 소리야? 빙빙 돌리지 말고 쉽게 좀 말해봐!"

"어쩌면 서설의 그 여사장이 막바지에 몰리다가 악에 받쳐서, 경호업체와는 별개로 개별적으로 경호원을 고용한 것일 수도 있긴 한데……."

말끝을 흐리는 노명철을 잠시 바라보고 있던 문정근이 이내 골치 아프다는 듯이 고개를 저었다.

"야야! 뭐가 그리 복잡해? 하여간 명철이 넌 그쪽으로 빨리 좀 알아보도록 하고, 다른 사람들도 어떻게들 좀 움직여 보란 말이야. 다들 앉아서 짱구만 굴리지 말고 말이야!"

괜히 열을 낸 문정근이 이어서 오태동에게로 화살을 돌렸다.

"오태동이! 너도 어깨에 힘만 주고 앉아 있지 말고, 어떻게 좀 해봐라. 사업장 주변으로 애들도 좀 더 풀고, 그리고 기왕에 팔 쪽은 다 팔았는데, 필요하면 다른 쪽에 협조도 좀 청해 보고 말이야?"

며칠 후.
노명철은 직계의 부하로부터 보고를 받고 있었다.
"형님! 방금 애들이 얼굴을 확인했는데, 세 놈 중 한 놈은 일전에 윤소영이를 따라다녔던 경호원들 중 한 놈인 게 거의 확실하다고 합니다."
"그래?"
노명철의 입꼬리로 한가닥의 의미심장한 미소가 스쳤다.
그는 지난 일주일여 동안 몇 명의 부하들로 하여금 잠복근무를 시켜왔었는데, 지금에야 원하던 결과를 얻었던 것이다.
사실 신출귀몰하는 그자들의 다음 목표를, 대강의 범위를 두고 예측해 보는 것은 그다지 어려운 일이 아니었다.
다만 대강 그럴 줄을 알면서도 PJ파가 매번 속수무책으로 당하고만 있는 것은, 마치 모든 사정을 훤히 꿰뚫고 있다는 듯이 PJ파의 사전 대비를 교묘하게 빠져나가는 그자들의 영악함 때문이었다.
노명철이 주목한 것은 그자들과 윤소영 간에 분명 어떤 연결 고리가 있을 것이라는 점이었다.
그리고 윤소영이 무슨 재주를 부렸다면, 우선은 그녀를 직접 경호했던 경호원들을 통했을 공산이 컸다.

그런 전제하에 노명철은 전에 서설에서 윤소영의 경호원들과 직접 접촉을 해보았던 부하들을 예상되는 목표물 주변에다 잠복을 시킨 것이었다.

노명철의 머리가 간만에 빠르게 돌아가고 있었다.

'과연 그렇단 말이지? 후후! 그렇다면 굳이 놈들의 뒤를 쫓아다닐 필요는 없는 일이지. 놈들로 하여금 제 발로 오도록 만들면 될 일이니까.'

*   *   *

뻐꾹!

뻐꾸기 울음소리와 함께 조유진의 휴대폰에는 세 줄의 문자가 날아와 있었다.

빌 수 있을까요? 지금 바로요. 제 오피스텔에서.

순간 조유진의 얼굴빛이 멈칫하고 흔들렸다.

"뭐냐?"

장훈이 슬쩍 관심을 보이며 넌지시 물었다.

"응? 아무것도 아냐."

조유진은 괜히 인상까지 그려가며 휴대폰의 폴더를 닫아 버렸다.

"얼래?"

장훈의 표정이 금방 묘하게 변했다.

조유진의 반응에서 뭔가 흥미거리를 발견했다는 듯한 모습이었다.

대개 무던한 모습이고, 또 실제로도 털털한 성격이지만 유독 재미나 흥미거리를 찾는 데는 민감한 장훈이었다.

특히 지금처럼 한가함이 지나쳐 심심함에 빠져 있는 중이라면, 그는 마치 먹잇감의 냄새를 맡은 하이에나와 같은 모습이 되곤 하는 것이었다.

"야? 누구야? 뭔데 그래?"

이미 조유진의 주머니 속으로 들어가 버린 휴대폰을 투시라도 하는 듯 사뭇 예리한 눈길을 번뜩거리며 장훈이 조유진에게로 다가섰다.

그에 대해 조유진은 다분히 신경질적인 반응이었다.

"아무것도 아니라니까?"

그러나 장훈의 얼굴에는 오히려 갑작스러운 활기가 돌았다.

"얼래? 얼굴 빨개지는 것 좀 보소? 너 혹시 우리 몰래 앤이라도 키우고 있냐?"

물론 장훈은 괜히 찔러보는 소리였다.

조유진에게 숨겨놓은 애인 같은 존재가 있을 리 없을 것이라는 사실은 장훈 자신이 누구보다도 확신하고(?) 있는 사실이었다.

나아가 만약 조유진이 평생 독신으로 산다는 것에 내기를 건다면 가장 먼저 돈을 걸 사람 또한 장훈이었다.

그런데 평소 같았으면 그런 장훈의 심술에 대해 그냥 무표정으로 뭉개고 말았을 조유진인데, 지금 그는 사뭇 당황한 기색으로 얼굴로 손을 가져가는 것이었다.

그것은 마치 정말로 자신의 얼굴이 빨갛게 달아올랐는지를 무의식중에 확인하기라도 하는 듯한 모습이었다.

그리고 이윽고 조유진은 발끈하기까지 했다.

"너 자꾸 쓸데없는 소리 할래?"

그러면서 주먹을 움켜쥐는 조유진의 서슬에 장훈이 얼른 목을 움츠리며 풀쩍 한 걸음 뒤로 물러섰다.

그러나 그의 입담마저 움츠린 것은 아니었다.

"아이구! 무서버라. 잘하면 한 대 치겠다? 근데 너 그러니까 좀 귀엽다는 거 아냐? 크크크크!"

한쪽 옆에서는 간만에 벌어지는 두 사람의 토닥거림을 즐긴다는 듯이 김강이 싱긋 웃는 모습으로 있었다.

조유진은 정말로 화가 났다는 듯이 벌떡 자리를 털고 일어났다.

"나 좀 나간다."

조유진의 목소리며 모양새는 사뭇 쌀쌀맞았다.

장훈이 짐짓 말리는 체를 했다.

"야야! 그런다고 또 팩 토라져서 나가 버리면 어떡하냐? 앤도 없는 놈이 특별히 갈 데가 있는 것도 아닐 텐데, 웬만하면 성질 죽이고 그냥 있어라. 괜히 나갔다가 쌍쌍이 다니는 커플들 보면 괜히 성질만 더 나지?"

그러나 조유진은 대꾸도 없이 이미 문을 나서고 있는 중이었다.

장훈이 이번에는 김강을 향해 어깨를 으쓱해 보였다.

마치 '쟤 진짜 왜 저래?' 하고 묻는 것처럼.

김강은 내내 싱긋이 웃고만 있었다.

조유진은 자신이 그 순간 왜 그렇게 당황스러의했는지에 대해서 스스로도 명확히 이유를 제시할 수 없는 심정이었다.

다만 한 가지 분명한 것은, 그의 당황스러움은 문자를 보낸 사람이 바로 그녀였기 때문이라는 사실이었다.

그는 본래부터 무심한 사람이었다.

남에게 좀체 관심이나 정을 주지 않는 그런 무심함 말이다.

또한 그런 이상으로 남에게 관심이나 정을 받는 것도 싫었다.

여자에 대해서도 마찬가지였다.

특히 '남성'에 대비되는 '여성'으로서의 여자에 대해서는 차라리 무신경한 사람이었다.

그런 점들에 대해서는 누구보다도 조유진 자신이 가장 분명하게 알고, 또 인정하고 있는 사실이었다.

그러나 언제부터인가 조유진은 가끔씩 한 여자에 대해서 아주 낯설고도 어색한 감정을 느끼곤 하는 자신을 발견할 때가 문득문득 있었다.

바로 그녀, 윤소영이라는 여자에 대해서였다.

그것은 뭐랄까?

괜한 유치함 같은 것이랄까?

아니면 부끄러움 같은 것이랄까?

어쨌든 조유진에게는 너무나 낯설고 어색하여 사뭇 불편하게만 느껴지는 그런 감정이었다.

그러나 그것은 마치 어떤 병(病)과도 같이, 그도 모르는 사이에 그의 내부에서 조금씩 조금씩 그 증세가 자라나고 있는 중이었다.

얼마 전부터 그는 차라리 무심해지기로 했다.

차라리?

아니, 무심함이야말로 그에게는 본래부터 가장 익숙하고 손쉬운 감정의 처리 방법이었다.

그러니 '차라리' 라고까지 할 것은 없는 일이었다.

솔직히 말하자면 그가 자신의 어색하고 불편한 감정에 대해 미리 방어막을 친 것쯤이 될 것이었다.

더욱이 얼마 전부터는 그녀와 특별히 얼굴을 대할 일도 없게 되었으니, 그는 마침내 그녀로부터 비롯되는 틀편함으로부터 벗어났다고 생각을 했었다.

그리고 일시 불편함을 느꼈던 자신의 마음에 대해서도, 다만 어떤 알지 못할 이유에 의해서 생겼던 일시적인 현상일 뿐이라고 대강의 단정을 지어놓았었다.

이를테면 그녀와 그의 어떤 성격적인 특성의 차이에서 돌출적으로 발생한, 일종의 부작용 같은 정도라고 치부해 버리기로 한 것이다.

그런데 그런 것이 아닌 모양이었다.

그녀의 번호가 뜨고, 그 아래로 찍힌 단 세 줄에 불과한 문자 메시지 때문에 그가 그토록이나 당황하고 말았던 것을 보면 말이다.

하긴 그가 만약 그녀로 인한 부작용으로부터 완전히 벗어나 있었다면, 어떻게 그 번호가 바로 그녀의 번호라는 것을 단박에 알아볼 수 있었을까?

등록을 시켜놓은 것도 아니고, 더욱이 굳이 외운 적은 없었던 그 번호를.

한편 생각하면 정말 웃기는 일이었다.

아니, 너무 웃겨서 차라리 웃기지도 않는 일이었다.

만약에 그가 그녀에게 약간의 관심을 가졌다고 친다면……

만약에… 정말로 만약에, 그것이 사실이라면…….

그러니까 그는 지금 나이 서른에 소위 말하는 사춘기 같은 것을 겪고 있는 셈이 되는 것인가?

흔히 첫사랑이라고 말하는 그 간지러운 과정을 겪고 있다는 말인가?

더더욱 웃기지도 않는 것은 그가 그것을 인정한다면, 그나마도 그것이 기껏 짝사랑이 되어버린다는 점이었다.

사실이 그렇지 않은가.

그녀와 그는 단지 고객과 경호원으로 관계를 맺었을 뿐이었다.

그것도 아주 잠시 동안에 불과했었다.

그리고 그가 그녀에게 관심을 가졌던 것이 사실이고 아니고 하는 것과는 별개로, 그동안에 언제 한번이라도 막상 그녀 쪽에서 그에게 제대로 관심을 보인 적이 있었던가.

만약에 그녀가 그에게 관심을 보인 적이 있었다면, 혹은 그가 그렇게 느낀 적이 있었다고 친다면…….

그것은 그녀가 경호를 받는 입장에서 다만 필요에 의해 약간의 관심을 표명해 준 정도가 다였을 것이다.

자신을 경호하는 경호원에 대해 보일 수 있는 최스한의 관심 같은 것.

계약 기간이 끝나고 나면 더 이상 그럴 필요가 없게 되는 그런 종류의 관심 같은 것 말이다.

'그때 바로 말했어야 했다.'

그렇게 뒤늦은 후회가 들기도 했다.

'그녀가 나를 보자고 한 것은 당연히 경호에 관련된 문제 때문일 텐데, 그렇다면 그녀에게 바로 전화를 걸어 양해를 구하고, 지금 그녀의 경호를 맡고 있는 팀에게 연결을 시켜주면 그만일 일이었다.'

그러나 후회라면, 이미 때늦은 후회일 뿐이었다.

문자를 받았을 때, 그때 바로 그렇게 했었어야만 하는 것이었다.

그때 바보처럼 당황하지 말았어야 했고, 당연하고도 자연스럽게, 그리고 합당한 조치를 취했어야만 하는 것이었다.

'내가 왜 그랬을까?'

조유진은 다시금 가슴이 답답해짐을 느꼈다.

'왜 그때 나는 순간적으로 그녀가 어떤 업무적인 일이 아닌, 개인적인 일로 나를 보자고 하는 걸로 착각을 하게 된 것일까? 그처럼 유치하기 짝이 없는 착각을……?'

문득 다시금 불규칙하게 뛰노는 심장의 박동을 느끼면서, 조유진은 가만히 고개를 흔들었다.

역시 그녀는 그를 불편하게 만드는 존재임에 분명했다.

*　　　　*　　　　*

차 뒷좌석에서 느긋하게 등을 기대고 앉아 있던 노명철은 문득 긴장하는 기색이 되었다.

차창 밖으로 저 앞쪽에 막 주차를 하고 있는 한 대의 차를 보았기 때문이다.

그때 운전석에 앉아 있던 부하가 역시 긴장이 역력한 목소리로 말했다.

"형님! 바로 저 새낍니다."

차에서 내린 늘씬한 체구의 사내가 주위를 경계하는 기색도 없이 곧바로 오피스텔 건물의 입구로 들어서고 있었다.

그제야 노명철은 느긋한 표정으로 고개를 끄덕였다.

모든 일이 순조롭게 흘러가고 있었다. 그가 의도한 대로.

윤소영은 이미 잡혀 있었다.

윤소영을 잡고 나서, 그녀의 경호원이었던 바로 그놈을 불러들인다는 계획이었다.

일단은 문자를 보내 놈을 유인해 보고, 운 좋게 놈이 별 의

심 없이 응하면 멀리 갈 것도 없이, 바로 이 오피스텔에서 일을 치르기로 했다.

그리고 만약에 놈이 약간이라도 의심하는 기색을 보인다든지, 혹은 문자를 보낸 뒤 일정 시간 내에 오피스텔로 오지 않는다면, 그때는 윤소영을 다른 장소로 옮겨서 다시 방법을 강구해 볼 참이었다.

그런데 생각했던 것보다도 쉽게 놈은 순순히 모습을 나타낸 것이다.

지금 윤소영의 오피스텔에는 오태동과 그의 직속 부하들 예닐곱 명이 들어가 있는 중이었다.

그리고 만약을 대비해 사십여 명의 추가 인원이 아래위 층의 복도와 계단 등에 분산하여 잠복을 하고 있었다

혹시 운이 정말로 좋다면(?), 세 놈을 한꺼번에 볼 수도 있을 것이라 기대하고 취해놓은 조치였다.

'과연 그간 놈들이 벌여놓은 짓들이 정말 대단하긴 대단했던 모양이군.'

조금은 쓰게 웃으며 노명철은 문득 그런 생각을 떠올렸다.

그랬기에 단 세 놈을 상대하기 위해, 서울의 미이저 조직 중 하나인 PJ파의 주력들 대부분이 지금 이곳에 죄다 집결해 있는 것이 아니겠는가.

물론(?) 노명철 자신의 직계들은 거기에서 예외였다.

그의 직계는 그가 생각하고 있는 또 다른 계획을 위해 온전히 보존해 놓아야 할 필요가 있었으므로.

"일타일피로 만족할 수는 없지. 후후후! 적어도 일타삼피는 되어야 고스톱을 칠 맛이 나는 거 아니겠어?"

노명철의 혼잣말에 운전석에 있던 부하가 영문도 모르면서 넙죽 대답을 내놓고 있었다.

"맞습니다, 형님!"

노명철은 느긋하게 전화기를 꺼냈다.

"거기가 친구라는 경호업쳅니까? …책임자급과 통화 좀 할 수 있을까요? 좀 급한 일입니다. …귀사 직원의 안위와 관련된 긴급 제보 건입니다만."

팔층.

엘리베이터에서 내리면서 조유진은 약간의 이상한 느낌을 받았다.

왠지 모르게 등 쪽이 서늘해지면서 한줄기 긴장이 스치고 지나가는 것 같은 느낌이랄까?

평상시였다면 한번 정도 주변을 살피기라도 했을 테지만, 조유진은 그냥 희미하게 쓴웃음을 짓고 말았다.

사실 그가 지금 어느 정도 긴장을 하고 있다는 것에 대해 스스로도 부정을 할 수 없었기 때문이다.

아니, 솔직히는 조금 들떠 있는 상태였다.

그런 어색한 긴장, 혹은 들뜸을 풀기 위해 조유진은 가볍게 목과 허리를 한번씩 비틀고 돌렸다.

이어 조금 빠른 걸음으로 윤소영의 호실이 있는 쪽을 향해 걸어갔다.

인터폰을 눌렀으나, 집 안에서는 아무런 대답이나 기척이 없었다.

잠시 기다렸다가 한 번을 더 눌렀어도 역시 마찬가지였다.

조유진이 조금은 계면쩍어지기도 하고, 또 혹시나 해서 도어를 슬쩍 돌려 밀었더니 뜻밖에도 스르르 하고 둔이 열리는 것이었다.

조유진은 자신의 가슴 박동이 이유없이 빨라지고 있다는 데 대해 약간의 당황스러움을 느끼고 말았다.

윤소영은 그가 올 것을 기다려 아예 문을 열어놓았던 것인가?

한편으로는 조유진은 윤소영에 대해 책(責)을 잡는 마음으로 되었다.

'혼자 사는 여자가 너무 조심성이 없군.'

어쨌든 집 안으로 들어서서 조유진이 가장 먼저 한 것은 현관문을 단속하는 일이었다.

그것은 윤소영에게 말로는 하지 못해도 행동으로 보여주

는 일종의 주의 조치 같은 것이었다.

거실에도 윤소영이 보이지 않는다는 데 대해서 조유진은 다시 한 번 당황하고 있었다.

바로 그때였다.

쏴아아!

현관에서 정면 안쪽으로 보이는 공간의 조금 열린 문틈 사이로 새어 나오고 있는 그 소리는 바로 물소리였다.

윤소영은 아마도 샤워를 하고 있는 모양이었다.

조유진은 괜히 불쾌해졌다.

외간 남자를 오라고 해놓고 하필 그때에 맞춰 샤워라니?

그가 생각해 오던, 그리고 얼마간은 기대하고 있었던 윤소영의 이미지와는 상당히 다르고, 또한 다분히 실망스럽다는 심정일 것이었다.

아니, 사실은 이러한 순간에는 당연히 불쾌하고 실망스러운 심정이 되어야만 한다는 생각을 그가 지금 하고 있는 것일 뿐인지도 몰랐다.

혹은, 차라리 설레고 있는 스스로의 마음에 대한 변명일까?

이제는 아주 벌떡거린다고 해야 할 가슴의 박동이야말로, 조유진의 지금 심정이 어떠한지를 보다 정확히 말해주는 것이 아닐까?

　조유진은 소파로 가서 얌전히 자리를 잡고 앉았다.

　그녀가 샤워를 끝낼 때까지 기다리기 위해서.

　그리고 제멋대로 두근거리고 있는 가슴을 진정시키기 위해서.

3. 이 느려 터진 자식아!

쾅!

문을 박차는 소리였다.

그 소리와 함께 조유진의 가슴 박동은 순간적으로 더할 수 없이 격렬한 피치를 이루어냈다.

현관 쪽에 붙어 있던 방의 문을 박차며 튀어나온 것은 네 명의 사내였다.

조유진이 미처 상황 판단을 내리지 못하고 있는 동안 사내들은 곧바로 현관 쪽을 봉쇄했다.

하나같이 육중하다 해야 할 정도의 느낌을 주는 거구의 덩치들이 일렬로 버티고 서자, 현관에는 새로이 하나의 두터운 벽이 생긴 것 같았다.

그리고 그때쯤에 조유진의 격렬하게 팽창했던 가슴의 격동은 급격히 식어들며 이내 차가워지는 과정을 겪고 있었다.

이윽고 조유진의 눈빛마저도 차갑게 식었다.

'잘못됐다!'

이 순간에는 그것 외에 '무슨?' 혹은 '왜?'라는 따위의 의혹들은 필요치 않았다.

다만 윤소영에게 문제가 생겼다는 분명한 결론만이 중요했다.

그 결론이 조유진을 곧바로 본래의 그다운 모습으로 돌아가도록 만든 것이었다.

조유진은 그대로 소파에 앉은 채 움직이지 않았다.

오직 그의 눈만이 빠르게 사방을 살피고 있었다.

상대는 이미 준비가 된 상태에서 그를 기다리고 있던 중이었고, 그는 전혀 대비가 안 되어 있는 상태에서 당하는 입장이었다.

움직이기 전에 눈에 보이는 것만이라도 최대한의 정황들을 파악해야만 했다.

무엇보다도 중요한 것은 윤소영이 어디에 어떤 상태로 있는지에 대해 짐작이라도 해야 한다는 것이었다.

본격적으로 움직이는 것은 최소한 그런 것들이 파악되고 난 뒤라야 했다.

"너희들 뭐냐?"

시야가 닿는 구석까지를 모두 다 일별하고 난 다음에야 조유진은 차분한 목소리로 현관을 봉쇄한 사내들에게 물었다.

그러나 사내들은 긴장과 사나움으로 이글거리는 눈빛만 번뜩이고 있을 뿐이었다.

대신에 잠깐의 시차를 두고 거실 건너편 왼쪽 방의 문이 느릿하게 열렸다.

그리고 그 안으로부터 또 다른 일단의 사내들이 걸어나왔다.

'오태동?'

앞에 선 사내를 보자마자 조유진은 속으로 중얼거렸다.

마치 하나의 바윗덩어리를 보는 것처럼 육중함과 단단한 느낌이 확 끼쳐 오는 사내.

PJ파의 행동대장.

주먹 실력만으로는 PJ파를 넘어 전국구로 쳐도 서열권 내에 든다는 사내.

사내는 바로 조유진 등이 목표물로 잡고 있는 PJ파의 대상자 중에서도 핵심대상자에 속하는 오태동이었다.

이전에 몇 차례 사진으로 얼굴을 익혀놓은 바가 있었기에, 조유진은 그를 단번에 알아볼 수가 있었다.

그리고 오태동의 얼굴을 확인하는 것만으로도 조유진은 순간적으로 꽤나 많은 것들을 짐작과 예측에서 사실로 돌려놓을 수 있었다.

'제길! 함정이었군.'

그랬다.

바로 그를 노린 PJ파의 함정이었던 것이다.

문자를 받고 나서 이곳까지 오는 과정에서 자신이 이미 최소한 몇 군데에서는 이상하다는 생각을 했었어야만 했다는 뒤늦은 자책도 생겨났다.

그러나 지나간 것은 지나간 것일 뿐이었다.

지금은 어디까지나 지금 이미 발생해 있는 상황에 대해서 최선을 다해야만 하는 것이다.

"여자는?"

조유진이 힐끗 오태동과 사내들의 등 뒤쪽을 훑으면서 그렇게 물었다.

그러나 굳이 대답을 듣지 않아도 열려 있는 문안, 방 한구석에 입에 청 테이프가 붙여진 채 꿇어앉혀진 여인이 바로 윤소영이라는 것을 확인한 뒤였다.

동시에 그때쯤 조유진은 놈들의 전력에 대한 나름의 평가를 끝내고 있었다.

 '현관에 넷, 앞에 오태동과 다른 셋, 그리고 방 안에 하나.'

 모두 아홉이었다.

 그리고 그들에 대한 조유진의 평가는 한마디면 족하였다.

 '어렵다.'

 하긴 전국구 주먹 오태동이 있고, 나머지 사내들 또한 모두 PJ파의 주력급들이 분명할 것인데, 조유진이 아무리 날고뛰어도 혼자서는 도저히 어떻게 해볼 재주가 없는 일이었다.

 잠깐 오태동과 눈싸움을 하는 동안 조유진은 상의 재킷 오른쪽 주머니에 들어 있는 휴대폰을 만지작거리고 있었다.

 폴더를 밀어 올리자 버튼들이 와 닿았다.

 조유진은 엄지에 닿는 대로 하나의 버튼을 눌렀다.

 길게.

 그 단축번호가 누구에게로 연결되는 것인지는 조유진으로서도 알 수가 없었다.

 그러나 어쨌든 번호들 각각은 회사의 주요간부들과 연결이 되도록 되어 있으니, 누군가에게는 전화가 갈 것이었다.

 다만 그 누군가가 전화를 받지 않는 불상사가 생기지 않기를 바라고, 또한 눈치 빠르게 이곳에서 벌어지고 있는 상황을 재깍 알아채 주기를 바랄 뿐이었다.

그리고 늦지 않게 적절한 조치를 취해주기를…….

"물 좀 주소~!"

주머니 속에서 희미한 노랫소리가 마치 하소연하듯이 흘러나오고 있었다.

귀에 익은 노랫가락이었다.

바로 유치하다고 몇 번이나 면박을 주었던 장훈의 휴대폰 컬러링이었다.

하지만 이 순간 조유진에게 그 유치한 노랫가락은 세상 그 어떤 노랫소리보다 반갑게 들렸다.

조유진은 슬쩍 손바닥으로 휴대폰의 수신기 구멍이 있을 부분 어림을 감쌌다.

아무리 반갑더라도 지금은 그 혼자에게만 들리면 충분할 소리였다.

'빨리 좀 받아라. 이 느려 터진 자식아!'

조유진의 반가움은 이내 속 타는 조급함으로 변해갔다.

그러나 두 번이나 '물 좀 주소~!'를 더 외치고 난 다음에야, 주머니 속의 휴대폰은 개미가 소곤대는 것 같은 목소리 하나를 흘려냈다.

"야! 어디냐?"

장훈이었다.

조유진의 얼굴에 비로소 아주 잠깐 흐릿한 안도의 기색이 스쳤다.

일단 장훈이 전화를 받은 이상, 이후의 일에 대해서는 맡겨놓을 만하다는 믿음이 있었다.

둔하다고 면박을 준 적도 여러 번 있었지만, 사실 위급 시에는 장훈만큼 눈치가 빠른 사람도 드물었다.

그리고 지금 장훈의 옆에는 김강이 있을 것이 분명했다.

그렇다면 이제부터 그가 해야 할 일은, 그리고 할 수 있는 일은 최대한 시간을 끌어보는 것밖에 없었다.

그 다음의 일이 그가 바라는 대로 되고, 안 되고는 운의 문제이지 그가 어떻게 해볼 수 있는 문제는 아니었다.

이제부터 적절한 조치가 취해질 때까지 그는 철저히 혼자서 버티어내야만 하는 것이었다.

조유진은 천천히 소파에서 몸을 일으켜 세웠다.

앉아 있던 그가 일어서는 것만으로도 실내의 긴장은 확연하게 첨예해졌다.

느긋하게 거실의 공간을 향해 한 걸음을 옮겨놓던 조유진의 눈빛에서 반짝하고 희미한 이채가 스쳤다.

'저자, 날 깨고 싶어한다.'

그것은 조유진이 오태동에게서 읽은 한가닥의 욕심이었다.

물론 조유진이 무슨 독심술 같은 재주를 가진 것은 아니었다.

그러나 그것은 싸움을 많이 해본 자, 그것도 자신의 모든 것을 다 쏟아 부어서 하는 절박한 싸움을 해본 자들 사이에서만 느낄 수 있는, 말하자면 일종의 원초적인 본능 같은 것이었다.

그리고 그 순간에 조유진은 생각 하나를 정했다.

지금 가장 중요한 것은 그 자신에 관한 것이 아니었다.

바로 윤소영의 안전에 관한 것이었다.

오태동은 지금 자신이 순간적으로 느끼고 있는 갈등에 대해, 결코 자신이 어리석거나 순진해서라고는 생각하지 않았다.

다만 약간의 공명심 내지는 명예욕 같은 정도라고 생각했다.

그가 가장 잘하고, 또 누구에게도 자신이 있는 것은 바로 싸움이었다.

오로지 주먹 실력만으로 그는 이 바닥에서 버텨왔고, 또한 PJ파의 행동대장이자 이인자의 위치에까지 와 있는 것이다.

그런데 지금 바로 그 주먹 실력으로 최근에 제법 대단한 이름을 얻고 있는 놈이 눈앞에 있었다.

놈은 겨우 몇 달밖에 되지 않는 짧은 기간 동안에, 그가 십
년 이상이나 절치부심하여 이루어온 명성을 오히려 능가해
버릴 정도의 유명세를 얻고 있었다.

　더구나 놈으로 인해 그는 조직 내에서 상당히 체면이 깎이
는 지경에까지 몰려 있는 판이었다.

　오태동의 갈등은 단적으로 놈과 맞짱을 한판 떠보고 싶다
는 욕심이었다.

　놈을 깨어버리고 싶은 단순한 호승심만은 아니었다.

　맞짱으로 놈을 깬다면 놈이 얻은 유명세가 고스란히 자신
의 것으로 될 것이라는, 그래서 이 바닥에서의 그의 가치 또
한 한층 높아지게 될 것이라는, 단순하지만 분명한 계산이 있
었다.

　더욱이 한주먹거리도 안 되는 주제에 잔머리만 굴리는 노
명철 따위에게 밀려날 걱정 따위를 할 필요도 없어지게 될 것
이었다.

　조유진의 기대대로 김강은 장훈과 같이 있었다.

　"유진이 이 자식 되게 한가한가 보네? 장난전화질을 다 하
고?"

　장훈이 휴대폰에 대고 두어 번이나 '야!', '여보세요!' 하
다가는 못마땅한 투로 투덜거리는 것을 보고 김강은 피식 웃

음을 떠올렸다.

그러다 김강은 문득 표정을 굳혔다.

그리고는 빼앗듯이 장훈의 휴대폰을 낚아챘다.

마침 폰에서는 아주 멀고 희미한 감으로 소리들이 흘러나오고 있었다.

조금은 과장된 듯한 조유진의 차가운 목소리가 들렸고, 이어서 또 다른 거친 목소리 하나가 들렸다.

휴대폰을 잔뜩 귀에다 붙인 채 김강의 표정은 점점 더 굳어들고 있었다.

그때.

부르르!

진동으로 해놓은 김강의 휴대폰이 울렸다.

김강이 휴대폰을 꺼내 장훈에게 건네주면서, 조금 떨어져서 받으라고 손짓을 했다.

그때쯤에는 장훈도 뭔가 심상치 않은 상황이 발생했다는 것을 충분히 알아채고 있었으므로, 얼른 김강으로부터 몇 걸음을 떨어지며 소리를 낮추어 전화를 받았다.

"회장님 지금 다른 전화로 통화 중이다. 무슨 일이고?"

장훈의 목소리를 듣자마자 폰 저쪽에서 여동훈이 다짜고짜 물었다.

"유진이는?"

"유진이 지금 없다. 좀 전에 누구한테 문자받고 나서, 볼일 있다고 나갔다. 근데 무슨 일이냐고 안 묻나?"

여동훈의 목소리가 곧바로 급해졌다.

"이런! 그럼 진짜로 녀석에게 뭔 일이 생겼다는 거야?"

"이렇게까지 대대적인 환영식을 준비해 준 것에 대해서는 고맙게 생각한다. 그렇지만 아무래도 좀 무리를 한다는 생각은 들지 않나?"

짐짓 여운을 남기는 조유진에 대해서 오태동은 그저 무덤덤하게 바라보고만 있었다.

조유진이 희미한 웃음기를 떠올리며 말을 이었다.

"내가 혼자서 여길 왔을 거라고 생각하나? 후후! 만약 그렇다면 너무 순진하다고 말해줄 수밖에 없겠군. 처음부터 뭔가 좀 이상했지. 그래서 혼자 오기가 영 찜찜하더라고? 아! 그렇다고 뭐 개 떼처럼 몰고 온 것은 아니지만… 어쨌든 자네들 정도로는 아무래도 좀 많이 기울 것 같은데? 어때? 괜히 단체로 난리 쳐서 동네 시끄럽게 만들었다가는 서로가 귀찮은 일만 당할 것 같고… 이번에는 그냥 대충 말로 끝내고 넘어가도록 하지? 몸 풀 기회는 다음에 또 있지 않겠어?"

오태동은 상대의 말을 다 듣고 난 다음에야 느긋하게 미소를 떠올렸다.

상대의 말은 한마디로 뻥이었다.

그것도 궁색한 속이 훤히 다 드러나 보이는.

놈의 뻥은 자신이 그물 속에 완전히 갇혔다는 사실을 다시 한 번 확인시켜 주는 것에 불과했다.

그러는 한편으로 오태동은 상대가 지금 자신에게 역으로 미끼를 던지고 있다는 생각도 했다.

'다구리'가 아닌 '맞짱'을 은근히 부추기는.

물론 그것은 다만 오태동 자신의 욕심이 만들어낸 억측일 뿐, 상대의 의도와는 전혀 무관한 것일 수도 있었다.

그러나 어쨌든 오태동은 기꺼이 상대가 던진 미끼를 물어 줄 용의가 충분히 있었다.

그물 속의 고기를 잠시 가지고 논다고 해서 안 될 이유는 없는 것이니까.

아주 잠깐이면 될 일이고, 어차피 그물 속에 갇힌 고기이니 잡든 놓치든 간에 문제가 될 사항도 없었다.

다만 굳이 신경을 써야 할 일이 하나 있다면, 혹시 실수하여 부하들에게 사나운 꼴을 보이는 일이 없도록만 하면 될 일이었다.

만약에 물고기가 생각보다도 훨씬 더 거친 놈이라면, 그물 속에서라도 자칫 물리는 수도 아주 없다고는 장담을 하지 못할 일이니까 말이다.

"새끼! 같잖은 이빨 까고 있네. 나는 본래 난리 치고 귀찮은 일 당하는 데는 아주 이력이 난 사람이니까, 데리고 온 애들 있으면 어디 소개나 좀 시켜주지 그러냐?"

픽 웃으며 그렇게 말하고 나서 오태동은 돌연 인상을 확 굳혔다.

"근데 요새는 경호업체 직원들도 우리 같은 조직하고 똑같이 노냐? 세상 참 많이 변했다? 우리야 수틀리면 일단 튀었다가 잠수 타든가, 재수없이 엮여 들어간다고 해도 넉넉잡고 한 몇 년 국가지정 휴양지에서 푹 쉬다 나온다고 치면 그만이지만, 흐흐흐! 너희들은 어떻게 하냐? 만약에 빵에라도 들어가게 되면, 그 길로 인생 종 칠 텐데? 그리고 재수없게 그 안에서 우리 식구들하고 만나기라도 하면… 흐흐흐! 아마도 인생이 많이 고단해질 텐데?"

아주 잠깐 조유진의 표정이 흔들리고 있었다.

놈들은 그에 대해 생각보다 많은 것을 알고 있는 것 같았다.

하긴 그러기에 윤소영을 이용해 그를 이곳까지 유인해 낼 수 있었을 것이지만.

그러나 조유진의 냉정함은 조금도 흔들리지 않았다.

"하하하! 생각하는 게 천상 양아치다. 양아치와 경호원이 다른 게 뭔지 모르겠나? 바로 불법과 합법이라는 거야. 어때? 아직도 감이 잘 안 오냐? 너희들은 이렇게 모여 있는 것만으로도 죄가 되는 거야. 그리고 나? 나야 고객에게 의뢰받은 경호 업무를 수행하다가 보면, 때로는 너희들 같은 양아치들하고 부딪칠 수도 있는 거지. 어디까지나 불가피한 상황으로 말이야. 후후! 너희들하곤 입장이 달라도 한참 다르다고?"

그러나 그때 오태동의 표정은 다시 무덤덤해져 있었다.

그는 아예 느긋하게 즐기는 마음인 것 같았다.

한편으로는 천천히 전신의 근육들을 풀면서.

팟!

조유진의 몸이 쏘아진 화살처럼 앞으로 튕겨져 나간 것은 아무도 예측하지 못한 한순간의 일이었다.

조유진의 움직임은 정말로 전광석화와 같았다.

삼사 미터 정도로 제법 떨어져 있던 오태동과의 거리가 찰나간에 좁혀졌다.

그러나 오태동이 순간적으로 당황하지 않을 수 없었던 것은, 그리고 제대로 대응을 하지 못했던 것은, 상대의 빠르기 때문만은 아니었다.

그보다는 상대가 취한 행동의 돌발성과 의외성 때문이었다.

상대는 방어적일 수밖에 없는 입장이었다.

싸움의 시작은 당연히 오태동 자신의 몫이어야 했다.

싸움의 시작을 위해 그는 방금까지 느긋하게 전신의 근육을 적당히 긴장시키고, 또 이완시키면서 준비를 마무리하고 있던 중이었다.

그런데 그 찰나의 순간에 상대는 돌연 예상하지 못했던 입장의 역전을 시도한 것이다.

시작할 수 있는 입장과 시작을 당해야 하는 입장의 역전.

그것은 곧 유리한 입장과 불리한 입장의 역전이었다.

그리고 그 역전의 결과로 오태동은 이때까지 그가 느긋하게 누리고 있던 기세 선점의 이점을 한순간에 상실하고 말았다.

퍽!

"윽!"

관자놀이 부근에 짧고도 화끈한 충격을 느끼면서 오태동은 본능적으로 왼발을 축으로 하여 몸을 반 바퀴 회전시켰다.

기왕에 당한 타격은 어쩔 수가 없되, 최대한 충격을 완화시키고자 하는 반사적인 움직임이었다.

또한 그가 그간의 숱한 싸움에서 몸으로 터득해 낸 싸움의 본능이기도 했다.

그러나 충격은 상당했다.

시야는 흐릿했고, 머리 속은 먹먹했다.

그런 중에도 그의 머리는 상대의 기습이 의미하는 바를 퍼뜩 짐작해 내고 있었다.

"놈을 막아!"

기습적으로 오른 주먹의 일격을 상대의 관자놀이에 성공시킨 조유진은 상대에게 승부를 결정짓는 두 번째의 결정타를 꽂아주는 대신에 뛰어나가던 탄력을 죽이지 않고 그대로 앞을 향해 짓쳐 들어갔다.

처음부터 그가 노린 것은 오태동과의 승부가 아니라, 윤소영의 안전을 확보하는 것이었기 때문이다.

마침 오태동의 외치는 소리를 듣고 그의 뒤에 늘어서 있던 사내들 셋이 조유진의 앞을 막아섰다.

아니, 막아서려고 했다.

그러나 그들은 아직까지도 눈앞에서 벌어진 돌발 상황에 대해 완전히 적응을 못하고 있는 상태였다.

더욱이 상대적으로 조유진의 움직임이 너무 빨랐고, 또한 거침이 없었다.

방 안으로 쇄도해 들어오는 조유진에 대해 방 안의 사내가 취한 대응은 윤소영의 머리채를 잡아 일으켜 자신의 앞으로 세우려 한 것이었다.

"악!"

머리채가 송두리째 뽑히는 것 같은 생경한 고통에 윤소영이 내지르는 짧은 비명이 방 안을 짜랑하게 울렸다.

그리고,

"멈춰, 새꺄!"

사내가 잔뜩 서슬을 돋우어 내뱉는 독기 서린 외침이 있었다.

그러나 윤소영의 비명과 사내의 독기와 위협조차도, 조유진의 거침없는 행동에는 조금도 영향을 주지 못했다.

막 방 안으로 들어선 조유진의 몸은 그대로 도약해 몇 미터의 허공을 날았다.

사내는 막 엉거주춤 윤소영을 일으켜 세우던 차에, 이미 쇄도해 온 조유진의 육탄 세례를 받아야만 했다.

빠각!

"컥!"

사람의 몸 중 가장 강한 뼈끼리의 정면충돌이 있고 난 후, 그리고 누군가의 입에서 그 충격을 견뎌내지 못한 단말마의 비명이 흘러나온 후, 사내는 잠시 멍하니 서 있었다.

그러나 초점없는 눈이 말해주듯이 그의 의식은 이미 그를 떠난 뒤였다.

사내의 몸이 힘없이 무너지면서 방바닥에다 다시 한 번 모질게 머리를 찧었다.

쿵!

그리고 사내는 다시 움직이지 않았다.

다만 그의 뭉개진 코와 인중 부분에서는 그제야 피가 흥건하니 흘러내리고 있었다.

"헉! 허억!"

사내에게서 풀려났지만 방금 전 사내가 머리채를 끌면서 또 한편으로 억센 팔로 목을 옥죈 탓인지, 윤소영은 아직도 호흡을 제대로 뱉지 못하고 있었다.

그러나 그녀는 숨통을 제대로 틔우기도 전에 다시금 자신을 몰아붙이는 소리를 들어야만 했다.

"정신 차려요!"

조유진이 그녀에게 바로 앉기를 독촉하며 지른 고함 소리였다.

윤소영은 잔뜩 겁에 질려 얼른 아래로 수그리고 있던 얼굴을 치켜들었다.

쫘아악!

입을 가리고 있던 청 테이프가 거칠게 뜯겨져 나갔다.

그 거칠고 급한 행위에 윤소영은 얼굴의 피부가 벗겨져 나가는 듯한 따가움을 제대로 느낄 엄두도 내지 못했다.

다만 그제야 자신의 곁에 와 있는 사내가 바로 조유진이라는 사실을 확인할 수 있었다.

윤소영은 순간 자신도 모르게 밀려오는 안도에 젖어들었다.

뒤이어 전신의 기운이 모조리 빠져나가는 듯한 극심한 피로가 몰려왔다.

그러나 조유진은 그녀의 그런 안도를 허용하지 않았다.

"손!"

여전히 급하게 몰아붙이는 투였다.

그 서슬에, 그리고 어디서 꺼냈는지 조유진의 손에 들린 작은 칼 한 자루를 보고서 윤소영은 묶인 두 손을 퍼뜩 앞으로 내밀고 말았다.

서걱!

몇 겹이나 감긴 청 테이프가 날카로운 칼날에 그대로 잘려 나갔다.

오태동은 흐려졌던 시야를 다시 회복하고, 멍했던 정신을 수습하는 데 아마도 몇 초 정도의 시간이 걸렸다고 생각했다.

그러나 그 짧은 순간은 그가 바라지 않았던 많은 결과들을 만들어놓은 것 같았다.

우선은 방 안의 상황이 눈에 들어왔고, 그때까지도 우왕좌왕하고 있는 부하들의 모습이 들어왔다.

순간 끓어오르는 화가 고함으로 터져 나왔다.

"뭐 해, 새끼들아! 저 새끼 잡아!"

윤소영은 평상시의 차분하고 담대했던 모습과는 달리 창백한 얼굴이었다.

그리고 바닥에 주저앉은 채 가늘게 떨리고 있는 그녀의 어깨선은 그녀가 지금 느끼고 있는 충격과 공포가 얼마나 극심한 것인지를 짐작할 수 있게 해주었다.

그러나 그런 윤소영에 대해서 조유진은 단 한 마디의 위로도, 안심하라는 말도 건넬 수가 없었다.

그녀의 두 손을 구속하고 있던 청 테이프를 한번의 칼질로 잘라내는 순간에, 한 놈이 방 안으로 대시해 들어오고 있기 때문이었다.

그 뒤로는 또다시 세 명의 사내들이 따라 들어오고 있었다.

일순 조유진의 몸이 앉은 자세에서 빙글 도는가 했더니, 일어서는 탄력 그대로 앞으로 튀어나갔다.

턱!

조유진이 몸을 숙인 채 가슴 아래로 파고들며 어깨로 명치어림을 들이박은 것 때문에, 놈에게서는 끊긴 호흡을 토해내는 소리가 급하게 뱉어졌다.

"컥!"

놈의 허리가 과격하게 접혔지만, 그러고도 충격을 다 소화시키지 못하고 주르르 뒤로 밀려 나갔다.

그 바람에 그 뒤에 따라 들어오던 다른 놈들의 진로가 막혔고, 놈들은 밀려 나오는 놈의 몸을 받느라 주춤하고 말았다.

그때 조유진의 몸은 다시 공중으로 도약하고 있었다.

허공에서 가위차기 형태로 엇갈리며 탄력을 받은 조유진의 오른발이 가차없이 앞선 놈의 턱에 작렬했다.

뻑!

턱에 강력한 타격을 받은 놈이 휘청하며 물러서는 자리에 조유진이 내려섰다.

바로 방문을 한 걸음 벗어난 자리였다.

그리고 조유진은 뒤를 향해 부르짖듯이 고함을 질렀다.

"문 잠가요!"

그 고함에 담긴 다급함과 절절함이 그대로 윤소영에게 전해진 모양이었다.

그때까지 몸을 일으키지도 못하고 온몸을 떨고만 있던 윤소영이 벌떡 일어서서는 방문을 향해 엎어질 듯이 걸음을 내디뎠다.

비록 금방이라도 주저앉고 말 듯이 불안하게 휘청거리는 몸짓이었지만, 그래도 그녀의 몸 어디에서 그런 재빠름이 나올 수 있었는지 놀라울 만큼 빠른 움직임이었다.

쾅!

최후의 발악이라도 하듯이 문이 거칠게 닫혔다.

등 뒤에서 들리는 그 소리를 듣고서 조유진은 그제야 길게 숨을 내쉬었다.

그가 처음에 오태동에게 기습적인 일격을 먹인 것으로부터 시작해서, 방 안으로 짓쳐 들어가 윤소영을 직접적인 위협에서부터 구해내고, 다시 방을 빠져나오기까지 그 일련의 과정들은 결코 간단한 것이 아니었다.

그러나 시간적으로는 그야말로 몇 번의 짧은 숨을 들이쉴 정도의 짧은 순간에 불과하였다.

그러기에 그 숨 막히는 순간들을 단숨에 해치운 조유진이 이제야 길게 숨을 몰아쉬고 있는 것이었다.

조유진의 얼굴로 언뜻 한가닥의 미미한 여유가 돌았다.

어쨌든 그로서는 바라던 최선의 결과를 얻은 것이다.

이제부터는 등 뒤의 문 하나만 지키면 되는 것이었고, 다른 것은 신경을 쓰지 않아도 좋았다.

물론 그런 호조건들이 그다지 오래 갈 것이라는 기대는 하지 않았다.

다만 버티는 데까지 버텨볼 뿐이었다.

이제부터 그가 할 수 있는 것은, 그것이 다였으니까.

4. 나랑 연대 한번 안 해볼래요?

오태동은 손바닥으로 코밑을 쓸었다.

벌건 피가 홍건히 묻어 나왔다.

피를 보아서인지 그동안에는 별 감각을 느끼지 못하던 코 쪽에서 문득 아릿한 고통이 느껴졌다.

아마도 코뼈가 상한 것 같았다.

자신도 모르게 오태동은 부드득 이를 갈고 말았다.

어쨌든 대단한 솜씨였다.

놈이 조직 내의 간부급들을 해치우고 다니면서 스스로를 번개라고 했다더니, 정말로 이름 그대로의 번개 같은 몸놀림이었다.

비록 뜻밖의 기습에 당한 것이긴 했지만, 만약 정식으로 붙는다고 하더라도 자신할 수만은 없다고 해야 할 정도의 실력이었다.

그러나 그렇다고 해도 결과가 바뀔 것은 없었다.

비록 놈이 잠시간 대단한 실력을 선보였다고는 하나, 놈이 그물 속에 갇힌 고기일 뿐이라는 사실은 조금도 변하지 않았으니까.

그리고 어차피 놈을 잠시 가지고 놀자는 생각이었을 뿐이니까.

오태동은 차라리 느긋해졌다.

그 느긋함은 곧 그의 내부에서 잔잔하게 번지고 있는 잔인함의 표현이었다.

자신보다 상대가 더 강해 보인다는 데 대한 열등감.

더욱이 자신이 당한 데 대한 잔인한 보복의 욕구.

오태동은 씹어내듯 말을 뱉었다.

"얘들아! 저 새끼 제법 야문 거 같으니까 사정을 봐줄 필요는 없겠다. 병신을 만들어도 좋고, 아주 보내 버려도 좋으니까, 힘 조절할 생각 말고 제대로 좀 만져 줘라."

사내들은 그다지 서둘지 않았다.

그럼으로써 그들에게서는 더욱더 냉혹한 느낌들이 풍겨

나오고 있었다.

　미리 준비해 두었던 듯 사내들은 현관 쪽의 방과 주방 쪽의 한구석에서 쇠파이프며, 야구방망이며, 심지어는 회칼까지 연장들을 꺼내 들었다.

　그리고 천천히 반원형을 그리며 조유진과의 거리를 좁혀들었다.

　실내에는 대번에 싸늘한 살기가 감돌았다.

　조유진은 언뜻 얼굴의 무표정을 흩뜨리며 빙긋한 웃음기를 떠올렸다.

　그러나 그 웃음기마저도 여전히 차가웠다.

　"좋아. 안 그래도 한번쯤은 제대로 대접 좀 받아보는 것이 소원이었어. 오늘 분위기가 꽤 좋아 보이는 게 덕분에 잘하면 소원 한번 이룰 것 같다. 하지만 대접을 받은 만큼 주는 것도 있어야 예의겠지?"

　그러면서 조유진의 손은 상의 재킷 안쪽의 허리춤 부근을 잠시 스치듯이 하고 나왔다.

　그리고 조유진의 손에는 작은 칼 한 자루가 들려 있었다.

　좀 전 방 안에서 윤소영의 손을 결박하고 있던 청 테이프를 잘라낼 때 잠시 보였던 바로 그 칼이었다.

　아니, 한 자루가 아니었다.

　조유진이 양손을 한번 엇갈리게 했다가 다시 되돌렸을 때,

그의 다른 쪽 손에도 또 한 자루 같은 모양의 칼이 들려 있었으니까.

주머니칼 정도로 분류될 듯한 그 칼들은 전체적으로 한 뼘 정도의 길이였다.

길이의 반 정도는 하얀 붕대 같은 것으로 촘촘히 감아놓은 것이 손잡이 부분으로 보였고, 나머지 반은 보는 것만으로도 시퍼런 예기가 느껴지도록 지독히도 날카로워 보이는 칼날이었다.

"쳐라!"

누군가 질러내는 소리가 소스라치듯 공기를 울렸다.

그리고 혈투는 시작되었다.

윙!

쇠파이프가 허공을 수직으로 가르며 내려쳐져 왔다.

조유진은 살짝 허리를 틀었다.

쾅!

조유진의 머리 바로 옆을 스친 쇠파이프가 그대로 문짝을 때리며 거칠고 파괴적인 소음을 만들어냈다.

쇠파이프의 끝에 찍힌 문짝이 움푹 파이며 자잘한 나무 파편들이 사방으로 튀었다.

그러나 그 순간에 조유진의 몸은 앞으로 한 발을 디뎌내고 있었다.

그리고 막 물러나는 쇠파이프의 사내를 따라잡았다.

쉭!

조유진의 움직임을 따라서는 그런 소리가 난 듯하였다.

그러나 그것은 몸의 움직임에서 나는 소리가 아니라, 칼이 공기를 가르며 내는 소리였다.

다음 순간.

"큭! 씨발!"

쇠파이프의 사내는 고통스러운 신음과 증오로 가득한 욕지거리를 뒤섞어서 뱉어냈다.

동시에 사내는 쇠파이프를 잡은 손의 팔목을 다른 쪽 손바닥으로 감싸 쥐고는 펄쩍 뛰듯이 뒤로 물러 나갔다.

화들짝 빠져나가는 사내의 동선을 따라서 후드득 핏방울이 흩뿌려지고 있었다.

피는 더 큰 흥분과 분노, 그리고 증오를 부르는 법인가.

"죽여!"

누군가 이를 악물고서 시린 고함을 내뱉었다.

그 소리에는 이제 섬뜩한 살기가 노골적으로 담겨 있었다.

붕!

야구방망이가 무거운 바람 소리를 만들어냈다.

조유진의 머리통을 노리며 횡으로 공간을 후려치는 일격이었다.

그리고 그 궤적의 뒤를 바로 뒤따라 또 하나의 쇠파이프가 조유진의 몸통을 기준으로 왼쪽 위에서 오른쪽 아래를 지향하고 비스듬하게 내려쳐 오고 있었다.

그렇게 조유진을 향한 사내들의 무차별적인 공격은 시작되고 있었다.

팩!

패앳!

쉭!

팟!

연장들의 움직임에서, 그리고 사내들의 격한 몸놀림들에서 나는 소리들은 그 하나하나가 예사로운 것이 없었다.

그 격렬함의 사이사이로 조유진은 번뜩이며 움직이고 있었다.

마치 그가 왜 번개라고 불리는지를 여실히 보여주기라도 하듯, 더할 수 없이 빠른 움직임이었다.

또한 군더더기 하나 없이 깨끗하게 절제된 움직임이었다.

조유진이 양손에 잡고 있는 칼은 철저하게 사내들의 어깨와 팔, 그중에서도 움직임의 축이 되는 관절 부분을 집중적으로 노려 찌르고, 또 베어내고 있었다.

그곳들이 비록 치명적인 급소는 아니라곤 하나 한번 제대로 베이면 평생을 불구로 살아야 할지도 모른다는 점에서 조유진의 그 단순 치열한 칼질은 어쩌면 가장 잔인하다고 해야 할 수도 있었다.

사내들은 이미 악에 받쳐 있었지만 감히 함부로 조유진에게 쇄도하지 못하였다.

그렇게 조유진은 방문으로부터 자신의 한 걸음에 해당하는 영역을 사수해 내고 있었다.

난무하는 쇠파이프와 야구방망이, 그 사이를 섬뜩하게 쑤시고 들어오는 회칼.

조유진의 몸에는 하나둘 상처가 생겨가고 있었다.

비록 정통을 피해 비껴 맞기는 했지만, 쇠파이프와 야구방망이가 치고 지나간 그의 어깨며 등판은 벌써부터 묵직한 고통을 호소하고 있는 중이었다.

더욱이 재킷 안쪽의 와이셔츠엔 선명한 붉은색들이 군데군데 생겨났고, 그것들이 이윽고는 원래의 흰색보다 더 넓은 면적에 걸쳐 번져 가고 있는 줄은 조유진으로서는 미처 느끼지도 못하고 있는 일이었다.

"헉!"

"허억"!

조유진의 숨은 이미 턱에까지 받쳐 있었다.

칼날 같은 긴장의 연속.

그리고 순간순간 혼신을 다하지 않을 수 없는 필사의 움직임들.

또한 혼자라는 막막함과 절망감.

그럼에도 불구하고 누군가를 지켜내야만 한다는 절박한 무거움.

그러한 모든 것들이 그를 보다 빠르게 지쳐 가도록 만들고 있었다.

거친 고함 소리.

증오로 가득한 욕지거리.

짙은 살기의 기합 소리.

쥐어짜 내는 듯이 뱉어지는 고통스러운 신음과 짤막한 비명들.

맹수처럼 헐떡대는 숨소리들.

드물지 않게 문짝을 후려갈기는 벼락같은 소리.

거세게 벽을 때리는 둔탁한 소리들.

무언지 모를 물건들이 나뒹구는 소리.

그리고 또 다른 소리, 소리들.

그 온갖 소리들만으로도 문 하나를 사이에 둔 바깥은 지금 아마도 아수라지옥 같은 풍경일 거라고 윤소영은 절박하게 상상했다.

윤소영은 지금 그녀가 처해 있는 이 상황이 차라리 악몽이기를 기도했다.

비록 견디기 어려울 정도로 공포스럽지만, 잠에서 깨어나면 원래대로의 익숙하고도 평온한 풍경이 기다리고 있기를 기원하고 또 기원했다.

얼마를 공포에 질려 떨고 있었을까?

윤소영은 언뜻 그녀에게 익숙함을 주는 소리 하나에 집중하게 되었다.

그 소리는 어쩌면 벌써 전부터 간헐적으로 나는 소리였을 것이나 그녀는 이제야 그 소리에 대해 유의할 수가 있었던 것이다.

그 소리는 헐떡이는 숨소리에 섞여 나오는 신음 소리였다.

듣는 것만으로도 자신의 의지와는 상관없이 어쩔 수 없이 뱉어지는 소리라는 것을 알 것만 같은 그런 소리.

윤소영은 자신이 그 신음 소리에 대해 익숙함을 느낀 이유를 금방 알 수 있었다.

그것은 바로 조유진의 소리였다.

그녀의 경호원이었던 사내.

비록 그리 길지 않은 기간이었지만 그녀와 가장 가까운 곳에서 그녀를 지켜주었던 사내.

왠지 모르게 온통 음울함으로 포장되어 있는 듯한 특이한 분위기의 사내.

지금 이 신음 소리에서도 고통과 절박함 외에, 그 특유의 음울함이 묻어나고 있는 것만 같았다.

윤소영은 벌떡 일어섰다.

순간 핑하니 현기증이 도는 바람에 그녀는 쓰러질 듯이 휘청거려야만 했다.

그러나 그녀는 단숨에 문으로 다가섰다.

조유진의 신음 소리가 문 바로 가까이에서 들리고 있었기 때문이다.

아마도 조유진은 지금 문에 바짝 붙어서 있는 것 같았다.

아니, 그 거친 숨소리와 깊은 신음 소리는 거의 절박함의 한계에까지 이르는 것으로 느껴졌으므로 그는 아마도 자력으로 서 있기보다는 겨우 문에 기대어 버티고 서 있는 중인지도 몰랐다.

윤소영은 이내 그렇게 확신해 버리고 말았다.

손잡이를 돌려 잠금장치를 풀고 벌컥 문을 열어젖히는 데까지 윤소영은 조금도 주저하지 않았다.

그녀의 그 행위가 어떤 결과를 불러올 것이라는 따위의 생각은 물론 그 외의 그 어떤 생각도 떠올리지 않았다.

다만 이 순간 그녀의 의식을 지배하고 있는 유일한 것은 바로 찰나적으로 공감해 버린 조유진의 절박함뿐이었다.

스르르!

문이 열리면서 몸의 중심을 완전히 기대어 있던 사내가 힘없이 방 안으로 밀려들어 왔다.

윤소영이 엉겁결에 온몸으로 그의 몸을 붙잡았다.

붙잡은 사내의 몸에서 느껴지는 질퍽하고도 끈끈한 느낌이 바로 흥건한 피로 인한 것이라는 것을 언뜻 깨닫고서야 윤소영의 입에서는 다급한 외침이 터져 나왔다.

"이봐요! 괜찮아요?"

윤소영이 확신했던 그대로 사내는 바로 조유진이었다.

조유진은 신속하게 몸의 중심을 이동시킬 기력조차 부족한 듯했다.

잠시 윤소영의 휘청거리는 떠받침에 의지하고 있는 조유진의 표정은 차라리 얼떨떨한 것이었다.

전혀 예기치 못한 상황을 당했다는 듯이.

그러나 그의 얼굴은 곧바로 다급한 빛으로 와락 일그러졌다.

온 힘을 다해 몸을 바로 세우며 그는 비명과도 같은 부르짖음을 토해냈다.

"이런 멍청한……! 뒤로 물러서!"

그러면서 그는 뒤로 손을 뻗어 윤소영의 몸을 거칠게 떠밀어 버렸다.

조유진의 우악스러운 힘에 넘어질 듯 휘청거리며 방 안쪽

구석까지 밀려난 윤소영은 머리 속이 먹먹해질 정도로 당황스러웠다.

그리고 그 당황은 황당하게도 이내 그녀를 서럽다는 심정으로까지 몰아가고 있었다.

그가 그녀의 몸을, 그것도 하필이면 가슴 융기 부분을 정통으로 떠밀어 버린 그 무례하기 짝이 없는 행위 때문이었을까.

아니면 무례한 반말에다, 건방진 명령에다, 멍청하다는 욕까지를 사정없이 들었기 때문이었을까.

그런 것 때문만은 아닌 것 같았다.

단지 거칠고 무례한 언동 때문이었다면 험한 세파를 헤치고 살아온 지난 인생 역정 동안에도 경험을 해본 바가 있는 것들이었다.

굳이 이유를 말하라면 순간적으로 가지게 된 억울함 같은 것이 아니었을까.

이를테면 자신이 무얼 그렇게 잘못했다고 이런 호통을 들어야 하고, 또 이토록이나 거친 윽박지름을 당해야 하나 하는 그런 억울함.

그녀로서는 오직 그를 돕겠다는 마음 하나로 행한 일이었는데 말이다.

그의 고통과 절박함이 너무도 절절하게 공감이 되었기에 앞뒤를 재어볼 여지도 없이 그저 어떻게 하든 그의 고통과 절박함을 덜어주어야겠다는 심정이었을 뿐인데 말이다.

더구나 그는 이 악몽 같은 상황 속에서 그녀가 믿고 기댈 수 있는 유일한 존재인데, 그런 그가 어쩌면 그토록 무지막지하게 그녀를 윽박지른단 말인가.

조유진은 문 닫기를 포기하였다.

자신이 밖으로 나가 지키지 않는 이상, 그까짓 나무 문짝이야 발길질 한 번이면 부서져 버릴 뿐이었다.

그리고 이미 지칠 대로 지쳐 버린 그의 지금 상태로는 더 이상 문 앞을 사수할 자신도 없었다.

조유진은 차라리 뒤로 물러서는 쪽을 택했다.

세 걸음쯤 물러서자 윤소영의 앞을 가로막는 위치가 되었고 거기에서 그는 두 다리에 힘을 주고 우뚝 버티어 섰다.

오태동의 부하들은 느긋하게, 그러나 악에 받쳐 번들거리는 눈빛으로 막 방 안으로 들어서고 있는 중이었다.

그때 조유진의 손목이 가슴 앞에서 짧은 회전을 일으켰다.

팻!

그 소리와 앞서서 막 문안으로 발을 들여놓던 사내 하나가 두 손으로 목 부위를 움켜잡으며 주춤 멈춰 선 것은 거의 동시였다.

"커억! 커어어윽!"

마치 오래된 천식 환자가 가래를 그르렁거리는 것처럼, 사내는 목을 움켜잡은 채 가랑거리는 소리를 울려내며 뒤로 넘어가고 있었다.

그런 사내의 모습은 주변이 이미 아수라지옥 같은 살벌함과 흉포함으로 가득한 중에도 더욱 더한 어떤 섬뜩한 공포를 자아내는 데가 있었다.

그런 때문인지 다른 사내들은 고통스러워하는 사내를 잡아끌며 주춤주춤 뒷걸음질로 다시 방을 벗어나고 있었다.

조유진의 손에는 칼이 하나밖에 없었다.

그의 손에서 사라진 다른 하나의 칼이 어떻게 쓰여졌는지에 대해서는 굳이 설명할 필요가 없는 일일 것이다.

조유진은 하나 남은 칼을 앞으로 겨누었다.

찌르거나 벨 자세는 아니었다.

손잡이 대신 칼날을 잡은 그 모양은 금방이라도 칼을 앞으로 던져 낼 자세였다.

조유진에게서 나직한, 그러나 소름 끼치도록 진한 살기를 풍기는 소리가 흘러나오고 있었다.

"와라! 어떤 놈이든 한 놈은 확실히 보내주마!"

윤소영은 피 말리는 살벌함과 긴박감을 띠고 있는 사내들의 대치를 보고 있지 않았다.

그녀는 지금 다분히 의도적으로 모든 긴장과 공포로부터 스스로를 회피시키고 있는 중이었다.

그녀는 자신의 시야 범위를 바로 앞에 우뚝 버티고 선 한 사내의 등으로만 한정시켜 놓았다.

그렇게 우람하다고는 할 수 없이, 다만 늘씬하다는 느낌이 드는 등판이었다.

그러나 그 너머의 살벌함으로부터 그녀의 시선을 차단하기에는 충분한 데가 있는 등판이었다.

어느 순간 그녀는 문득 한 가지 사실을 깨닫게 되었다.

그 사실은 벌써부터 그녀의 눈앞에 너무도 확연하게 드러나 있었음에도 불구하고, 어이없게도 그녀는 이제야 그것을 언뜻 인식하게 된 것이었다.

그녀의 시야를 가득 채운 그의 등에 관한 것이었다.

그의 등은 흠뻑 젖어 있었다.

땀이 아닌 붉은 피로.

더욱이 어디로부터 흐르는 것인지 재킷 자락의 아래로는 지금 아예 줄기를 이룬 핏물이 줄줄 흘러내리고 있는 지경이었다.

"세상에!"

그녀는 자신도 모르게 그렇게 소리 내어 중얼거리고 말았다.

그리고 그녀의 손은 마치 강력한 자석에 끌리는 쇠붙이라도 되는 것처럼 조유진의 등으로 뻗어갔다.

온 신경을 앞쪽으로만 집중시키고 있던 조유진은 문득 등으로 와 닿는 부드럽고 여린 손길에 흠칫 놀라고 말았다.

이어 그를 당황스럽게까지 만들고 만 것은 윤소영의 것이 분명할 그 손길이 지금 자신의 재킷을 벗겨내려 하고 있다는 사실이었다.

"지금 뭐 하는 짓이야?"

조유진이 감히 긴장을 늦추지 못하면서, 뒤를 돌아볼 엄두는 더더구나 내지 못하고서, 시선은 앞을 향해둔 채 상처 입은 맹수처럼 으르렁거렸다.

그 서슬에 막 재킷을 어깨 아래로 벗겨내려던 윤소영의 손길이 멈칫하고 말았다.

그러나 그녀는 이내 단호하고도 분명한 톤으로 반발했다.

"가만있어요!"

그녀가 보인 그 뜻밖의 단호함에 대해서 조유진은 당장에 어떤 대응을 내놓지는 못했다.

조금 멍해지기도 했지만 한편으로는 윤소영이 조금 전까지 공포에 떨던 모습에서 벗어나, 이제 그녀 본연의 차분하고도 당찬 모습으로 돌아가 있다는 것을 느낄 수 있기 때문이었다.

조유진이 대응하지 않고 가만히 있자, 윤소영은 그것을 자신의 의도를 받아들이겠다는 뜻으로 해석한 듯했다.

사실 조유진은 그때까지도 그녀가 의도하는 것이 무엇인지에 대해 전혀 알지도 못하고 있는 것이었지만.

그리고 그녀의 손길에 다시금 힘이 가해졌을 때, 조유진은 차라리 자진하여 얼른 오른쪽 팔을 재킷에서 빼버렸다.

물론 칼을 그대로 든 채였다.

그 짧은 순간에도 그의 팽팽한 눈빛은 문밖의 사내들에게서 조금도 벗어나지 않고 있었다.

윤소영은 조심스럽게 조유진의 왼쪽 팔로부터도 재킷을 벗겨냈다.

재킷 안쪽의 모습은 끔찍할 정도였다.

셔츠는 원래의 흰색을 찾아볼 수 없을 만큼 아예 피로 흥건히 젖어 있었다.

특히 오른쪽 옆구리 쪽의 상처가 심해 보였다.

길게 베어진 셔츠 자락 안쪽으로 징그럽게 입을 벌린 상처 부위는 지금 뭉클거리며 거품 섞인 피를 게워내고 있는 중이었다.

"아아!"

윤소영은 차라리 나직한 신음을 토해내고 말았다.

조유진이 느끼고 있을 고통에 대한 안쓰러움과 자신이 그 고통에 대해 어떻게 해줄 수 없다는 데 대한 안타까움의 탄식이었다.

그때 조유진이 힐끗하고 그녀를 돌아보았다.

그러나 그의 고개는 훨씬 더 빨리 원래대로 돌아갔다.

그때 그와 그녀 간에 벌어진 잠시간의 묘한 분위기를 깨기라도 하듯이 오태동이 악에 받쳐 외쳤다.

"뭐 해, 새끼들아? 의자건 뭐건, 뭐라도 가지고 와서 안으로 던져! 아니면 불이라도 확 싸질러 버리란 말이야!"

방 밖 사내들의 움직임이 부산해지자 당장에 조유진의 호흡이 거칠어졌다.

젖어서 몸에 착 달라붙은 셔츠를 통해 그의 등과 허리의 근육들이 긴장하는 모습이 선명하였다.

그러자 오른쪽 옆구리의 상처에서는 거친 호흡에 맞추어 아예 핏줄기가 뿜어지듯이 하고 있었다.

그 순간 윤소영은 자신도 모르게 그의 허리를 끌어안아 버렸다.

그리고 두 손바닥을 포개서 그 옆구리의 상처를 감쌌다.

다른 생각은 없었다.

오로지 그 상처를 감싸 안아서 그곳으로부터 분수처럼 뿜어지는 피를 멈추게 해야겠다는 한 가지 생각 외에는.

갑작스러운 그녀의 행동에 대해서 조유진은 그다지 놀라지 않았다.

다만 안타까울 뿐이었다.

그동안 자신을 버티게 하고 있던 몇 가닥 팽팽한 긴장의 끈들 중 한 가닥이 탁 하고 풀어져 버리는 것을 느꼈기 때문이다.

그리고 그것은 잇따라 두 가닥, 세 가닥의 풀어짐으로 급속히 전파되고 있었다.

윤소영의 쓸데없는 짓이 그를 그렇게 만들었다는 원망이 들었다.

그러나 사실은 이제 자신이 버틸 수 있는 한계에 도달하고 말았다는 것에 대해 그는 순순히 인정할 수밖에 없었다.

지친 것도 지친 것이지만 이토록 의지마저도 흐릿해지는 것을 보면 아마도 지나친 출혈의 영향 때문일 것이었다.

'훗! 이렇게 되면 포기할 수밖에 없는 것인가?'

조유진의 얼굴에 희미한 웃음기가 떠올랐다.

자조적이고 냉소적인 미소였다.

그리고 그때까지 질기게 붙잡고 있던 것들에 대한 포기의 의미이기도 했다.

"그만둬요!"

그 갑작스러운 부드러움에 윤소영은 언뜻 반사적으로 반

문했다.

"예?"

"쓸데없이 힘쓰지 말라고요. 팔 아프잖아요?"

그 말을 듣고서 윤소영은 문득 자신이 그의 상처를 누르고 있는 손에 너무 지나치게 힘을 주고 있다는 것을 깨달았다.

직전까지 아무런 느낌도 없던 두 팔이 갑자기 견디기 어려울 정도로 저려왔다.

그러나 그 순간 그녀가 더욱 견디기 어려웠던 것은 조유진의 갑작스러운 부드러움이 의미하는 것이 곧 포기란 걸 동시에 깨달았기 때문이다.

묘하게도 그의 포기 이후에 곧바로 닥칠 상황에 대한 두려움이나 공포에 대해서는 이제 이전만큼은 견디기 힘들 것이라는 생각이 들지 않았다.

다만 그가 포기하였다는 것에 대해, 그 특유의 차가운 음울함으로 묘한 카리스마를 풍기던 그가 꺾이고 말았다는 것이 갑자기 그녀의 마음을 견디기 어려울 정도로 시리게 만들고 있었다.

조유진의 몸이 그녀에게로 기대어 온 것은 그때였다.

물론 기댄 것이 아니라 더 이상 버티기 힘들어서 무너지고 있다는 것을 그녀도 모르지 않았다.

윤소영은 온 힘을 다해 그의 몸을 받쳤다.

적어도 그가 정말로 무너지는 모습만큼은 막아주고 싶다는 마음이었다.

그러나 거의 맥을 놓아버리다시피 한 건장한 사내의 몸무게를 그녀 혼자서 다 받쳐 낸다는 것은 아무래도 힘에 부치는 일이었다.

그녀의 두 다리가 금세 부들거리고 있었다.

그러던 중에 그녀는 문득 가슴으로 묘한 진동이 전해진다는 것을 느꼈다.

그 진동은 그녀의 가슴에 기댄 조유진의 어깨로부터 전해지고 있었다.

웃고 있었다, 그가.

웃는 소리가 나지는 않았지만, 그리고 그의 얼굴을 볼 수도 없었지만, 그녀는 그 웃음에 대해 참으로 슬프다고 느꼈다.

가슴이 싸해지도록.

아마도 그의 얼굴을 볼 수 있다면, 그 웃음을 볼 수 있다면, 그것은 분명 그녀가 삼십 몇 년간이나 험한 세상을 살아오는 동안 단 한 번도 본 적이 없었던 그런 종류의 슬픈 미소일 것 같았다.

"미안해요… 끝까지 지켜주지 못해서."

조유진은 그렇게 말했다.

아니, 들릴락말락 속삭였다.

그 순간에도 그는 아마도 여전히 그 슬픈 미소를 띠고 있을 것이라고 윤소영은 생각했다.

괜히 가슴이 먹먹해져 왔다.

그러는 바람에 그녀는 아무런 대답도 하지 못했다.

조유진이 차라리 편안한 목소리로 다시 속삭였다.

"놈들이 당신까지 어떻게 하진 않을 겁니다. 그러니까 내가 나가고 난 다음에는 얌전히 놈들이 시키는 대로 해요. 알았죠?"

윤소영이 조유진의 그 말이 무슨 뜻인지를 판단하기 위해서는 아주 잠깐의 시간이 필요했다.

그러다 윤소영은 퍼뜩 놀라 반문했다.

"예?"

그때 그녀의 가슴을 누르고 있던 조유진의 무게가 문득 가벼워졌다.

그는 아주 힘겹게 몸을 바로 세우고 있는 중이었다.

후들거리는 두 다리로 그는 억지로 중심을 잡고 섰다.

이어 그는 손에 쥔 칼을 고쳐 잡았다.

던질 용도가 아닌, 찌르고 벨 용도로.

그러나 조유진은 앞으로 걸음을 옮기지 못했다.

뒤쪽의 윤소영이 다시금 그의 허리를 와락 끌어안아 버린 때문이었다.

"안 돼요. 그만… 그만 해요. 난 어떻게 돼도 좋아요. 그러니까… 그냥 이대로 있어요."

대답을 바라지 않는 그녀의 혼잣말은 차라리 애원에 가까웠다.

조유진의 어깨가 가늘게 떨렸다.

그러나 그의 멈칫거림은 아주 잠깐이었고, 그는 곧 말없이 자신의 허리 앞으로 매듭지어진 그녀의 손을 풀어내려 했다.

그러나 그 일은 생각보다 쉽지 않아 보였다.

비록 연약한 여인의 손아귀 힘이지만, 그에게 남아 있는 힘은 이미 그런 정도마저도 쉽사리 풀어낼 수 없을 정도였다.

그 자신의 무게마저도 겨우겨우 주체해 내고 있을 정도로.

윤소영은 자신의 가슴에 맞닿아 있는 조유진의 등으로부터, 그리고 다시 거칠어진 그의 호흡으로부터, 도저히 꺾을 수 없는 한가닥의 완고함을 느끼고 있었다.

그것은 힘이 아니라 한 사내가 처절하게 끌어올리고 있는 마지막 의지 같은 것이었다.

그 누구도 말리지 못할.

이윽고 윤소영은 그의 마지막 의지를 속박하고 있는 자신의 두 손에서 천천히 힘을 뺐다.

그러나 조유진은 다시금 멈칫 서고 말았다.

이번에는 온전히 그 자신의 의지에 의한 멈춤이었다.

바깥으로부터 갑작스럽게 들려오는 일단의 소음 때문이었다.

뛰는 소리, 외치는 소리, 욕지거리, 비명 소리들.

여럿이서 싸우는 소리였다.

그러는 중에 조유진은 누군가의 외치는 소리를 비교적 선명하게 들은 것 같았다.

좀 먼 것 같았다.

그리고 그 소리가 먼저였는지, 아니면 다른 소란스러운 소리가 먼저였는지조차 알 수가 없었다.

사실은 그런 분간조차 힘들 정도로 그는 지금 혼미한 상태로 접어들고 있는 중이었다.

그러나 어쨌든 메아리처럼 공간을 돌고 돌아 들려오는 듯한 그 목소리에 쩌렁한 기운이 담겨 있다는 것만큼은 분명히 느낄 수 있었다.

"한꺼번에 다 덤벼라, 새끼들아! 유진이 새끼야! 내가 왔다! 회장님도 왔다!"

장훈이었다.

윤소영은 조유진의 어깨에 서렸던 완고함이 한순간에 사라진다고 느꼈다.

그러나 그녀의 그런 느낌이 다만 착각일 뿐이라는 것을 확인시켜 주기라도 하듯, 바로 다음 순간에 그는 마치 다른 사람처럼 변했다.

별안간 다시 힘이 솟구치기라도 했다는 듯이 그는 사뭇 거친 기세로 한 걸음을 앞으로 내디디는 것이었다.

그리고 의기양양함을 그대로 드러내며 외쳤다.

"봐라! 새끼들아! 우리 식구들이 왔다!"

동시에 그는 손에 잡고 있던 칼을 다시 고쳐 잡았다.

던지기 위한 형태였고, 곧 위협의 용도였다.

동시에 그는 뒤로 왼손을 뻗어 가만히 윤소영의 옷깃을 잡아당겼다.

윤소영은 순간적으로 그의 뜻을 교감할 수 있을 것 같았다.

그는 지금 그녀에게 자신을 도와주기를 원하고 있는 것이었다.

바깥쪽에서 벌어지는 소란과 어수선함 속에서 두 사람은 한 몸처럼 걸었다.

조유진은 앞에서, 그리고 윤소영은 마치 잔뜩 겁에 질리기라도 한 듯이 그의 등 뒤에 꼭꼭 숨어서.

짐짓 사납게.

그리고 짐짓 여유있게.

그러나 조유진의 손에 들린 칼은 금방이라도 던져질 듯이 바깥쪽을 향해 위협을 가하고 있었다.

한 걸음.

두 걸음.

조유진의 등 뒤에 선 윤소영의 이마는 땀으로 흠뻑 젖어 있었다.

매 한 걸음마다 점점 더 그녀에게 기대는 정도가 심해지고 있는 조유진의 무게 탓도 있었지만 금방이라도 주저앉고 말 것 같은 그의 위태위태함을 고스란히 느끼고 있었기 때문이다.

세 걸음째.

문 가까이에서 조유진은 우뚝, 그러나 겨우 중심을 잡고 버티어 섰다.

그리고 그녀에게 들릴 듯 말 듯 속삭였다.

"문 닫아요."

윤소영이 그의 등 뒤에서 벗어나며 급하게 문의 손잡이를 잡았다.

그리고 온 힘을 다해 닫았다.

쾅!

이어 그녀가 손잡이의 잠금장치를 누르는 그 순간에 조유진은 스르르 무너지고 있었다.

바깥으로부터 들리는 소리로 보아 싸움은 이저 현관문을

사이에 두고 보다 치열해지고 있는 중인 것 같았다.

그러나 윤소영은 지금 그 싸움이 어떻게 진전이 되어가고, 또 그 결과가 어떻게 될지에 대해서는 조금도 관심을 가질 마음이 없었다.

오로지 한 남자에게로, 자신을 지켜주기 위해 혼자서 처절한 사투를 벌였던 한 남자에게로 지금 그녀의 모든 정신은 쏠려 있었다.

그는 바닥에 앉아 있었다.

그녀는 그의 허리를 비스듬히 뒤로 젖히게 하여 머리를 자신의 가슴에다 기대게 해놓고 있는 중이었다.

만약 그렇게 하지 않았다면 그는 그나마도 자세를 갖추지 못하고 바닥으로 쓰러져 버렸을 것이다.

조유진은 의식이 혼미해지고 있는 듯했다.

어떻게 하든 두 눈을 부릅뜨려고 애를 쓰는 듯 보이기는 하는데 막상 그의 두 눈은 초점이 뚜렷하지 않았고 게다가 자꾸만 감기려 하고 있었다.

지금도 멈추지 않고 있는 출혈은 이미 위험 수위를 한참이나 넘어버린 것 같았다.

윤소영은 새삼 다급해졌다.

그러나 그녀에게 이럴 때 적용할 수 있는 어떤 응급 의학적 상식이 있는 건 아니었다.

다만 조금이라도 출혈을 막아야겠다는 생각으로 두 손으로 상처 부위를 틀어막고 있는 외에는 그저 그가 의식을 잃게 해서는 안 된다는 생각이 들 뿐이었다.

지금 그녀에게 있어서 그 두 가지의 일은 어떤 숙명적인 임무와도 같이 생각되는 것이었다.

"이봐요!"

그렇게 불렀지만 조유진은 잠깐 이마를 찌푸렸을 뿐 그녀에게로 초점을 맞추지 못하는 모습이었다.

문득 그녀에게서 이런 말이 튀어나왔다.

"당신 나랑 연애 한번 안 해볼래요?"

그러고 나서 그녀는 금방 화들짝 놀라고 말았다.

스스로가 내뱉은 말의 의미를 뒤늦게 깨달으면서.

그러나 그녀는 곧 다시 화사하게 웃었다.

효과가 있었던 것이다.

조유진의 두 눈이 조금 커져 있었다.

어리둥절하면서도 멍한 눈빛으로.

그는 그렇게 커진 두 눈으로 그녀의 다음 말을 재촉하고 있는 듯했다.

그녀는 그럴 것이라고 생각했다.

미리 생각해 놓은 것은 결코 아니었건만, 그녀 스스로의 생각에도 참으로 의외이다 싶은 말들이 스스럼없이 쏟아져 나오고 있었다.

"물론 구질구질한 연애 같은 건 말고요. 나도 그런 연애는 딱 질색이거든요? 남들이 안 해본, 우리가 처음이자 마지막으로 하는 그런 쿨한 연애를 한번 해보자는 거예요. 뭐… 이를테면… 결혼은 NO. 서로 필요한 만큼 쿨하게 엔조이. 사실은 나도 방금 문득 생각한 것인데, 당신하고는 그런 연애가 가능할 것 같다는 생각이 들었거든요? 어때요? 당신만 동의한다면 나는 기꺼이 그래 볼 생각이 있는데?"

별 막힘도 없이 매끄럽게 흘러나오는 말이었다.

그러나 그녀는 지금 자신의 입에서 술술 흘러나오고 있는 그 말들의 의미를 막상 스스로는 미처 다 헤아리지 못하고 있었다.

5. 마! 너 이리 좀 와봐라!

팔층.

엘리베이터의 문이 열리는 순간 주변 공기가 벌써 심상치 않았다.

몇 걸음 앞에서 코너를 돌아 길게 뻗은 복도에는 언뜻 대여섯쯤 되어 보이는 사내들이 서 있다가 마침 엘리베이터 멈추는 소리를 들었는지 이쪽으로 눈길을 모으고 있었다.

장훈이 선뜻 앞으로 나서며 뚜벅뚜벅 걸어갔다.

그런 장훈의 기세에서는 벌써부터 '나 싸우러 왔다!' 는 티가 너무도 분명히 드러나고 있었다.

김강이 일시 인상을 찡그렸으나, 장훈은 이미 두어 걸음이나 앞서 나가고 있는 중이라 그냥 묵묵히 그 뒤를 따라 걸음을 내디뎠다.

장훈의 걸음은 거침이 없었고 조금씩 더 빨라졌다.

가까이 있던 사내 둘은 벌써부터 긴장을 떠올리고 있는 중이었다.

"어이! 잠깐만!"

서로 간의 거리가 몇 걸음 정도로 가까워지자 사내 하나가 느긋한 몸짓으로 복도의 가운데를 막아섰다.

그러나 사내의 느긋함은 거기까지였다.

퍽!

장훈의 발이 그대로 앞을 향해 쭉 뻗어나가며 사내의 복부를 차버렸으니까.

"욱!"

사내는 제대로 비명을 내지를 사이도 없이 이 미터쯤은 족히 허공을 날아가서 그대로 볼썽사납게 복도의 한쪽 벽으로 처박혀 버렸다.

"뭐야, 새꺄!"

옆의 사내가 호통이라기보다는 차라리 놀람과 경계의 기색이 더 선명한 고함을 내질렀다.

그러나 그 사내는 오히려 급하게 뒤로 물러서고 있었다.

어쨌든 그 통에 조금 떨어진 곳에서 멀거니 이쪽의 상황을 지켜보고 있던 사내들이 일제히 장훈을 향해 다가오고 있었다.

"한꺼번에 다 덤벼라, 새끼들아! 유진이 새끼야! 내가 왔다! 회장님도 왔다!"

장훈의 목소리가 쩌렁하게 복도를 울렸다.

그런데 막 기세 좋게 사내들을 향해 돌진해 갈 듯하던 장훈이 한순간 멈칫하며 멈춰 서고 말았다.

사내들의 숫자가 갑자기 늘고 있었다.

그것도 몇 명 정도의 차원이 아니라 숫제 몇십 명 단위였다.

"뭐야?"

"어떤 새끼야?"

반대쪽 엘리베이터가 있는 쪽과 비상계단이 있는 쪽으로부터 일단의 사내들이 우르르 몰려나오고 있었다.

언뜻 보기에도 삼, 사십여 명은 족히 되어 보이는 숫자였다.

장훈의 얼굴이 대번에 흙빛으로 변하고 말았다.

"제기랄!"

중얼거리며 장훈은 저도 모르게 뒤를 돌아보았다.

그리고 그는 금방 의아한 빛이 되고 말았다.

당연히 김강 때문이었다.

김강은 천천히 혁대를 풀어내고 있었다.

이어 혁대의 끝 부분을 한 바퀴 손바닥에다 감아쥔 그는 성큼 보폭을 키우며 장훈을 지나쳐 앞으로 나아갔다.

지극히 무표정한 그러나 차갑게 굳은 얼굴로.

그때 장훈은 언뜻 그런 생각을 했다.

평상시에는 제대로 보지 못했는데 상당히 특이하게 생긴 혁대라고.

무슨 재질인지 시커먼 색의 가죽띠는 유난히 길고 두터워 보였다.

특히 은색의 버클이 유난히 커 보였다.

그러나 장훈은 금방 자신의 쓸데없는 생각을 털어버리려는 듯이 머리를 흔들었다.

그때 김강은 벌써 두세 걸음이나 앞에서 뚜벅뚜벅 걸어가고 있었다.

조금 전의 장훈이 그랬던 것처럼 지금 김강의 걸음도 거침이 없었다.

그리고 점차 빨라지더니 이윽고는 내달리다시피 사내들을 향해 돌진해 가고 있었다.

한마디의 외침이나 기합 소리도 없었다.

그냥 묵묵한, 그러나 맹렬한 돌진이었다.

허공을 누비는 김강의 혁대질(?)은 현란한 데가 있었다.

그러나 현란하다는 묘사적 표현을 갖다 붙이기에 그의 혁대질은 너무도 원색적이라고 해야 할 정도로 질박했다.

그리고 무지막지했다.

쉭!

빡!

쉬익!

빠각!

김강이 휘두르는 혁대가 만들어내는 소리들의 유형은 대개가 그런 식이었다.

장훈이 유별나게도 커 보인다고 느꼈던 그 버클이 마구잡이로 허공을 누비면서 내는 소리였다.

그리고 하필이면 사내들의 대갈통을 주목표로 갈겨대는 소리이기도 했다.

맹렬했다.

마치 폭우를 품은 한줄기의 광풍이 메마른 대지를 휩쓸며 지나가는 것 같은 기세였다.

김강의 혁대질이 휩쓸고 지나가는 주변으로 폭발적으로 튀어 오르는 핏방울들은 주변 일대의 광경을 섬뜩한 것으로 만들어놓고 있었다.

고통과 공포에 질린 처절한 비명 소리가 잇달아서 터져 나왔다.

"악!"

"크윽!"

벌써 일고여덟의 사내들이 머리를 감싸 쥐고 바닥으로 주저앉아서는 고통스러운 신음을 흘리고 있는 중이었다.

그러나 그런 아비규환의 풍경을 만들어놓고서도 김강의 난폭함은 조금도 수그러들지를 않고 있었다.

그 거침없는 기세에, 그리고 그 감당하기 어려운 난폭함과 잔혹함에 사내들은 감히 맞설 엄두를 내기보다는 차라리 질린 듯이 뒤로 걸음을 물리고 있었다.

그런 덕분에 김강과 사내들의 처절한 격돌은 아주 잠깐 동안만 벌어졌을 뿐이었다.

비록 공포스럽고 급박한 분위기는 그대로였으나 격돌이라는 측면에서만 보자면 상황은 금방 소강상태로 접어들고 말았으니까.

묘한 광경이었다.

김강은 지금 삼십여 명이나 되는 사내들을 그 혼자서 밀어붙여 가고 있는 중이었다.

그것도 위협과 견제를 주고받으며 조심스럽게 밀어붙이는 그런 형태가 결코 아니었다.

김강은 그냥 성큼성큼 걸어가고 있을 뿐이었다.

막아서는 자가 있다면 가차없이 휘두르겠다는 듯이 혁대를 아래로 늘어뜨린 채로.

김강의 그런 모습은 가히 일당천의 위용과 기세타고 할 만했다.

적어도 김강의 뒤를 쫓아가면서 장훈은 그렇게 평가했다.

그렇게 김강과 장훈이 복도 중간쯤에 있는 윤소영의 집까지 가는 데는 불과 얼마 걸리지도 않았다.

어떻게 보면 갑자기 나타나 마구잡이로 혁대질을 해대며 질풍같이 사내들을 몰아쳐 버린 김강의 행동은 가히 엽기적이라고 할 수밖에 없는 것이었다.

그러한 돌발성과 상상을 절(絶)하는 엽기성으로 인해 사내들은 무려 사십여 명에 달하는 압도적인 수적 우위를 거의 활용해 보지도 못했다.

어떻게 대응할 방향을 잡기도 전에 혼비백산에 우왕좌왕하던 끝에 사내들은 어느새 그들이 지키려 했던 윤소영의 집 앞까지 밀려나고 만 것이었다.

더구나 이제야 막 한쪽에 준비해 두었던 연장들이 배분되고 있는 모습은 사내들이 그 짧은 시간 동안 얼마나 경황없이 일방적으로 밀리고 말았던가를 더욱 확연히 보여주는 것이었다.

오태동은 끓어오르는 화를 주체할 수 없었다.

지금 벌어지고 있는 상황들에 대해 그는 도무지 납득을 할 수가 없는 심정이었다.

집 안에서는 그와 일곱 명의 부하가 겨우 한 놈을 상대로 해서 아직껏 죽을 쑤고 있는 중이었다.

더구나 바깥에서 벌어지고 있는 상황은 안쪽보다도 더욱 개판인 것 같았다.

바깥에서 전해지는 보고에 따르면 지금 한바탕의 난리를 치고 있는 놈들은 겨우 둘에 불과했다.

두 놈이라면 지금 안에서 여자와 함께 독하게 버티고 있는 한 놈과 같이 지난 몇 달 동안 소동을 부렸던 문제의 그 세 놈들 중 나머지 두 놈이라는 짐작이 가능했다.

그런데 그들 세 놈을 포함해 만일의 예기치 못한 변수들까지를 감안해서 그래도 한가락씩 한다 하는 부하들을 대거 대기시켜 두었던 것인데 지금 바깥에서 벌어지고 있는 개판의 상황을 도대체 어떻게 이해를 해야 한다는 말인가.

물론 오태동 자신이 이미 한 놈을 겪어보았기에 새로 나타난 나머지 두 놈들 또한 결코 녹록하지 않을 것이라는 짐작은 충분히 해볼 수가 있었다.

그러나 자그마치 사십 명이었다.

사십이 둘을 상대하는 상황인 것이다.

그가 비록 잠시간 다른 생각으로 여유를 부리다가 체면만 구기는 꼴을 당하긴 했지만, 어쨌든 지금 방 안에 갇혀 있는 놈 또한 제놈이 아무리 독하게 날뛰었어도 결국은 무너지기 직전의 상태까지 몰려 있지를 않는가.

결국 제아무리 독하고 대단한 놈이라도 일단 숫자로 밀어붙여 '다구리'를 놓아버리는 데는 실력이고 나발이고 아무 소용이 없다는 얘기다.

그런데도 겨우 두 놈을 어떻게 하지 못해 사십이나 되는 놈들이 오합지졸처럼 우르르 몰려다니고만 있으니 그야말로 개판일 수밖에 없는 일이었다.

게다가 더욱 울화통이 치미는 것은 이편이나 저편이나 이놈들이 지금 아주 작정을 하고서 사방팔방으로 광고를 해대고 있다는 것이었다.

저쪽이나 이쪽이나 소란을 떨어서 피차간에 좋을 일은 하나도 없었다.

까놓고 말해 신고라도 들어간다면 더욱 급해지는 것은 오히려 자신들 쪽이었다.

그것이 오태동이 현관문을 열라고 한 이유였다.

최악의 상황을 가정한다고 해도 아직까지는 조금의 시간적인 여유가 있었다.

그렇다면 세 놈을 다 집 안으로 몰아놓고서 한꺼번에 '아작'을 낸 다음에 몸을 빼면 될 일이었다.

김강의 일방적인 몰아붙임이 윤소영의 집 바로 앞까지 이어졌을 때, 사내들에게서도 이윽고는 제대로 된 반격이 시도되고 있었다.

김강의 가공할 혁대질에 대해 감히 대항할 엄두를 내지 못하던 사내들이 그때쯤에는 제각각 연장들을 손에 들었기 때문이기도 했지만 그것보다는 윤소영의 집이야말로 사내들로서는 더 이상 물러설 수 없는 마지막의 사수선(死守線)이기 때문일 것이다.

어쨌든 사내들의 반격으로 인해 상황은 돌연 치열한 공방전의 양상을 띠어갔다.

"죽여!"

"와아아!"

날 선 외침과 악에 받친 고함들이 터져 나오며, 앞 선에 선 사내들이 어지럽게 쇠파이프며 야구방망이며 기타의 연장들을 휘두르며 조금씩 조금씩 앞으로 밀고 나왔다.

텅!

터엉!

탱!

버클과 쇠파이프 등이 부딪치며 내는 된소리들이 요란하게 터져 나왔다.

그러나 이내,

팍!

무언가 부서지는 소리가 있고 난 다음부터 쇳소리는 급격히 잦아들었고, 대신 가죽채찍이 무엇에 휘감겨 드는 종류의 소리로 바뀌었다.

쫙!

쫘악!

김강이 휘두르던 혁대의 버클이 잇따른 충격을 견디지 못하고 부서져 버린 것이었다.

"밀어버려!"

"와아아!"

상황의 역전이었다.

김강의 혁대질이 이제 이전처럼 위력적이지 않게 된 이상, 사내들이 처음 김강에 대해 가졌던 두려움 또한 어느 정도 극복이 되어가고 있는 듯 보였다.

그리고 그렇게 기세의 역전이 일어난 이상에는 김강으로서도 일단은 뒤로 몸을 빼는 수밖에 달리 어떻게 해볼 도리가 없는 상황이었다.

아예 벽을 이루며 몰아쳐 오는 무수한 '연장질' 속에 속수

무책으로 밀려나고 마는 김강의 등을 장훈이 역시 등으로 받쳤다.

그러나 그렇게 받친다고 해서 버텨낼 수 있는 상황은 아니었다.

현관문이 열린 것은 바로 그때였다.

김강이나 장훈이 밖에서 연 것이 아니라 안쪽에서 열린 것이었다.

그리고 그 순간 김강과 장훈이 급급히 현관문 안쪽으로 몸을 들이민 것은 달리 선택의 여지가 없는 일이었다.

"뒤를 끊어!"

김강이 먼저 안으로 들어가 위치를 확보하면서 외쳤다.

다급한 기색보다는 차갑고 냉정하게 착 가라앉은 그 외침에 장훈은 퍼뜩 정신이 든 듯했다.

허겁지겁 김강의 뒤를 쫓아오기에 급급하던 장훈이 한순간 확하고 뒤로 돌아섰다.

그리고 이를 악물고는 두 다리에 힘을 주어 그 자리에 우뚝 버티어 섰다.

현관은 그다지 넓지 않았다.

더구나 쇠파이프를 휘두른다면 둘이 동시에 휘두르기에도 좁다고 해야 했다.

장훈은 마침 자신을 향해 날아오고 있는 두 자루의 쇠파이프를 두 눈을 부릅뜨고서 노려보고 있었다.

그리고,

퍽!

왼쪽 어깨를 후려치는 쇠파이프를 그대로 둔 차로 장훈은 머리로 날아오는 쇠파이프를 두 손으로 움켜잡아 버렸다.

왼쪽 어깨에 상당한 충격이 있었지만 그런대로 견딜 만은 했다.

그리고 장훈은 당황한 티가 역력한 사내들을 향해 씩 웃어 주었다.

어깨에서 둔탁하게 통증이 번지고는 있었으나, 그래도 뼈가 부러진다든지 하는 정도의 상처를 입지 않고 다른 하나의 쇠파이프를 잡아낼 수 있었다는 것은 참으로 요행이었다.

다음 순간 장훈은 손에 잡힌 쇠파이프를 확 잡아당겼다.

그 엄청난 힘에 쇠파이프를 마주 잡고 있던 사내가 맥없이 불쑥 끌려왔다.

콱!

장훈의 발이 그대로 사내의 가슴팍을 차버렸다.

사내의 몸이 일시 우당탕 뒤로 밀려가서는 현관 안쪽으로 한 발씩을 들이고 있던 다른 사내들을 그대로 들이받아 버렸다.

그리고 그 잠깐의 틈을 이용해 장훈은 현관의 주도권을 완전히 장악해 버렸다.

붕!

부웅!

장훈이 마구잡이로 휘두르는 쇠파이프가 소름 끼치도록 맹렬한 바람 소리를 일으켰다.

장훈은 지금 김강과 확실한 역할 분담을 하고 있는 중이었다.

김강이 안쪽의 일을 맡는 대신 그는 후방을 차단하기로.

그런 의미에서 장훈은 자신의 역할을 완벽하게 수행하고 있었다.

장훈의 강력한 힘과 현관이 가지는 공간상의 제약, 그리고 '스타일을 조지기로 한' 그의 희생이 그것을 가능하게 만들고 있었다.

사실 평상시의 장훈 같았으면 결코 쇠파이프를 잡는 따위의 일은 하지 않았을 것이다.

'스타일 조지는' 일은 절대로 못하는 성격이었으니까.

텅!

탱!

각종의 연장을 앞세운 사내들은 악착같이 현관으로의 재진입을 시도하고 있었다.

그러나 장훈과 한번 쇠파이프를 마주친 자들은 손바닥에서 어깨를 거쳐 온몸으로 저릿하게 전해지는 육중한 충격을 맛보아야만 했고 이내 주춤거리며 뒤로 물러나야만 했다.

장훈이 뒤쪽을 봉쇄하고 있는 동안 김강은 비교적 차분하게 집 안의 풍경들을 살폈다.

그러나 자세하게 살피지 않더라도 무엇인가 부서진 파편들, 바닥에 점점이 뿌려져 있는 핏자국들 등에서, 그리고 거실에서부터 맞은편의 방까지로 이어지는 격렬함의 흔적들만으로도 김강은 그 공간들을 쓸고 지나갔을 한바탕의 싸움이 얼마나 치열했던 것인지를 능히 짐작할 수 있을 듯했다.

또한 그가 최우선적으로 알기를 바랐던, 지금 조유진이 어디에 있는지 하는 것도 바로 알 수가 있었다.

여기저기 처참하게 찍히고 구멍이 난 맞은편의 방문.

조유진은 바로 그 안에 있을 것이었다.

그리고 방문이 굳게 닫혀 있다는 것은 조유진이 지금껏 그 안에서 버티고 있었다는 의미일 것이었다.

일순 김강의 표정으로 한가닥 안도의 빛이 스쳤다.

이어 김강은 천천히 걸음을 옮겼다.

자신에게 팽팽하도록 집중되어 있는 오태동 등의 날카로

운 시선들은 전혀 안중에도 없다는 듯 그는 지금 맞은편의 방을 향해 곧바로 거실을 가로지를 태세였다.

피식!

오태동은 문득 가볍게 웃음을 흘리고 말았다.

상대의 가소로움에 대한 어이없음의 표시였다.

결국 문제의 세 놈이 한군데에 다 모였지만, 한 놈은 현관을 막고 있기만도 벅찬 상황이었고, 여자와 함께 방 안에 있는 놈도 이미 갈 데까지 가 있는 상황이었다.

그렇다면 제대로 용을 써볼 놈은 지금 잔뜩 폼을 잡고 있는 저놈 혼자뿐인 것이다.

그런데 놈은 정말로 오태동 자신과 멀쩡한 여섯의 부하들을 혼자서 상대하겠다는 작정을 보이고 있는 중이었다.

그렇다면 오태동 자신이 그렇게 물렁해 보였다는 것인가?

아니면 놈이 스스로를 그토록 대단한 존재로 여기고 있다는 말인가?

그런 점에서 오태동은 놈의 그 대단한 자부심에 대해 자신이 가소로워하고 있다는 표시를 그렇게 가벼운 웃음으로라도 표시해 주지 않을 수가 없는 심정이었던 것이다.

오태동의 눈짓을 받고 그의 부하들 중 셋이 김강의 예상 동선(動線)을 막아섰다.

사십 센티미터는 되어 보이는 회칼을 손에 든 사내 하나와 쇠파이프를 어깨에 걸쳐 놓은 사내 둘이었다.

가운데의 사내가 회칼로 한 차례 빈 허공을 그어 보이고 나서 천천히 김강을 향해 마주 한 걸음을 내디뎠다.

쇠파이프를 든 두 사내 역시 회칼사내의 양옆으로 붙어 서며 보조를 맞추었다.

그러나 김강은 그들 셋에 대해 조금도 개의치 않는다는 듯 천천히 걸음을 옮기고 있었다.

이윽고 서로 간의 거리가 두어 걸음의 간격으로 좁혀졌을 때 가운데의 회칼을 든 사내가 잔뜩 비틀린 웃음을 만들어내며 차갑게 비웃었다.

"이런 또라이 같은 새끼……."

그러나 그는 미처 말을 다 맺지 못했다.

그 순간의 상황에 대해서는 누구도 정확하게 묘사하기가 어려울 것이었다.

김강은 빠르다거나 혹은 눈에 띌 정도의 큰 동작으로 움직이지도 않았다.

그런데도 어찌 된 일인지 그는 한순간 회칼사내의 바로 턱 밑으로 다가서 있었다.

회칼사내 역시도 김강의 그런 움직임에 대해서는 어떻게

대응을 해볼 생각조차 못했던 것이 분명해 보였다.

그랬기에 그의 회칼이 제대로 한번 쓰여보지도 못하고 그대로 움직일 공간을 잃어버린 것이 아니겠는가.

짜자작!

이어서 들려온 소리는 마치 박수를 치는 소리 같기도 했고, 혹은 연속적으로 뺨을 후려갈기는 소리 같기도 했다.

또한 그 소리는 두세 번인지, 혹은 서너 번인지, 그 횟수를 잘 구분하지 못할 정도여서 마치 동시에 나는 소리인 듯이 빠른 템포였다.

탱!

텅!

두 개의 쇠파이프가 바닥으로 내동댕이쳐지며 화들짝 쇳소리를 냈다.

이어 방금까지 그것들을 꼬나 들고 있던 사내들 둘이 마치 행위 예술이라도 펼치는 듯이 보조를 맞추면서 풀썩하고 각기 옆으로 넘어갔다.

시간적으로는 가운데의 회칼사내가 조금 더 버텼다.

그는 허리를 휘청하면서 뒤로 넘어갈 듯하였는데, 하체가 먼저 풀리는 바람에 그의 몸은 다시 앞으로 꺾어졌다.

이어 꿇어앉듯이 무릎을 바닥에 박은 다음에 다시 얼굴을 바닥으로 처박고 말았다.

그걸로 끝이었다.

그들 셋의 몸은 더 이상 움직이지 않았다.

그들 세 사내들에게 어떤 일이 벌어졌는지에 대해서 대강이라도 아는 사람은 여전히 없었지만, 어쨌든 세 사내들이 순간적으로 강력한 충격을 받았고 그로 인해 의식을 잃어버리고 말았다는 것은 분명한 사실이었다.

그리고 또 하나 분명한 것은 사내들을 그렇게 만든 것이 바로 김강이라는 사실이었다.

깡!

탱!

"개새끼! 죽여 버려!"

현관 쪽에서는 여전히 쇠파이프 부딪치는 소리와 거친 욕지거리 속에서 치열한 연장질(?)이 오가고 있는 중이었다.

그러나 그런 시끄러움 속에서도 거실의 분위기는 일시 착잡하게 가라앉아 있었다.

오태동도, 그리고 이제 셋 남은 그의 부하들도 방금 그들의 눈앞에서 벌어진 일에 대해 어떤 뚜렷한 반응을 보이지 못하고 있었다.

그러나 그들은 아마도 상당한 충격을 받은 것 같았다.

하긴 뭐가 어떻게 됐는지 알지도 못하는 사이어 한꺼번에 셋이 넘어가 버렸으니 어떻게 그들이 잠시라도 압도당하지 않을 수 있겠는가.

물론 오태동이나 그의 부하들 또한 깡이라면 누구 앞에서라도 큰소리를 칠 수 있다고 자부하는 자들일 것이다.

그러나 지금 김강이 만들어내고 있는 무형의 기세는 그들이 개념 잡고 있는 깡과는 차원이 다르다고 해야만 하는 것이었다.

김강은 다시 앞을 향해 걸음을 옮기고 있었다.

안중에 아무도 없다는 듯한 거침없는 기세는 여전했다.

김강의 움직임에 오태동과 그의 세 부하들이 흠칫하였다.

마치 그제야 잠시간의 정신적 충격에서 깨어나는 듯했다.

그러나 그들은 이제 섣불리 김강과의 거리를 좁힌다든지 더욱이 당장에 도발을 할 엄두는 내지 못하는 듯 보였다.

김강과 현관 쪽의 상황을 번갈아 흘깃거리면서 오태동은 잠시 생각이 복잡한 것 같았다.

별다른 저항을 받지 않고 맞은편의 방 앞에까지 간 김강이 가만히 방문의 손잡이를 돌려보았다.

그러나 문은 안쪽으로부터 잠겨 있었다.

"조유진! 괜찮나?"

김강이 방 안쪽을 향해 나직이 물었다.

안쪽으로부터 작은 소리의 반응이 나온 것은 잠시 뜸을 들인 후였다.

"그는… 심하게 다쳤어요."

조유진 대신 윤소영의 대답이었다.

김강이 목소리를 좀 더 부드럽게 바꾸어서 말했다.

"문을 열어줄 수 있겠소?"

그리고 잠시 후.

'딸칵!' 하는 소리와 함께 문이 조심스럽게 열렸다.

김강은 침울한 얼굴이 되고 말았다.

조유진의 옆구리 상처는 깊어 보였고, 상처 부위와 바지, 그리고 윤소영의 옷까지 온통 흥건히 적셔 버린 출혈의 양은 한눈에 보기에도 위험 수위를 넘기고 있었다.

그런 위험은 이미 불규칙적인 헐떡임으로 변해 있는 조유진의 호흡에서도 드러나고 있었다.

그런 와중에도 조유진은 그의 앞에 선 사람이 바로 김강이라는 것을 알아본 모양이었다.

그러나 조유진이 뭐라고 말을 하는데도, 다만 희미한 소리를 겨우 입 밖으로 내놓는 정도라 김강은 잘 알아들을 수가 없었다.

그러나 김강은 조유진을 향해 빙그레 웃어주었다.

조유진의 얼굴에도 희미하게 미소가 맺혔다.

그럼으로써 김강은 조유진이 지금 힘겹게나마 자신의 얼

굴에 초점을 맞추고 있는 중이라는 것을 확인할 수 있었다.

그리고 그의 얼굴로는 다시금 희미하게나마 안도의 기색이 스치고 지나갔다.

김강은 자신의 휴대폰을 꺼내 단축키 하나를 누른 다음에 윤소영에게 건네주었다.

그리고 연결되는 사람에게 간단히 상황을 설명해 주라고 했다.

이어 김강은 조유진의 곁에 앉아 그의 상처를 자세하게 살폈다.

통화를 하면서도 윤소영의 눈길은 잠시도 조유진에게서 떨어지지 않았다.

그리고 김강이 손바닥을 넓게 펴서 조유진의 상처 주변 부위를 힘주어 꾹꾹 누르는 모습을 대하고는 잔뜩 걱정스러운 빛이 되고 마는 것이었다.

김강은 한참 동안을 마치 안마라도 하듯이 조유진의 상처 주변을 눌러주었다.

잠시를 그러고 있다가 김강은 자신의 상의를 벗었다.

이어 안에 입고 있던 면 티마저 벗더니, 적당한 넓이로 면 티를 접어 조유진의 상처 부위를 눌렀다.

그리고 마침 통화를 끝낸 윤소영에게 말했다.

"이거 좀 누르고 계시겠습니까?"

윤소영이 급하게 조유진에게로 다가앉으며 김강에게서 상처 부위 누르는 일을 넘겨받았다.

조유진의 상처 부위를 살핀 윤소영의 얼굴에 안도하는 기색이 떠올랐다.

김강의 조금은 부적절해 보이는 행위 후에, 조유진의 상처 부위에서 꾸역꾸역 흘러나오고 있던 피가 일단은 멈춘 것을 보았기 때문이다.

오태동은 부하들에게 눈짓으로 현관 쪽을 가리켰다.

현관을 뚫으라는 지시였다.

김강이 보인 엄청난 기세에 잠시간 압도당해 있었던 것은 사실이지만, 오태동은 상황의 주도권이 여전히 자신들 쪽에 있다고 믿었다.

현관문 밖에는 그의 부하들이 사십 명이나 있었다.

일단 그들이 안으로 들어와 합세하는 그 순간에 모든 상황은 깨끗하게 종결이 될 것이었다.

그때는 상대가 싸움의 귀신이라고 해도, 아니, 다시 그 할아버지쯤이라고 해도 상황을 뒤집을 수는 없을 것이었다.

챙!

채챙!

현관 부근에서는 쇠파이프 부딪치는 금속성들이 한층 급

박해지고 있었다.

장훈은 안팎으로 협공을 당하는 중에 그를 가운데에 두고 떨어지는 쇠파이프며 야구방망이며 기타 연장들의 무차별적인 세례를 맞아 그야말로 죽을힘을 다해 쇠파이프를 휘둘러대고 있었다.

"와라! 한꺼번에 전부 다 와봐라! 개새끼들아!"

고래고래 악을 써대는 장훈의 고함 소리에는 극에 받친 독기와 다급함이 그대로 녹아 있었다.

김강은 느긋하게 몸을 일으켰다.

그리고 맨몸 위에다 다시 겉옷을 걸치며 방을 나섰다.

"멈춰!"

김강의 짧은 외침이 주변 공간을 쩌렁하게 울렸다.

그다지 목청껏 고함을 친 것 같지는 않았는데도 말이다.

어쨌든 그런 덕분인지, 장훈과 사내들 사이의 치열한 공방전이 아주 잠깐의 멈칫거림을 보이는 듯했다.

그리고 그들이 다시금 본래대로의 격렬함으로 되돌아가기 직전에 김강의 말이 다시 이어졌다.

"니가 여기 대빵이냐?"

오태동을 보고 하는 소리였다.

비록 무덤덤하게 묻는 듯했으나, 무거우면서도 카랑카랑

한 데가 있는 김강의 목소리에서는 깊은 분노 같은 것이 느껴졌다.

오태동은 일시적으로 대답을 내놓지 못하고 있었다.

그때 김강이 그를 향해 가볍게 손짓하며 다시 말했다.

"마! 너 이리 좀 와봐라!"

그리고 그 한마디에 현관 쪽의 공방전은 곧바로 확연한 소강상태로 접어들고 말았다.

"너희들은 끼어들지 마라!"

김강의 차분한 그 말에 막 오태동의 눈짓을 받고 김강을 향해 다가서려던 세 사내들은 그만 멈칫 그 자리어 서고 말았다.

그런 그들의 모습은 마치 지금 김강에게서 그들로 하여금 도저히 거역할 수 없도록 만드는 어떤 강력한 포스가 뿜어지기라도 해서, 감히 몸을 움직일 엄두를 내지 못하겠다는 모양새로 보이기도 하는 것이었다.

어쨌든 그들이 자신들을 억누르고 있는 어떤 심리적인 압박을 벗어내기도 전에 김강은 오태동을 향해 성큼성큼 다가가고 있었다.

오태동은 당장에 극도의 긴장을 떠올렸다.

그러나 역시 노련한 싸움꾼인 그는 이내 상대를 맞을 자세를 갖추었다.

기대(?)했던 것과는 완전히 다른 양상이었다.

그 의외의 상황을 맞아, 처음에 잔뜩 긴장해 있던 주변의 시선들에서는 지금 차라리 허탈하다는 심정들이 떠올라 있었다.

그것은 싸움이 아니라 일방적인 구타라고 해야만 하는 것이었다.

김강의 주먹과 발길질에는 조금의 사정도 담겨 있지 않았다.

때릴 곳, 안 때릴 곳을 가리지 않고서 그야말로 무차별적으로 사람을 패고 있었다.

현관 쪽에서 첨예한 대치를 이루고 있던 장훈과 사내들은 이제 모든 신경을 김강과 오태동에게로만 집중시켜 놓고 있는 중이었다.

그렇게 모두가 숨을 죽인 가운데, 오태동으로부터 비롯되는 소리들만 사뭇 규칙적으로 들리고 있었다.

퍽!

"윽!"

콱!

"큭!"

한 대 한 대를 맞을 때마다 오태동은 진저리를 치듯이 신음을 토하고 있었다.

그 질박한 광경과 그 원색적인 소리는 보고 듣는 사람들의 몸을 절로 움찔거리게 만드는 데가 있었다.

여전히 쇠파이프를 꼬나 쥔 채 현관을 막아서고 있었지만, 장훈의 관심은 조금도 바깥쪽의 사내들에게 있지 않았다.

아예 반쯤 몸을 돌려 거실에서 벌어지고 있는 상황을 지켜보면서 장훈은 전혀 엉뚱한 걱정을 하고 있었다.

'저러다 정말로 사람 하나 잡는 거 아냐?'

그러나 장훈은 또한 자신의 그런 걱정이 정말로 걱정할 정도까지는 아니라는 것을 알고 있었다.

김강이 지금 오태동에 가하는 타격은, 보기에는 더 이상 과격하고 잔혹할 수 없는 마구잡이의 폭행 같으나 고통은 클지 몰라도 막상 죽고 사는 데까지 갈 치명적인 타격은 아니었다.

정말로 위험한 것은 김강이 처음에 사내 셋을 한꺼번에 눕힐 때처럼 일격으로 끝을 내버리는 식의 타격이 차라리 더욱 위험하다고 해야 했다.

장훈이 정말로 걱정하는 것은 김강이 저렇게 분노하는 모습을 그가 처음으로 보고 있기 때문이었다.

그러기에 그의 분노가 또 어떻게 번져 갈지에 대한 걱정이었다.

어쨌거나 김강은 지금 작심하고 오태동을 작살내고 있는 중이었다.

오태동은 지금까지 숱한 싸움을 거쳐 보았지만, 어떤 종류의 싸움에서도 크게는 당해본 적이 없었던 사람이었다.

대부분의 경우 그는 누구에게 맞기보다는 늘 누군가를 때리는 입장이었다.

당연히 지금과 같이 일방적으로 깨져 보는 것은 처음일 수밖에 없었다.

그런데 깨지는 것도 깨질 만하게 깨져야 나름으로 납득이라도 될 것이 아니겠는가.

설령 실력이 모자란다고 해도 일단 피 터지게 치고받는 과정이라도 있었다면, 그래서 열 대 맞는 중에 한 대라도 때리는 싸움이라면 억울하나마 납득을 할 수는 있었을 것이다.

그런데 그가 지금 당하고 있는 상황은 그런 최소한의 납득조차도 되지 않는 것이었다.

그를 더욱 비참하게까지 만드는 것은 그가 지금 상대에 대해 두려움을 느끼고 있다는 점이었다.

피가 터지고 뼈가 부러지는 한이 있더라도, 그리고 칼을 맞는 그 순간이라도 차라리 죽여라는 식의 깡을 부려야 하는 것이 본래의 그다운 모습이라고 할 것인데, 지금 그는 두려움을 느끼고 있었던 것이다.

웃기게도 맞는 것에 대해, 맞는 아픔에 대해 그는 극도의 두려움을 느끼고 있었다.

그러나 결코 웃기는 일이 아니었다.

절실한 고통이었고 절박한 두려움이었다.

몸 구석구석으로 떨어지는 한 대 한 대의 매가 만들어내는 고통은 뼛속까지 스며드는 종류의 것이었고, 그로 하여금 이를 악물게 하는 것으로도 모자라 치를 떨게 만들 만큼 무지막지한 것이었다.

사람이 느낄 수 있는 고통 중에 그런 종류의 고통도 있다는 것을 오태동은 처음으로 알게 되었다.

정말 웃기게도, 어느 순간 오태동은 이러다 진짜로 죽을 수도 있겠구나 하는 생각을 하게 되었다.

"그만! 이제 그만 해!"

오태동은 차라리 절규하고 말았다.

그러나 매는 멈추지 않았다.

여전히 규칙적이다시피 계속되고 있었다.

이윽고 오태동은 애원했다.

"하라는 대로 다 하겠소. 그러니까 제발 그만 좀 하시오!"

그제야 김강의 주먹질이 멈췄다.

장훈은 장담할 수 있었다.

오태동이 이제 끝났다는 것을.

그가 다시 조폭으로 살아가지 못하리라는 것을.

그는 이제 어느 누구에게도 함부로 주먹을 휘두르지 못하게 되었으니까.

어설픈 것이 아닌, 진짜배기의 고통을 당해본 사람은 남에게 고통을 주는 짓을 쉽사리 하지 못하는 법이니까.

장훈은 그러한 이치를 굳게 믿고 있었다.

6. 업그레이드

병원에 입원해 있으면서 조유진은 그의 서른 살 인생에 지금까지 없었던 호사를 누리고 있었다.

윤소영의 극진한 간호를 말함이다.

그녀는 서설에 나가봐야 하는 저녁 시간을 제외하고는 아주 조유진의 병실에서 살다시피 하고 있었다.

사실 윤소영만큼 눈에 확 띄는 미모도 드물었다.

그러니 그런 미인에게 그처럼 극진한 간호를 받는다는 것이 호사가 아니면 무엇이겠는가.

장훈은 잠깐씩이라도 하루에 한 번씩은 꼬박꼬박 병실을

들르고 있었다.

그런데 가만히 보자면 그가 왜 그토록 열심히 병실에 오는지를 잘 이해하기 어려운 경우가 많았다.

자주, 아주 노골적으로 배 아프고 눈꼴이 시어서 죽겠다는 시늉이었기 때문이다.

바로 조유진의 호사에 대해서였다.

그러면서도 장훈이 아주 심술만 부리는 것은 아닌 것이 가끔씩은 그래도 친구를 돕겠다는 마음이 들기도 하는지, 슬쩍슬쩍 분위기를 보아가면서 과감히 '제수씨!' 하는 소리를 불쑥 내뱉기도 하는 것이었다.

그럴 때면 윤소영은 그저 덤덤하게 웃기만 했다.

그런데 그녀의 그런 미소는 그 의미가 참으로 묘해 보였다.

장훈의 '도발'을 그저 짓궂은 농담 정도로만 받아들이는 듯도 했고, 한편으로는 별로 싫지 않다는 기색 같기도 해 보이는 것이었다.

어쨌거나 한 가지 분명한 것은 윤소영은 장훈이 함부로 놀려먹을 만큼 녹록한 상대가 아니라는 점이었다.

그리고 장훈의 '제수씨!' 소리에 곧바로 시뻘겋게 얼굴을 붉히고 마는 조유진 역시도 윤소영의 상대가 못 되는 것이 분명했다.

오늘은 김강이 장훈과 함께 병실을 찾았다.

김강으로서는 조유진이 입원한 지 며칠이 지나서야 처음으로 병실을 찾는 것이었다.

마침 병실에는 낯선 사내 하나가 먼저 와 있었는데, 장훈과는 이미 구면인 모양이었다.

장훈은 그를 강이곤이라고 김강에게 소개했다.

서설의 총괄매니저였던 그 강이곤 말이다.

얼마 전까지도 병원 신세를 지고 있던 그는 며칠 전에 퇴원을 하였고, 다시 서설의 총괄매니저 일을 시작했다고 했다.

강이곤에 대해 김강이 느낀 첫인상은 사내다운 묵직한 면이 있으면서도 한편으로 서글서글한 붙임성이 있어 보인다는 정도였다.

강이곤이 잘 포장된 자그마한 물건 하나를 김강에게 내밀었다.

김강이 의아해하자 강이곤은 조유진 쪽을 한번 보고 나서 조금은 겸연쩍다는 듯이 말했다.

"우리 형님께서 워낙 까다롭게 말씀을 하셔서… 사실 이거 구한다고 서울 시내 시장이란 시장은 구석구석 안 돌아본 데가 없습니다. 애당초 백화점 같은 데서 취급할 물건은 아니라고 생각이 되어서요. 하하하!"

그러면서 강이곤은 사뭇 호기심 어린 빛으로 말어 뜸을 들였다.

"말씀은 들었습니다만… 이게 손에 맞으실지……?"

그제야 대강의 사정을 눈치 채고 김강은 크게 웃고 말았다.

"하하하! 혁대가 허리에 맞으면 되지, 손에 맞아야 할 이유가 있겠습니까?"

그러자 강이곤은 머쓱한 기색이 되고 말았다.

"예? 그야 뭐……."

김강이 빙그레 웃으며 치사를 했다.

"날 위해 그렇게 수고를 해주셨다니 고맙습니다. 사실 내 혁대 취향이 좀 독특하긴 한데, 척 보니까 딱 내 취향에 들어맞는 혁대인 것 같습니다."

김강이 문득 의아하다는 표정을 지으며 강이곤에게 물었다.

"그런데 우리 조 본부장과는 언제부터 형님 아우 하는 사이가 된 겁니까? 내가 알기로 조 본부장은 사람 사귀는 데 무척이나 낯을 가리는 걸로 알고 있는데……?"

강이곤은 씩 웃으며 윤소영과 조유진을 돌아보았다.

그러자 윤소영은 애교스럽게 방긋 웃는 데 비해 조유진은 영 쑥스러운 모습이 되고 말았다.

강이곤이 문득 정색을 하고 말했다.

"사람 낯가리기로는 저도 누구 못지않습니다. 그리고 제가 철이 좀 늦게 들었습니다만, 그때부터 제 인생에서 딱 한 분만을 진짜 형님으로 모시기로 맹세한 바가 있습니다. 그분은 바로 우리 누님과……."

그때 윤소영이 불쑥 강이곤의 말을 잘랐다.

"얘! 실없는 소리는 그만 좀 해."

그녀의 말투는 제법 단호했으나 막상은 그다지 싫지 않은 눈치였다.

그러나 강이곤은 그녀의 그 한마디에 대해 빙그레 웃으면서도 더 이상 '실없는 소리'를 계속할 생각은 없는 모양이었다.

그런 것만 보아도 평상시 강이곤이 윤소영에 대해 얼마나 깍듯한지를 짐작해 볼 수 있는 것이었다.

김강의 표정에 엷게 미소가 떠올랐다.

윤소영의 눈길이 아닌 척하면서도 대부분 조유진에게 머물러 있다는 것을 김강은 잠깐 만에 알 수 있었다.

그녀의 눈길에 은근하지만 따뜻함이 절로 느껴지는 정이 담겨 있다는 것도.

잠시 윤소영과 조유진을 번갈아 바라보던 김강의 시선이 문득 조유진의 얼굴에 가만히 머물렀다.

그러자 조유진은 금방 아주 티가 나도록 벌겋게 얼굴이 달아오르고 마는 것이었다.

조유진의 그런 모습을 결코 곱게는 참아 넘기지 못하는 장훈이었다.

"야, 조 본부장! 네가 이러고 신선놀음을 하고 있는 통에 요즘 이 형님께서는 아주 바빠서 돌아가실 지경이다."

일단 시작된 장훈의 투덜거림은 역시나 곱게 끝나지는 않았다.

"내가 보기에는 말이야, 이제는 대충 멀쩡해진 거 같은데 말이야. 너 혹시… 일부러 계속 아픈 척하고 있는 거 아니냐?"

*   *   *

조유진의 퇴원을 기점으로 (주)CHINGU의 내부 상황은 다시 본래대로 돌아갔다.

비록 형식적인 것에 불과했지만, 김강과 장훈, 그리고 조유진이 복직이라는 절차를 통해 원래의 자리와 위치로 복귀한 것이다.

하긴 형식적인 것이라고만 치부해 버릴 수만은 없는 일일 수도 있었고, 또한 겉보기와는 달리 본래 그대로 돌아간 것이 아닐지도 모를 일이었다.

사실 세상의 그 어떤 것도 본래 그대로 있다는 것 자체가 불가능할 수도 있지 않겠는가.

어제와 같은 오늘은 결코 있을 수 없는 법인데, 다만 사람들이 시간의 마력을 제대로 느끼지 못하는 것일 뿐이지 않을까?

(주)CHINGU의 직원들이 한번씩은 농담거리로 써먹은 것은 김강이 스스로 자신의 복직을 명했다는 것이다.

하긴 절대적 위치의 오너인데 그 자신 외에 누가 그의 거취에 대해 명령을 내릴 수 있겠는가.

그러나 자신의 일이 직원들에게 농담거리를 제공했거나 말거나 복직 후의 김강은 다시 예전과 같이 이름뿐인 회장으로 돌아가 있었다.

무얼 하는지 주중에는 얼굴 보기조차 힘들었고, 주말에나 한번씩 얼굴을 비치면서 이미 후(後) 보고 형식으로 선(先) 집행되어 버린, 그래서 그저 봤다는 사인만 하면 되는 몇몇 사안들에 대해 결재를 하는 게 그가 하는 업무의 다였다.

적어도 (주)CHINGU의 직원들 대부분이 보기에는 그랬다.

PJ파에 대해 여동훈은 일단은 붕괴되었다는 평가를 내렸다.

오태동이 조직의 주력들을 거진 다 동원하고도 조유진 등 단 세 사람에게 박살이 나버린 결과에 대해 PJ파는 내부적으로 크게 흔들렸던 모양이었다.

우선은 장훈이 장담하였던 것처럼 오태동은 스스로 조직에서 이탈을 한 것으로 파악되었다.

그리고 조직의 보스인 문정근 또한 더 이상 조직을 운영할 의욕을 잃어버린 듯했다.

어쩌면 그는 그 바닥에서 이미 성공할 만큼 성공했다고 할 수 있는 처지였으므로, 이미 훨씬 이전부터 직접 조직을 운영할 어떤 당위성을 크게 느끼지는 못하고 있었는지도 몰랐다.

또 어쩌면 자신이 직접 조직의 보스 자리를 지키고 있는 데 대해 어떤 위험성이나 혹은 염증 같은 것을 느끼고 있었는지도 모를 일이었다.

만약에 그랬다면 이번의 사건이야말로 그가 조직으로부터 자연스럽게 손을 떼는 데 아주 적당한 명분이 되었을 것이다.

PJ파의 조직은 형식상으로는 실세 서열 넘버 쓰리인 노명철에게로 물려지는 형태를 취한 것으로 파악되었다.

그리고 그러한 형태의 승계는 연륜이나 경력에 있어서 노명철보다는 윗줄에 있으면서 직간접적으로 PJ파의 배경이 되어왔던 고참급들의 대거 이탈을 불러오게 한 것 같았다.

노명철은 젊은층들 위주로 새로운 조직을 재건할 움직임을 보이고 있었지만, 그 세력이나 규모 측면에서 기존의 PJ파

에는 상당 부분 미치지 못할 것으로 여동훈은 또한 평가하였
다.

어쨌거나 (주)CHINGU의 입장에서는 그쪽 바닥의 변화와
동태에 필요 이상으로 관여할 필요는 없다는 것으로 여동훈
은 '서설 사건'의 결론을 맺었다.

그리고 사실은 노명철이 아니더라도, PJ파의 붕괴로 인한
공백은 어차피 그쪽 바닥의 또 다른 누군가에 의해 메워지게
되어 있는 것이 또한 그 바닥의 속성이라고 할 수 있을 것이
었다.

서설 사건 이후로 서울 강남 일대의 유흥업계에는 묘한 바
람이 불고 있었다.

그것은 일반인들은 전혀 알지 못할 그들만의 즈용하고도
세찬 바람이었다.

바람의 근원지는 한 경호업체였다.

바로 (주)CHINGU라는 이름의, 이제는 그쪽 분야에서 제법
유명해진 경호업체.

그 바람은 처음에 몇몇의 업소들이 (주)CHINGU와 일종
의 상시(常時) 경호서비스 계약을 맺으면서부터 시작이 되었
다.

물론 그 업소들은 이미 어떤 식으로든 직간접즈으로 소위

'조직'들과 손을 잡고 있다고 봐야만 할 기업형 규모에 속하는 업소들은 아니었다.

그들 '조직'과는 무관하거나, 혹은 관련이 있더라도 그저 적당히 보호비를 뜯겨주고 기분을 맞춰주는 정도의 관계를 맺고 있던 중소 규모의 업소들이었다.

업주들이 말하는 계약의 동기들은 하나같이 VIP급 단골고객들의 적극적인 추천에 의해서라고 했다.

물론 다분히 표면적인 이유라고 봐야 하겠지만, 아주 없는 얘기라고 할 것도 아니었다.

업주들이 말하는 VIP급 고객들이란 게 나름대로는 소위 힘 있고 빽있다는 인사들인데, 알고 보면 그들이 또 다 이렇게 저렇게 여동훈의 그 놀랍도록 방대한 인맥들과 아주 연관이 안 되는 게 아니었던 것이다.

그러나 세상사가 그리 만만한 게 아닌데 아무리 단골고객들의 추천이라고 해도 눈치 빡빡한 업주들이 정말로 별 얻을 게 없는 계약을 했을 리는 만무했다.

더구나 비용이 그리 작게 드는 것도 아닌데 말이다.

사실은 누구도 콕 찍어서 밝히지는 않았지만 또 그쪽 바닥에서는 이런저런 경로를 통해 자연히 소문이 나게 마련인, 서설 사건의 여파 내지는 효과 덕분이라고 해야 할 일이었다.

강남 바닥의 유흥업계를 장악하고 있는 백영우가 작정하

고 몰아붙이는 데 맞서서 결국 서설의 영업권을 안전하게 보호해 냈다는 사실은 적어도 그쪽 세계에서는 상상하기 어려울 정도의 의미를 가지는 것이었다.

게다가 그 일에 개입된 PJ파가 그 과정이야 어떻게 되었건 간에 결과적으로 막대한 타격을 받고서 사실상 무너지고 말았다는 데 이르러서야 더 이상의 의미를 따지고 말고 할 것이 없지를 않겠는가.

강남의 유흥업소들에 대한 경호 사업은 얼마 지나지 않아 폭발적이라고 할 만큼의 대호황 국면으로 접어들었다.

경호 계약을 맺은 업소들이 당장에 경호의 효과를 확실하게 보는 것으로 소문이 난 덕분이었다.

물론 그 바닥의 기득권자들과의 충돌이 얼마간 있긴 했지만, (주)CHINGU는 어떠한 경우에도 철저하게 업스의 입장에서 일을 처리했다.

경비적인 측면에서 당장의 손해를 보더라도 업소가 피해를 입지 않도록 하는 데에 최우선의 목표를 두었다.

그런 적극적인 경호 자세와 잘 짜여진 체계 덕분에 계약 초기에 일부 발생하였던 부작용들은 속속 사라지게 되었고, 업주들은 더 이상 '조직'들의 눈치를 보지 않고 안정적으로 영업을 할 수 있게 되었다.

또한 그렇게 구축된 신뢰성이 바탕이 되어 얼마 지나지 않아 (주)CHINGU와 경호 계약을 맺고자 하는 업소들의 수는 폭발적으로 늘어나게 되었던 것이다.

(주)CHINGU와 경호 계약을 맺는 것은 마치 하나의 열풍처럼 번졌고, 결과적으로 소수의 기업형 업소를 제외한 강남 대다수의 업소들이 마치 하나의 체인화를 이루듯이 (주)CHINGU의 고객 리스트에 등록이 되었다.

그런 점은 (주)CHINGU의 경호 시스템에도 상당한 효율성을 부여해 주는 측면이 있었다.

즉, 각 업소에 대해 개별적인 경호를 수행하는 개념에서 아예 강남 전체를 하나의 특구(特區)로 보고 지역별 경호 체계를 갖춤으로써 상당한 노력과 비용의 절감을 가져갈 수 있게 된 것이었다.

여동훈은 기존의 경호 분야 사업이 어느 정도 안정 궤도에 올랐다고 평가했다.

물론 아직도 좀 더 세분화하고 또한 좀 더 전문화해야 할 분야가 적지는 않았지만, 어쨌든 인지도를 포함해 어느 정도 만족할 만한 경쟁력과 자생력을 확보했다고 평가하는 것이었다.

그런 바탕하에서인지 여동훈은 얼마 전부터 새로운 사업 영역에 도전해야 한다는 취지를 역설하고 있는 중이었다.

사실 여동훈의 그런 생각의 이면에는 김강의 생각도 어느 정도 작용을 한 바가 있는 것이었다.

물론 새로운 사업영역에 대한 생각은 여동훈이 (주)CHINGU의 기본 골격을 잡을 때부터 중장기 계획 속에 들어가 있던 것이었다.

그러나 여동훈은 경호 사업이 어느 정도의 성공을 거두고 있음에도 불구하고 업무여력이라든가 사업적 시너지 측면이나 위험 관리의 측면에서도 아직까지는 새로운 영역 쪽으로 관심을 확대시킬 때가 아니라는 생각을 하고 있던 중이었다.

그런데 얼마 전 그는 김강과 한담(閑談)을 나누던 중에 뜻밖의 얘기를 듣게 되었고, 그것이 계기가 되어 신사업 쪽으로의 강력한 드라이브를 걸 생각을 구체화하게 된 것이었다.

사실 여동훈에게 계기가 되었던 그때의 한담은 어쩌면 김강에게는 그저 해보는 말에 불과했을 수도 있는 것이었다.

그때 김강은 지나가는 투로 가볍게 말을 던졌었고, 여동훈 역시도 처음에는 그저 가벼운 정도로만 말을 받아주고 있었다.

"이쯤에서 사업 분야를 좀 더 다양화시켜 보는 건 어떨까?"

"다양화라면 어떤 쪽으로……?"

"뭐, 딱히 무슨 생각이 있는 건 아니고… 그냥 지금까지보다는 좀 더 규모가 큰 고객을 찾아보면 어떨까 해서 말이야. 뭐, 굳이 예를 들자면 기업을 대상으로 해본다든지……."

"음! 좋은 말씀이시고 또 분명 연구를 해봐야 할 사항입니다만, 문제는 지금 우리가 지향하고 있는 업의 특성이나 또 현재의 역량으로 일정 규모 이상의 기업을 고객으로 할 만한 분야가 있을까 하는 부분이 관건이 되겠지요."

"뭐, 그런 거야 생각하기 나름 아닐까? 업의 특성이야 필요에 따라 추가하면 되는 것이고, 역량 또한 필요한 만큼 키우면 되지. 그리고 언뜻 생각난 건데 이런 건 어떨까? 흠! 기업의 경영 진단 내지는 컨설팅 같은 것 말이야? 그런 분야라면 준비만 좀 갖춘다면 바로 시작을 해볼 수도 있지 않을까?"

"하하하! 역시 회장님의 배포는 저로서는 쫓아가기가 버겁습니다. 음! 하지만 말씀하신 경영 진단이나 컨설팅 분야는 특히나 전문성이 필요한 분야이고, 또 현재 우리가 가진 업의 형태와는 거의 연관성이 없다고 할 만큼 아주 다른 분야입니다. 더욱이 그 분야에는 실력과 경력을 갖춘 국내외의 날고 기는 전문집단들이 지금도 거의 포화 상태로 난립을 하고 있는 실정입니다. 또한 웬만한 규모의 대기업 같은 경우에는 자체적으로 그런 종류의 각종 조직과 장치를 갖추고 있기도 합니다."

"그런 거야 나도 알지. 다만 내가 말하는 건, 같은 분야라

도 기존의 개념이나 방식들과 차별화할 수 있는 부분을 찾아
보면 어떨까 하는 거지."

"차별화라면⋯⋯?"

"이를테면 기존의 진단이나 컨설팅 개념에다 우리만이 가
지고 있는 색깔을 더하는 거지. 거 왜 그런 부분이 있을 수 있
지 않겠어? 웬만큼 규모를 갖춘 기업들이라도 한두 개씩은 가
지고 있을 법한 법으로는 보호받기 어려운 불편 부당한 불이
익으로부터의 보호라든지, 혹은 기존의 방식보다는 보다 냉
정한⋯ 음! 말하자면 좀 더 터프한 개념의 진단이나 컨설팅
같은 것들 말이야."

그 대목에서 여동훈은 상당한 충격을 받고 말았다.

김강의 생각이 그런 데까지 미치고 있다는 데 대해서.

그 이전까지 여동훈은 오너로서의 김강이 가진 그릇의 크
기는 인정했어도, 실제적인 경영 능력 측면에 대해서는 무시
까지는 아니라도 솔직히 김강을 그다지 크게 인정하지는 않
고 있었던 것이다.

그러나 여동훈은 생각이 빠른 사람이었다.

김강의 그 몇 마디만으로도 여동훈은 김강의 머리 속에 혹
은 마음속에 품고 있는 생각이 어떤 의미에서는 혹은 어떤 방
향에서는 여동훈 자신에 비해 조금도 못하지 않거나 능가하
는 창의적 자유로움과 광범위함을 가진다는 것을 일정 부분

인정하게 되었던 것이다.

그리고 그런 인정은 그가 김강에 대해 가지고 있던 모종의 신비감에 더하여 문득 김강이라는 존재에 대해 다시금 평가를 해보는 계기가 되었다.

7. 그가 필요한 이유 중의 한 가지

이승조에 대해 김산이 부족하다는 것에 대해서 정들은 사실 조금치의 이의도 제기할 수가 없었다.

인정하기 싫어도 객관적으로 너무나 확연한 사실이니 인정하지 않을 도리가 없는 것이었다.

그러나 김산이 상대적으로 부족하다는 것을 인정하는 것과 이승조가 김산에 대해 보였던 그 오만함과 푸대접을 용인하는 것은 엄연히 다른 문제였다.

그날의 만남에서 이승조가 김산에게 보인 전반적인 태도에 대해 정들은 그것이 곧 오만과 무시, 그리고 푸다 접이라고 규정을 한 바 있었다.

물론 그날 김산은 뜻밖의 당구 실력을 발휘해 나름대로 자신의 존재를 과시함으로써, 이승조에 대해 약간의 반격을 한 측면은 있었다.

정들 역시도 그 쓰리 쿠션 시합에서 김산이 이승조의 콧대를 눌러준 것에 대해서는 통쾌함을 맛보기도 했었다.

그러나 그것만으로는 아무래도 만족스럽지 않았다.

더욱이 후련하지는 못했다.

적어도 그녀의 취향으로는 그렇게 우회적인 방법을 선호하지 않았다.

뭔가 불만스럽고 맺힌 게 있으면 직접적으로 풀어야만 속이 시원한 성격인 것이다.

받았으면 적어도 받은 만큼은 돌려주어야 직성이 풀리는 것이다.

물론 그녀가 직접 받은 것이 아니라 어디까지나 김산이 받은 무시와 푸대접이었지만, 그리고 이미 지난 일이었으므로 김산 자신은 벌써 흘려버렸을지 모르지만, 정작으로 그녀의 속에 맺힌 찜찜함은 오히려 시간이 지날수록 그 불쾌감을 더해가고 있는 것이었다.

사실 잘난 쪽이 부리는 어느 정도의 유세에 대해, 부족한 쪽은 그것을 종종 감수해야만 한다는 것이 세상 돌아가는 보통의 이치라는 것을 그녀 또한 부정하는 편은 아니었다.

그러나 그것은 또한 어디까지나 말 그대로의 보통 내지는 일반적인 경우에 해당하는 이치일 뿐, 그 유세를 감당해야 하는 사람이 바로 김산인 다음에는 적어도 그녀에게는 얘기가 달라지는 것이다.

스스로 생각하기에도 참으로 이상한 잣대라고 하지 않을 수 없는 것이었지만, 어쨌든 그럴 때 이상하게도 김산에 대해서만큼은 정들은 도무지 객관적인 거리 감각을 유지하지 못하고 있었다.

사실 누구보다도 객관적이라고 또 어떤 경우라고 해도 충분히 객관적일 수 있다고 자부하는 그녀였음에도 불구하고 말이다.

그가 누구에게 무시당하는 것에 대해 그녀는 마치 자신이 무시당하는 것처럼 느껴져서 도무지 참기가 어려웠다.

물론 여러 가지 현실적인 측면들을 고려하지 않을 수 없으니 아무리 거침이 없는 성격의 그녀라 해도 당장 그 자리에서 어떤 내색이나 대응을 할 수는 없는 일이었다.

그러나 마음에 단단히 맺혀 버렸으니 언제 어떤 방식으로든 그 무시와 푸대접에 상응하는 응징(?)을 해주어야만 비로소 마음이 시원해질 것 같았다.

하지만 그런 속 좁은 심보가 왜 생겨나는지에 대해서는 정들 자신도 분명한 이유를 찾지 못했다.

어떻게 응징을 할 것인가?

생각하면 참으로 이상한 고민이 아닐 수 없었다.

그러나 어쨌든 정들은 그 고민의 결과로 한 사람을 택했다.

자신의 불편한 마음을 콕 집어서 시원하게 풀어줄 수 있을 것이라고 정들이 확신한 그 사람은 바로 김강이었다.

그녀가 그를 택한 데 대해 특별한 의미 하나를 더 둔다면 그녀가 자신의 남자라고 정의한 김산이 누군가에게 무시당한 데 대한 응징을 또한 그녀가 자신의 남자라고 정의한 또 다른 한 명인 김강이 하도록 한다는 데서 그녀는 그야말로 상상만으로도 짜릿할 정도의 통쾌감을 느낀다는 것이었다.

그 특별한 의미는 그녀 스스로 생각하기에도 참으로 발칙한 사고방식임에 틀림이 없었다.

그러나 언제부터인가 자신도 모르는 사이에 그녀는 김강과 김산에 대해 일종의 동질성을 부여하고 있는 중이었다.

어떤 근거나 이유를 댈 수 있는 사항은 아니지만, 다만 그 두 남자가 세상에서 그녀가 유일하게, 아니, 정확하게는 유이(有二)겠지만, 어쨌든 '사내 내지는 남성(男性)'으로서 인정하는 단둘뿐인 남자들이라는 점만으로도 그녀에게 그 두 남자는 서로 동질성을 가져야만 하는 필연적이고도 충분한 이유가 되어버린 것이었다.

비도덕적 행위?

극단의 이기주의?

어떤 비난을 받는다 해도 할 수 없었다.

한동안은 그녀 스스로도 극심한 혼란과 갈등을 겪은 바 있었지만 이제는 어쩔 수가 없었다.

자신의 그런 비도덕과 극단의 이기주의를 그냥 인정할 수밖에는.

둘 다 좋은 걸 둘 중 누구도 버리지 못하겠는 걸 어떡하란 말인가?

짜릿한 흥분과 쾌감들이 대개는 일시적이고 오래가지 않는 특성을 지니기 마련이라는 것을 그녀는 알고 있었다.

그렇듯이 지금 두 남자를 동시에 소유하고 있다는 이 야릇한 흥분과 쾌감 역시, 비록 지금은 결코 포기할 수 없는 만족감으로 그녀에게 작용하고 있지만 시간이 지난 뒤 언젠가는 한쪽이건 혹은 양쪽 다이건 저절로 싫어지고 싫증이 날 때가 있을 것이라고 또한 지극히 이기적일 수밖에 없는 생각을 그녀는 하고 있었다.

정들은 이승조와 주말 저녁의 약속을 잡았다.

바로 내일 저녁이다.

사실 그녀 쪽에서 먼저 이승조를 만나자고 약속을 정하기는 이번이 처음이었다.

어쨌든 이번에도 수행 팀들에게는 지극히 사적인 일이라고 미리 언질을 해놓았다.

그리고 김산은 당연히 배제를 시킬 생각이었다.

어디까지나 '김산을 무시한 것에 대한 복수 내지는 응징'을 하러 나가는 길인데, 그 당사자인 김산을 대동하고 간다는 것은 너무 낯간지러운 짓이 되지 않겠는가.

사실은 그것 외에도 김강과 김산을 한자리에서 만나게 한다는 자체가 피부에 소름을 돋게 할 정도로 어색하고도 낯선 느낌이 드는 때문도 있었다.

물론 정들 자신은 자신이 왜 전에 없이 그런 '닭살스러움'을 느껴야 하는지에 대해 전혀 이해하지 못하겠다는 심정이었다.

사람 간의 관계라면 필요와 작정하기에 따라서는 그 어떤 관계라도 얼마든지 능글맞을 수 있고, 낯 두꺼울 수도 있다고 자신하는 그녀가 겨우 그만한 일에 대해 말이다.

퇴근 무렵.

정들은 내일의 약속에 대해 자신을 수행하지 않아도 된다는 말을 직접해 주기 위해 김산에게 전화를 걸었다.

수행 팀을 통해 대신 전달해도 될 일이었지만, 그녀가 김산에게 베푸는 작은 배려의 의미였다.

그러나 잠깐 나눈 몇 마디의 통화는 그녀의 그런 호의를 무색하게 만들고 말았다.

"내일 저녁 내 스케줄 말이야……."

"어!"

그 자못 퉁명스럽게 들리는 반말의 대답까지는 좋았다.

어차피 퇴근 시간이 지났고, 공과 사를 분명히 하자고 먼저 못을 박아둔 것도 그녀였으니 말이다.

그러나 그 다음이 문제였다.

정들이 본론을 말하기도 전에 김산이 선수를 쳐 하는 말.

"근데 어떡하지? 주말에 급한 일이 생기는 바람에 나는 수행 팀에 끼기가 어렵겠는데?"

그 전혀 예상하지 못했던 대답에도 불구하고 정들은 우선 김산의 '급한 일'에 대해 묻는 성의를 보였다.

"무슨 일인데?"

그러자 김산의 무덤덤한 목소리가 아무런 망설임도 없이 수화기를 통해 흘러나왔다.

"그냥, 사적인 일이야."

정들이 어이없기도 하고, 또 딱히 더 할 말이 없기도 하여 그냥,

"그래? 알았어."

하고는 전화를 끊었다.

그리고 가만히 되짚어 생각하자니 그냥 피식 웃음만 나오

는 것이었다.

'김산! 너 참 웃긴다? 너한테 이런 배짱도 있었어?'

결코 순수하지 못한 의도를 가지고 마련한 자리였지만, 그 자리의 분위기는 처음부터 정들의 마음을 흡족하게 만드는 데가 있었다.

완전히 반대였다.

두 사람의 분위기가 말이다.

귀족파티 이후 두 번째 만남.

그러나 이승조가 단박에 김강을 알아보고 금방 불편한 기색으로 되는 데 비해, 김강은 이승조에 대해 알아보지도 못하는 기색이었다.

또한 바쁘다는 사람을 억지로 불러내다시피 해서 나온 자리가 둘만의 자리가 아니라 엉뚱하게도 다른 남자와 함께하는 자리라는 데 대해서도 영 시큰둥하기만 한 기색이었다.

정들은 김강이 시큰둥해하거나 말거나 이승조에 대한 소개를 했다.

이전에 그와 함께 갔던 파티가 소위 대한민국 최고의 엘리트들의 모임인 청룡회의 정기모임이었다는 사실과 이승조가 바로 그 청룡회의 회장이라는 얘기를 새삼스럽게 했다.

또한 그녀는 이승조가 영 계면쩍다는 표정이 되거나 말거나 그가 재계에서 눈부시게 촉망받고 있는 젊은 경영자이며, 더욱이 동방그룹의 차기를 이어갈 후계자의 입장이라는 것을 굳이 얘기했다.

그런데 굳이 안 해도 될 말까지 소개라는 형식으로 끼워 넣는 것을 보면 그리고 그런 틈틈이 김강의 반응을 살피는 티가 은근히 나는 걸 보면, 아마도 지금 정들에게는 김강의 다분히 삐딱한 성격을 어떻게 한번 자극시켜 보려는 의도가 있는 것이 분명했다.

그러나 김강은 정들의 소개가 이어지는 동안은 물론이고, 소개가 끝나고 나서도 계속 시큰둥한 기색일 뿐이었다.

그것이 꼭 사람을 앞에 두고서 '소 닭 보듯' 하는 것 같아서, 이승조로서는 은근히 무시당하는 느낌마저도 가질 만해 보이는 것이었다.

'역시 김강답다.'

두 사내들 사이에 무언가 편하지 않은 기운이 흐르기 시작한다는 느낌을 퍼뜩 읽어내면서 정들의 기분은 한마디로 그랬다.

괜히 통쾌한 기분이 되는 것이었다.

"이쪽은 김강이라고……."

정들은 그렇게 이번에는 이승조에게 김강에 대한 소개의

운을 뗐다.

사실 정들로서도 백수에 건달일 뿐인 김강을 남에게, 그것도 그에 비하자면 비교가 안 될 정도로 완벽한 이승조 같은 사람에게 정식으로 소개하는 것이 그다지 자랑스러울 것은 없는 일일 터였다.

그렇지만 정들은 지금 이상하게도 신이 나는 심정이었다.

그런데 비록 별거랄 것도 없었지만, 어쨌든 그녀가 본격적으로 김강에 대한 소개를 이어가려 할 때였다.

"나 김강이요."

김강이 이승조를 향해 불쑥 손을 내밀었다.

그것은 정들이 김강을 소개하면서 음미해 보려 했던 은밀한 즐거움의 기대를 가차없이 빼앗아 버리는 돌발적 행위였다.

그러나 정들은 그다지 아쉽거나 불쾌해지지 않아도 좋았다.

김강이 불쑥 내뱉은 그 한마디에 담긴 아주 약간의 미묘한 껄렁함과 건방짐, 그리고 또 약간의 시비기 같은 느낌들 덕분이었다.

그리고 그 한마디가 있기 전까지 이승조가 습관처럼 떠올리고 있던 느긋한 미소가 서서히 희미해지고 있는 것을 본 덕분이었다.

이승조의 표정에는 여전히 미소가 머물러 있었지만 그 미소는 이미 전혀 자연스럽거나, 혹은 정말로 여유가 있는 것은 아니었다.

다만 다분히 의식적으로 만들어진 미소일 뿐이라는 것을 정들은 느낌으로 알 수 있었다.

이승조는 지금 여실히 불편해하고 있는 것이다.

그리고 그것은 곧 그가 김강을 의식하기 시작했다는 의미였고, 조금 더 속단(速斷)을 해보자면 두 사내들 간의 기세 싸움에서 이승조가 벌써부터 김강의 기에 눌리기 시작했다는 의미로까지 확대하여 생각을 해볼 수도 있는 것이었다.

그 기가 어떤 종류의 기이던 말이다.

어쨌든 김강은 그 한마디로 자신이 어떤 사람인지를 충분하고도 넘치도록 스스로 소개를 한 것 같았다.

그리고 정들의 기분은 한 단계 더 고조되어 있었다.

'그래, 김강! 역시 내 남자다워!'

이승조는 엉뚱하다 싶게도 불쑥 자신의 개인티서이자 경호원이기도 한 유기현을 화제로 말을 꺼내고 있었다.

"제가 대외적인 활동이 좀 많아지면서 아는 분이 제 경호원으로 한 친구를 적극적으로 추천을 하셨지요. 그런데 그 친구가 무술 쪽으로는 아주 대단한 고수라고 하는데, 하하하! 제가 또 그런 쪽으로는 도통 문외한이라 그런지… 그게 영 아닌 것 같더란 말씀입니다? 이건 뭐 몸집이 대단하달 정도로 큰 것도 아니고, 그렇다고 흔히 운동깨나 했다는 사람들처럼 온몸이 근육질로 뭉쳐진 것도 아니어서, 뭐 크게 힘을 쓸 것 같지가 않더라는 겁니다. 뭐 어쨌든 소개해 주신 분의 성의를 무시할 수도 없고 해서 그냥 그 친구를 제 경호원으로 채용하긴 했는데, 사실 경호원들의 일이란 게 실제로 그 실력을 확인해 볼 수 있는 기회가 거의 없다시피 한 거 아니겠습니까? 어떻게 보면 정말 쉽고 편하게 돈 버는 직업이 바로 그쪽인 것 같다는 생각이 들기도 하고요. 하하하! 사실 그 친구의 그 대단하다는 실력에 대해서는 아직까지도 못 믿겠다는 것이 솔직한 제 심정입니다. 그래도 눈치가 빠르고, 언행에도 제법 절도가 있는 편이라서 이제는 경호원이라기보다는 비서 겸해서 곁에 두고 있는 중입니다."

별 뚜렷한 주제의식이 있는 것도 아닌 듯한 얘기를 그저 수다처럼 늘어놓는 이승조의 모습은 평소와는 완연히 다른 것이어서 정들은 사뭇 낯설다는 생각까지 드는 것이었다.

그리고 그녀가 보기에 그때쯤 김강은 아예 심드렁해하고 있는 것 같았다.

그러나 이승조는 김강과 정들이 자신의 얘기에 관심을 보이거나 말거나 자신의 화제를 계속 끌고 나가기로 한 것 같았다.

그들이 있는 곳에서 한참 떨어져 다른 테이블에 있던 유기현을 굳이 부르는 것을 보면 말이다.

유기현과는 이전에 이미 몇 차례 얼굴을 본 적이 있는 정들은 물론이고 김강으로서도 지난번 청룡회의 파티 때에 한번 볼 기회가 있었으니 어쨌든 그들은 서로가 구면인 셈이었다.

물론 김강의 성격에 그때 자신과는 아무 상관도 없었던 유기현을 굳이 신경 써서 보았을 리는 만무한 일이었지만.

"어이, 유 비서! 거 왜 있잖아? 자네가 속해 있다는 데 말이야, 뭐라고 해야 되지? 무술유파라고 해야 되나? 어쨌든 거기 이름이 뭐라고 그랬지?"

이승조의 부름을 받고 곁으로 와서 단정한 모습으로 선 유기현의 얼굴에 아주 잠깐 당혹스럽다는 기색이 스치고 있었다.

그러나 그는 곧 차분하게 대답했다.

"한얼도입니다."

"아! 그랬었지, 이제야 기억이 나는군. 한얼도!"

비슷한 나이대로 보였으나 유기현을 대하는 이승조의 태도는 아주 자연스러워 보였다.

"기왕에 얘기가 나왔으니 말인데, 간단히 설명을 좀 해주겠나?"

이승조의 요청에 유기현은 잠시 생각을 정리하는 듯하다가 이내 대답을 내놓았다.

"한얼도는 우리 민족 고유의 전통무도를 이어나가고 있는 곳입니다. 민족의 태동기부터 함께했으니 자그마치 일만 년의 역사를 가지고 있습니다. 무도적인 측면의 특징을 간단히 말씀드리면, 외가무공과 내가무공의 균형적인 수련을 통해 지고의 경지를 추구한다고 할 수 있겠습니다. 외가무공이니 내가무공이니 하는 말들이 익숙하지 않으실 테니 간단히 설명을 드리자면, 외가는 요즘 대부분의 무술들, 즉 태권도나 유도, 격투기 등과 같은 분류라고 생각하시면 되겠고, 그에 대비되는 내가무공은… 음! 정확한 비유는 안 되겠지만, 쉽게 말씀드려 흔히들 얘기하는 내공이라는 것과 비슷하다고 보시면 되겠습니다. 조금 더 구체적으로 말씀을 드리자면……"

그러나 그때 이승조가 문득 가벼운 웃음소리로 유기현의 말을 끊어버렸다.

"훗! 일만 년 역사에다 내공이라……? 하하하! 정말로 대단하다고 해야겠군?"

그러나 막상 이승조의 표정은 유기현의 설명에 대해 대수롭지 않게 여기고 있을뿐더러 썩 만족스럽지도 않은 듯해 보이는 것이었다.

슬며시 이마를 찌푸리며 이승조가 다시 말했다.

"그런 측면 말고, 내가 궁금한 것은… 그 한얼도에 소위 고수들이라고 할 수 있는 사람들이 얼마나 되는지 하는, 뭐 그런 것들인데… 흠! 이렇게 비교해 보면 어떨까? 자네를 기준으로 해서 자네보다 뛰어난 고수들이 얼마나 되나?"

그러자 유기현은 사뭇 곤란하다는 표정이 되고 갔다.

"무도나 무예에서 추구하는 바는 본래 자기 자신을 연마하는 것이라서 누구와 비교하여 고수나 하수를 구분 짓기는 어렵습니다."

이승조가 피식 웃으며 다시 유기현의 말을 잘랐다.

"그래도 설마 도를 닦아서 무슨 신선이 되겠다는 주의는 아닐 텐데, 어쨌거나 무도이건 무예이건 다 치고받고 하는 행위를 수련과 연마의 수단으로 삼고 있는 건 분명하지 않은가? 그렇다면 그 추구하는 바가 최종적으로는 무엇이든 간에 어쨌든 그 과정에서의 서로 간의 우열은 저절로 생기게 마련일 것 같은데?"

이승조가 원하는 방향이 어떤 것인지에 대해 잠시 생각하는 듯하던 유기현이 이윽고 조심스럽게 답을 내놓았다.

"저희 한얼도에는 오랜 기간 수련에만 정진하고 계시는 어른들이 몇 분 계시는데, 그분들께서 올라 있는 경지는 저 같은 수준으로는 감히 어떻다고 말을 할 수도 없는 정도입니다."

이승조는 상당히 집요한 면모를 보이고 있었다.

아마도 상황이 자신이 원하는 방향으로 갈 때까지 그의 집요함은 계속될 듯 보였다.

"어른들이라면……?"

이승조의 나직한 반문에 유기현이 얼른 대답했다.

"제 스승님과 사숙님들, 그리고 사조님이 계십니다."

"사숙? 사조?"

"스승님과 수련 동기이신 분들을 사숙님이라고 하고, 제 스승님의 스승이 되시는 분을 사조님이라고 합니다."

이승조의 얼굴에 다시 피식 웃고 마는 웃음기가 떠올랐다.

"그러니까 꼭 무슨 무협 영화에 나오는 말들 같네? 하하하! 하여간 자네보다 뛰어난 실력자들이 최소한 네 사람 이상은 더 있다는 계산이 되는데, 그런가?"

"그렇습니다."

이마에다 한가닥의 주름을 만들면서 이승조가 다시 불쑥 물었다.

"어떤가, 유 비서!"

"예?"

"나는 결국 장사꾼이라고 할 수 있는데, 본래 장사꾼에게는 조금이라도 손해 보는 일은 하지 않으려고 하는 습성 같은 게 있거든?"

유기현은 다시금 곤혹스러운 기색이 되었다.

그러나 그런 중에도 그는 이승조의 진의가 과연 무엇이냐를 파악하기 위해 잔뜩 신경을 곤두세우는 모습이었다.

그런 유기현의 긴장을 즐기기라도 하듯 잠시 느긋하게 뜸을 들이고 있던 이승조가 문득 나직하게 웃으며 말을 이었다.

"하하하! 농담 반 진담 반으로 탁 까놓고 말하자면, 매달 꼬박꼬박 나가는 자네의 월급이 그리 만만한 것만은 아니라는 거거든? 아! 물론 비서로서의 자네의 업무 능력에 대해서 무슨 불만이 있다는 얘기는 아니고… 다만 자네의 원래 본분은 어디까지나 경호원인데, 솔직히 말해 나는 아직까지 그런 쪽으로의 자네의 역량을 확인해 볼 기회를 한 번도 가지지 못해서 좀 아쉬운 점이 있다는 거지. 그리고 지난번에 자네가 그런 말을 한 적이 있었지? 여기 김 형이 정말로 대단한 실력자라고. 그런데 마침 오늘 이렇게 서로 만나는 기회가 되고 보니까 문득 그런 엉뚱한 생각이 들더라고? 비록 내 눈으로 직접 본 적은 없지만, 자네 역시 대단한 고수라는 말을 듣는 사람인데, 자네와 김 형을 비교하면 과연 누가 더 고수일까? 겸사겸사해서 한번 확인해 볼 수 있으면 꽤나 흥미롭겠다, 뭐 그런 생각이지. 하하하! 이건 그냥 솔직한 내 관심과 호기심이 그렇다는 얘기일 뿐이니까, 그리고 내가 본래 그런 쪽으로는 뭘 잘 몰라서 그런 것이니까, 혹시 내 말이 무술하는 사람들에게 큰 실례가 되는 것이라면 미리 용서를 구하도록 하겠네. 하하하하!"

말끝에 이승조는 간만에 유쾌한 농담이라도 했다는 듯 소리 내어 웃었다.

그런데 이승조의 그 유쾌한 농담(?)은 물론 유기현에게 하는 것이었으나, 가만히 듣고 있자면 은근히 김강에게 하는 것으로 들리기도 하는 것이었다.

유기현의 표정에는 더 이상 곤혹스러운 기색이 없었다.

그는 이제 이승조가 원하는 바가 무엇인지에 대해 명확하게 이해를 한 것 같았다.

그리고 그가 어떻게 해야 이승조가 만족할 것이라는 점에 대해서도.

"무예를 수련하는 사람으로서, 승부를 겨룰 호적수를 만난다는 것은 더할 수 없이 커다란 행운입니다. 대표님께서 말씀하신 대로 여기 이분의 실력에 대해서는 제가 지난번에 진심으로 감탄한 적이 있습니다. 만약에 상황만 허락이 된다면, 그래서 부족하지만 한 수 가르침을 받을 수 있는 기회가 주어진다면, 저로서는 더없이 감사한 일입니다."

비록 자신의 순수한 기대를 표현하는 것이었지만, 유기현의 말에는 이미 어떤 열기 같은 것이 진득하게 녹아들어 있었다.

또한 김강을 향하는 그의 눈빛은 벌써부터 직접적이면서도 강한 기세를 담고 있는 중이었다.

이승조는 이제 더 이상 할 말이 없다는 듯한, 자못 만족스러운 모습이었다.

의자에 깊숙이 기대앉은 그는 이후로 벌어질 상황에 대해 그저 느긋하게 지켜보겠다는 기색이었다.

정들은 솔직히 당혹스러워하고 있는 중이었다.

물론 그녀는 김강과 이승조 간에 어떤 식으로든 갈등이 있기를 바라고 있었다.

그리고 나아가 어느 정도의 충돌이 있기를 기다 했던 측면도 분명히 있었다.

그러나 그것은 어디까지나 선명히 대비가 되는 그들 두 사람의 기질이나 스타일 등의 충돌, 말하자면 소프트한 충돌에 대한 기대였다.

그런데 상황은 지금 전혀 뜻밖으로 상당히 하드한 충돌 쪽으로 가닥을 잡아가고 있는 중이었다.

더욱이 그녀의 예상을 완전히 빗나간 것은 상황을 그런 쪽으로 이끌어가는 주체가 김강이 아닌 이승조라는 적이었다.

설마 이승조가 이런 식의 직접적이고도 노골적인 방식을 택할 것이라고는 그녀로서도 미처 짐작하지 못했던 일이었다.

와중에도 정들은 퍼뜩 생각 하나를 떠올리고 있었다.

'도발은 어디까지나 열등한 측에서 먼저 일으키는 것인데… 그렇다면 이승조는 지금 혹시, 자신이 김강에 비해 열등하다고 느끼고 있는 것일까? 열등하다고 느낀다면 김강의 어떤 강점에 대해서……?'

그리고 그 잠깐의 돌발적인 생각에 대해 그녀가 내린 결론은 단순했다.

강하고 거침없는 자유로움.

그리고 미묘하게 비틀린 카리스마…….

그러한 것들로 정들이 정의하는 김강의 강점은 한마디로 '강한 수컷'으로서의 매력이었다.

정들은 자신이 지금 정말로 불쾌한 감정을 느끼고 있는 것인지, 아니면 불쾌해하는 모습을 보여야 한다고 머리로만 판단을 하고 있는 것인지에 대해 혼란스러워하고 있었다.

그러나 그 둘 중의 어느 쪽이라고 해도 그녀가 불쾌하다는 표시를 해야만 하는 상황임에는 분명했다.

이승조의 의도는 결국 김강을 무시하겠다는 것이었다.

엉뚱하게도 유기현을 끌어들이고 또 말을 빙빙 돌리기는

했지만, 결국은 유기현과 김강을 싸잡아 기껏 주먹이나 좀 쓸 줄 아는 건달들 정도로 격하시키겠다는 의미였고. 이승조 자신은 그런 건달들끼리의 싸움을 붙여놓고 구경이나 해봤으면 한다는 조롱의 의미였다.

"애, 너 지금 장난이 좀 심한 거 아니니?"

정들이 다분히 불쾌하다는 표시를 담아 이승조를 향해 쏘아붙였다.

그러나 이승조는 유기현을 향해 시선을 준 채로 싱긋이 웃고만 있었다.

그런 그의 웃음에서는 다분히 도발적인 느낌이 났다.

정들의 눈빛이 샐쭉하니 날카로워지려 하다가는 문득 다시 풀렸다.

언뜻 김강의 입꼬리가 슬쩍 비틀려 올라가는 것을 보았기 때문이다.

지금까지 그녀가 겪어본 한에는, 김강의 그런 표정은 곧 그가 무엇에 대해 상당한 관심 혹은 흥미를 느끼기 시작했다는 것을 의미하는 것이었다.

또한 그녀는 김강이 이승조의 다분히 노골적인 도발에 대해 어떤 단순한 반발을 보이는 것은 아니라고 믿을 수 있었다.

그녀가 아는 한, 김강은 적어도 그런 정도의 도발에 덥석

낚여질 정도로 순진한 사내는 아니었으니까.

아마도 지금 이 사내는 이 엉뚱한 상황에 대해 정말로 어떤 재미를, 말하자면 그 본인이 가지고 있는 그 독특한 개성에 기반한 어떤 본능적인 재미의 기미를 낚아챈 것이 아닐까 싶었다.

그리고 뒤이어 김강의 눈빛에 반짝하고 스쳐 지나가는 희미한 번뜩임에서 정들은 이윽고 다분히 짓궂고 또한 다분히 난폭하기까지 한 어떤 느낌 같은 것을 눈치 챌 수가 있었다.

그 순간, 정들은 정말로 당혹스러워지고 말았다.

그것은 어쩌면 이제부터의 일이, 자칫 그녀가 예정해 놓았던 범주를 정말로 훌쩍 넘어가 버릴지도 모른다는 사뭇 불길한 예감 같은 것이었다.

그것은 또한 이제부터 벌어질 일의 결과 혹은 여파에 대해 그녀로서도 마냥 즐기고만 있을 수는 없는, 어쩌면 상당히 부담스럽거나 곤란을 겪게 될 상황이 올 수도 있다는 상당히 위험스러운 예감 같은 것이기도 했다.

"강! 있잖아? 이건……."

그러나 김강이 느끼고 있을 흥미의 수위를 대중해 보려던 정들의 시도는 더 이상 이어지지를 못했다.

김강이 그녀의 말을 자르며 자신의 말을 꺼냈기 때문이

었다.

"흠! 이거 꽤나 구미가 당기는 시츄에이션인데……? 어디 계속 좀 진도를 나가봅시다."

정들은 이윽고 가만한 한숨을 내쉬고 말았다.

김강이 저렇게 말을 꺼낸 이상, 이제 누가 그를 달랠 수 있다는 말인가?

언제 어디로 튈지 모르는 그의 위험한 돌발성을.

정들은 자신이 지금 걱정을 하고 있다는 것에 대해 새삼 깨달았다.

만약 어떤 우려할 만한 상황이 예견된다면, 사전에 철저하게 방도를 궁리해 두거나 혹은 그 우려할 상황이 오지 않도록 차라리 일의 방향을 다른 쪽으로 틀어버리는 데 익숙한 그녀였다.

무엇에 대해 걱정을 한다는 것은 사실 그녀에게는 그다지 익숙하지 않은 것이었다.

게다가 지금의 걱정이 바로 이승조에 대한 걱정이라는 점에서 그것은 자못 이상하기까지 했다.

그녀가 익히 알고 있듯이 이승조는 결코 승산없는 일을 벌일 인물이 아니었다.

비록 그가 정말로 유기현의 실력에 대해 한번도 확인해 본 적이 없다고 해도, 그는 이미 충분할 만큼의 간접적인 근거와 사실들을 가지고 있을 것이었다.

그래서 만약에 정말로 유기현이 이미 말을 뱉어버린 '한 수 가르침을 받는' 상황이 벌어진다고 했을 때, 그는 이미 유기현 쪽에다가 확신에 가까운 승산을 가지고 있을 것임에 틀림이 없었다.

그러나 그럼에도 불구하고 그녀는 지금 오히려 이승조에 대해 걱정을 하고 있는 것이었다.

물론 그녀는 이미 두어 차례나 김강의 '실력'을 구경한 적이 있었다.

그러나 역시 그런 쪽에 대해서는 문외한에 불과한 그녀가 김강의 실력이 얼마나 대단한 것인지를 제대로 평가할 수는 없는 일이었다.

오히려 그런 쪽에서의 김강에 대한 평가라면, 그녀는 늘 '그저 그런 정도의 백수에다 건달' 정도로만 여겨왔다고 해야 했다.

그러나 또한 그럼에도 불구하고, 그녀는 막상 김강이 무엇인가를 한다고 했을 때, 특히나 그것이 그녀가 정의하는 대로 '수컷으로서의 강함'을 전제로 하는 것이라면 김강에 대한 그녀의 믿음은 매번 거의 무조건 내지는 절대적인 것에 이르고 마는 것이었다.

결코 조금도 이승조에 못하지 않을 만큼, 근거와 논리, 그리고 실제의 데이터를 신봉하는 정들이었기에 사실 그녀는 자신의 그런 무모한 믿음에 대해서는 스스로도 납득을 하지 못하였다.

그러나 김강에 대해서만큼은 어떤 측면에서건 그녀가 스스로 인정한 남자라는 사실 하나만으로도, 그녀는 자신의 그러한 무모한 믿음을 또한 인정하지 않을 수 없는 것인지도 몰랐다.

어쩌면 그런 것이야말로 그녀 스스로의 선택에 대한 책임이자 자존심일 수도 있는 일이니까.

8. 반 갑

"훗! 김 형이 구미가 당긴다니 나도 갑자기 흥미가 확 돈는 것 같습니다. 우리 이럴 게 아니라 기왕에 할 거면 좀 제대로 재미있게 해보는 게 어떻겠소?"

이승조는 정말로 강한 흥미를 느끼게 된 모양으로 등받이에 기대고 있던 허리를 바짝 세워 앉았다.

이승조의 그런 반응은 덥석 미끼를 문 김강을 좀 더 확실하게 부추기려는 것일 수도 있었다.

혹은 어떤 반발일 수도 있었다.

정들의 작은 표정 변화 하나로도 그녀의 기분 상태를 능히 짐작할 수 있을 만큼 익숙한 이승조였다.

그러니 지금 정들이 오히려 이승조 자신을 걱정하는 심정이 되어 있다는 것에 대해 대충이라도 어떤 느낌을 받았을 수도 있는 일이었다.

김강은 빙글거리며 웃고 있었다.

그것은 정들에게 익숙한 백수건달로서의 김강 본래의 모습 그대로였다.

이승조가 은근한 투로 말했다.

"두 사람의 승부에 가벼운 내기를 더한다면 재미가 배가될 것 같은데… 어떻소? 두 사람이 굳이 마다하지 않는다면……."

김강은 대답 대신 힐끗 정들 쪽으로 눈길을 돌렸다.

그러자 이승조는 조금은 과장되어 보이는 웃음으로 말을 보탰다.

"하하하! 만약 김 형께 부담이 된다면 정들이 대신 걸어주는 것도 재미있겠습니다. 어때, 들이 니 생각은?"

정들은 이마를 찌푸렸지만 선뜻 대답을 못하고서 김강을 보았다.

김강은 여전히 빙글거리고만 있었다.

이승조가 다시 정들을 향해 말했다.

"좀체 보기 어려운 이벤트가 될 테고, 또 너무 작게 거는 것은 두 사람의 진지한 승부에 대한 예의가 아닐 테니 한 천 정도 걸면 어떨까?"

순간 정들의 눈이 조금 커졌다.

이승조가 제시한 천은, 천만 원을 말하는 것이었다.

지나친 액수였다.

물론 돈의 액수만 보자면 이승조나 정들의 입장에서는 작은 것일 수 있었다.

그러나 이런 성격의 내기에 걸기에는 아무래도 지나쳤다.

아니, 사실은 돈을 건다는 자체가 이미 과하다고 해야만 했다.

비록 어쩌다 보니 상황이 이렇게 흘러와 버렸다고 하더라도, 그래도 순순한 승부라는 틀은 끝까지 갖추어주는 게 좋았다.

그렇지 않다면 그들의 승부는 한낱 여흥 내지는 재미거리로 격하되는 셈이고, 더욱이 돈을 거는 정들과 이승조는 그 여흥과 재미거리를 즐기는 입장이 되는 것이니까.

정들이 어떻게 처신을 해야 할지에 대해 갈등하고 있을 때, 김강은 문득 유기현 쪽으로 눈길을 돌렸다.

그리고 피식 웃으며 말했다.

"훗! 당신의 물주는 역시 당신에 대한 신뢰가 그다지 깊지는 않은 것 같소? 당신이 아까 말한 대로라면, 지금 우리 두 사람이 몰려가고 있는 상황은 말 그대로 무예를 수련하는 사람들이 호적수를 만나 서로 한 수 가르침을 받는 제법 뜻 깊은 상황이어야 하는데, 그런 대결에 대해 내기라고 거는 돈이 겨우 천 어쩌고 하고 있으니 말이오."

그러자 유기현의 얼굴로는 아주 잠깐 엷은 홍조 같은 것이 지나가는 듯했다.

그때 이승조가 자못 흥이 돋는다는 얼굴로 유기현 대신 김강의 말을 받았다.

"김 형의 배포는 내가 생각한 것보다 훨씬 큰 것 같습니다? 하하하! 천이 작다면 그래, 얼마 정도나 판을 키우면 김 형의 배포에 만족스럽겠소?"

김강이 빙긋 웃으며 말했다.

"사실 난 얼마 전까지만 해도 백수 신세였소. 단돈 만 원도 마음대로 쓰기 어려운 처지여서, 후훗, 여기 내 애인에게 늘 신세를 지곤 했었소."

그러면서 김강은 턱짓으로 정들을 가리켰다.

그런 김강의 건방짐과 껄렁함, 그리고 능글맞음에 정들은 잠시 어이없다는 표정이 되었다가는 이내 픽 웃어버리고 말았다.

한편 이승조의 얼굴은 일시 딱딱하게 굳었다가 곧 원래의 미소 띤 얼굴로 되돌아갔다.

그러나 그때 이승조의 미소 아래로는 충격과 분노, 그리고 질투 등이 뒤섞인 것 같은 복잡한 감정이 흐릿하게 자리 잡고 있었다.

"호호호! 그 말은 마치 지금은 백수 신세가 아니란 것처럼 들리는데, 그런 거야?"

정들이 짜랑한 웃음으로 김강을 향해 말했다.

김강은 싱글거리며 고개를 끄덕였다.

"흠! 요즘은 나도 꽤 잘나간다는 소리를 듣고 있는 중이야."

말끝에 어깨까지 으쓱거리는 김강의 모습에서 정들은 새삼 그가 영락없는 백수건달일 뿐이라는 생각을 할 수밖에 없었다.

아무것도 없으면서 괜히 있는 척하는 그 허세가 아주 영판이었던 것이다.

정들은 차라리 빙그레 웃고 말았다.

그런 모습의 김강이야말로 정말로 김강답지 아니한가 하는 심정이기라도 하다는 듯이.

"지금 뭘 하자는 거요? 난 당신과 내 비서 간의 대결에 흥미를 가지고 있는 것이지, 당신의 시시콜콜한 사생활 얘기에는 조금도 관심이 없소. 그럴 만큼 시간적 여유가 있지도 않고 말이오."

문득 내뱉는 이승조의 말투는 사뭇 날카로워져 있었다.

그러나 김강은 상대적으로 유들유들한 투로 되었다.

"거 너무 빡빡하게 그러지 맙시다? 당신이 흥미가 있는 만큼 나도 흥미가 있으니까 지금 이러고 있는 거 아니오? 그리고 나도 이제 사업이라고 뭘 하나 시작하고 나서야 조금씩 알아가고 있는 건데, 서로 거래를 하자면 흥정하는 맛도 좀 있어야 하는 겁니다."

"거래……?"

이승조는 아예 기가 찬다는 듯이 그렇게 되뇌었다.

정들은 불쑥불쑥 솟아오르려는 웃음을 억지로 참고 있었다.

그러고 보니 그녀는 지금의 이런 상황에 대해 당혹스러워하면서도 한편으로는 김강이 은연중에 상황을 주도해 가며 보이고 있는 어떤 연출의 묘미 같은 것에 점차 빠져들고 있는지도 몰랐다.

사실은 그녀가 그런 '묘미'에 빠져드는 것은 그게 새삼스러울 것도 없는 일이었다.

김강과의 데이트에서 늘 그랬던 그녀였으니까.

김강은 이제 그 특유의 능글맞음을 본격적으로 선보이고 있는 중이었다.

"기왕에 얘기가 이렇게 흘러 버렸으니, 우리 스케일을 좀 키웁시다. 나나 그쪽이나 그래도 명색이 사업을 한다는 입장들인데 기본 스케일이라는 게 있어야 하지 않겠소?"

이승조는 마침내 정말로 어이가 없다는 표정이 되어버렸다.

도대체가 갈피를 잡을 수 없는 인간이었다.

한편으로는 겨우 이런 정도의 상대에 대해 자신이 너무 지나치게 경계심을 가졌던 게 아닌가 하는 새삼스러운 생각에 괜히 화가 나기도 하는 것이었다.

대꾸를 하는 대신에 이승조는 묵묵히 김강을 노려보았다.

어깨를 한번 으쓱해 보인 김강이 다시 너스레를 잇고 있었다.

"우리 한… 반 장 정도에서 흥정을 시작해 봅시다."

잠시 마음을 추스른 후, 이승조는 한결 느긋한 미소를 떠올리며 입을 열었다.

"좋소. 김 형이 원한다면 그렇게 하도록 합시다. 자! 그럼, 이제 우리 좀 더 구체적으로 얘기를 맞춰보기로 할까요? 우선 그쪽에서 얘기한 반 장이… 5억 맞소?"

그때 정들이 더 이상은 참지 못하겠다는 듯 사뭇 언성을 높여 끼어들었다.

"왜들 자꾸 이래? 이건 너무 심하잖아? 5억이 무슨 애들 장난이야?"

두 사람의 놀이(?)는 사뭇 흥미를 가지고 지켜보던 정들의 관점에서도 너무 지나치게 오버를 해가는 감이 있었다.

이승조가 천만 원을 걸겠다고 했더니, 김강은 겁도 없이 대뜸 받아서 반 장, 즉 오천만 원을 들먹이질 않나—정들이 정의한 김강의 반 장은 그랬다—그러더니 이승조는 다시 뻥튀기를 하여 5억을 말하고 있는 것이었다.

물론 김강이야 당연히 흰소리요, 허세를 부리는 것일 테지만 이승조 또한 적정하달 수 있는 선을 훌쩍 넘고 있기는 마찬가지였다.

5억이면 이승조라고 해도, 그리고 정들 역시 ㅁ-찬가지로 장난처럼 입에 올릴 수 있는 단위는 결코 아니었다.

비록 이승조나 정들이 가진 재산으로 볼 때는 작은 단위라고 하나 역시 그들이 아무리 재산가라고 하더라도 뚜렷한 용도 없이 한순간의 기분풀이로 쓰기에는 부담스러운 단위에 속하는 것이다.

그러나 그녀가 두 사람의 지나침을 다시 나무랄 틈은 없었다.

김강이 먼저 말을 꺼내고 있었던 것이다.

"거참, 대그룹의 후계자도 막상 돈 쓰는 일에 있어서는 생각보다 통이 많이 작은 것 같소? 하긴 부자일수록 벌어들이는

일에는 통 크게, 그리고 쓰는 일에는 구두쇠라는 얘기를 듣기
는 했지만……."

거기까지 말하고 잠시 말을 멈춘 김강이 문득 이승조를 똑
바로 응시하며 말을 이었다.

"내가 말한 반 장은 5억이 아니라 50억이오. 특별히 이의
가 없다면 거기부터 홍정을 시작하자는 거였으니까, 혹시 좀
더 화끈하게 놀고 싶다면 뭐 한 500억부터 불러도 받아들일
용의는 충분히 있소만?"

이승조도 정들도, 잠시간은 아무런 반응도 보이지 못하고
있었다.

정들은 차라리 두 눈을 동그랗게 만들어놓고 있었다.

아무리 제멋대로 하고 보는 성격이라고 하지만, 이런 정도
면 도저히 말이 안 나오는 지경인 것이다.

먼저 반응을 보인 것은 이승조였다.

그는 와락 인상을 구기더니 호통을 치듯이 화를 터뜨려 냈
다.

"당신 지금 나하고 장난하자는 거요?"

그에 대해 김강은 비교적 덤덤하게 대답을 내놓았다.

"아니오."

그 간단명료한 대답은 진지하기까지 해 보이는 데가 있어
서, 이승조는 더욱 격렬하게 폭발해 버리고 마는 모습이었다.

"나오는 대로, 맘대로 지껄여 놓고는 막상 책임을 지지는 않고 슬쩍 빠지겠다? 실컷 떠들어놓고는 나중에 가서는 모른다고 오리발을 내밀겠다? 그런 게 바로 백수 근성이고 거지 근성이라는 거 알아?"

김강을 노려보는 이승조의 눈빛에는 이윽고 맹렬한 적개심이 불타고 있었다.

그러나 그렇게 상황이 일촉즉발로 치닫고 있는 데도, 이제 정들은 선뜻 두 사람의 사이에 끼어들 생각을 하지 못하고 있었다.

언뜻 김강의 표정을 보았기 때문이다.

그의 표정은 이승조의 흥분과는 아주 대조적으로 차분하고도 무덤덤해져 있었다.

그러나 정들은 김강의 그런 무덤덤함에서 서늘한 기운 같은 것을 느끼고 있었다.

김강이 덤덤한 투로 말했다.

"당신이 서로 편하게 대하기를 바라는 것 같으니까, 나도 그렇게 하도록 하지."

김강의 그 말은 흥분한 이승조가 반말투로 된 것에 대한 언급인 것 같았다.

김강이 말을 이었다.

"난 말이야, 사실 말보다는 행동하기를 좋아하는 사람이야. 그래서 말인데 더 이상 여러 말 늘어놓아서 괜히 서로의 감정만 상할 필요 없이, 명확하게 결론을 내도록 하자고? 우선 말이야, 전적으로 당신한테 맡길 테니까 금액과 날짜를 정해. 뭔 말인지 알겠어? 내일이든 모레든 그쪽에서 좋은 데로 승부를 치를 날짜를 정하라는 거고, 금액 역시 50억이든 500억이든, 혹은 그 이상이든 그쪽에서 정하는 대로 내가 맞추겠다는 뜻이야."

개입을 할까 말까 망설이고 있던 정들이 그제야 다급한 투로 끼어들었다.

"잠깐, 잠깐만!"

그러나 김강은 간단히 그녀를 제지했다.

가볍게 손을 들어 보였고, 무엇보다도 순간적으로 야수의 그것처럼 번뜩인 그의 눈빛이 정들로 하여금 더 이상의 말을 하지 못하도록 만들어 버렸다.

사내로서의 김강의 강함과 카리스마에 대해서는 정들이 익히 인정하고 있는 바였지만, 이 순간 김강의 번뜩이는 눈빛에 녹아 있는 무어라고 표현하기 어려운 그 느낌에서 그녀는 지금까지와는 또 다른 그의 일면을 보는 듯했다.

김강이 말했다.

"아! 두어 가지만 덧붙이자면, 얼마가 됐든 어음 쪼가리 같은 건 내밀지 않기로 하자고. 분명히 시중 은행권에서 발행하는 자기앞수표로 해. 그리고 승부를 치를 장소를 섭외하고, 또 이런저런 준비를 하는 데도 적잖이 경비가 들 것이니 그 소요경비 일체도 지는 측에서 깨끗하게 해결하는 걸로 하고."

이승조는 차분해져 있었다.

묵묵히 김강을 노려보는 눈빛에는 여전히 진득한 분노가 있었지만 흥분은 많이 가라앉아 있었다.

그리고 그의 눈빛 속에는 분노 외에도 약간의 당혹감 같은 것이 비치고 있었다.

이승조의 눈길이 흘깃 정들의 표정을 살폈다.

그런데 자신을 향한 이승조의 눈길을 느끼지도 못할 정도로 지금 정들의 시선은 온통 김강에게로만 향해 있는 중이었다.

그녀의 모습에서는 이승조가 공감할 만한 어떤 감정도 비치지 않고 있었다.

이를테면 김강에 대한 어이없음과 분노 따위의 감정들 말이다.

그녀는 지금 김강에 대해 그저 멍한 눈길을 던져 놓고 있는 중이었다.

그런 정들의 모습은 잠시 가라앉았던 이승조의 분노와 흥분을 다시금 폭발시키고 말았다.

"허튼수작! 나는 내일이나 모레보다는 지금 현재에 최고의 가치를 두는 사람이야. 불확실과 확실의 차이 때문이지."

그렇게 말하는 이승조의 눈빛에는 새로이 어떤 집요함 같은 것이 번득거리는 듯했다.

"나에게 맡긴다고 했으니 지금 바로 모든 걸 마무리 짓기로 하지. 사실 이런 따위의 일을 다음으로 미룬다는 것도 번거롭잖아? 금액은 우선 여기까지에 대해 당신의 대답을 듣고 난 다음에 제시하기로 하지. 물론 당신을 실망시키지 않는 수준이 될 거야. 하하하! 그리고 이건 혹시나 해서 마지막으로 한 번 더 물어보는 건데, 어때? 지금이라도 그만두고 싶은 마음은 없나?"

김강은 그저 빙긋이 웃었다.

그것은 곧 그의 대답이기도 했다.

"유 비서! 가서 적당한 장소 좀 알아봐. 지금 당장 쓸 수 있는 데로 말이야."

이승조의 지시를 받는 유기현은 처음에 비해 상당히 신중한 기색이 되어 있었다.

특히 김강에게로 향하는 그의 눈빛은 확연히 조심스러워 보이는 데가 있었다.

그러나 유기현의 그러한 신중함과 조심스러움은 이미 평정한 마음 상태를 잃어버린 이승조에게는 보이지 않는 것이었다.

유기현은 지시를 받고 난 다음 잠시 머뭇거리는 기색이었
다.

마치 이승조에게 하고 싶은 말이 있다는 듯.

그러나 그는 결국 마음속의 말을 꺼내지 못하고 가는 듯 보
였다.

사실 그가 어떤 조언을 하기에는 더욱이 비서로서 충언을
하기에는 이승조의 홍분 정도가 이미 적정 선을 넘어가 버렸
다고 해야 할 것이었다.

"대표님! 마침 여기서 그다지 멀지 않은 곳에, 저희 한얼도
에서 최근에 개설한 도장이 하나 있습니다만……."

유기현의 그 의견은 이승조가 지시한 사항의 범주를 벗어
나지 않는 것이었다.

그리고 말끝에 유기현의 시선이 향한 곳은 김강 쪽이었다.

아마도 이승조의 승낙보다도 먼저 김강의 동의를 받아야
할 사항이라는 생각을 했던 것이리라.

김강의 대답은 자못 흔쾌했다.

"좋소!"

이어 김강은 빙긋이 웃는 얼굴로 이승조를 향해 말했다.

"자! 이제 조건을 마무리 지을 시점 같은데……? 50억?
500억? 아니면 더?"

순간 이승조의 입꼬리가 한껏 비틀려 올라갔다.

그것은 비웃음이었을까?

"정말 왜들 이래? 이제 그만들 해!"

정들은 결국 버럭 소리를 지르고야 말았다.

그것은 걷잡을 수 없도록 치달아가는 상황에 대해 그녀가
취할 수 있는 마지막의 대응일 것이었다.

정들의 폭발에 대해 마치 반사작용이라도 일으키는 듯이
이승조의 분노와 흥분은 곧바로 잦아들었다.

그러나 문제는 김강이었다.

정들을 향한 그의 눈빛이 번뜩이고 있었다.

그 번뜩임에 녹아 있는 안으로 깊숙이 침잠되어서 잘 드러
나지 않는 형태의 어떤 감정이 바로 분노라는 것에 대해 정들
은 퍼뜩 간파할 수 있었다.

김강의 그러한 분노는 그녀로서도 처음으로 보는 것이었
다.

정들은 자신도 모르게 흠칫하고 말았다.

그리고 그녀는 김강이 지금 단순히 짓궂음이나 유희의 측
면으로 이러한 상황을 만들어내고 있는 것이 아니라, 진정으
로 이승조에 대한 어떤 노여움이 있다는 것을 언뜻 짐작하게
되었다.

비록 이승조의 무엇이 김강으로 하여금 그런 노여움을 촉

발시키게 되었는지에 대해서는 그녀로선 전혀 짐작조차 할 수가 없는 것이었지만.

"그럼 이렇게 하도록 해."

김강을 보며 하는 정들의 그 말은 다분히 지시하는 투로 들릴 만했다.

하긴 어떤 복잡한 상황에 직면했을 때, 쾌도난가식으로 방향을 결정하고 제시하는 데 익숙한 것이 본래의 그녀다운 모습이 아니겠는가.

그러나 그녀의 목소리는 평소처럼 짜랑짜랑하게 울리지 않았고, 오히려 약간이나마 부드러운 느낌이 났다.

더욱이 김강을 향해 있는 그녀의 눈빛과 표정에는 부탁한다는 듯한, 혹은 그를 달래려는 듯한 기색이 다분히 어려 있었다.

이어 정들의 눈길은 이승조에게로 돌려졌다.

"두 사람이 꼭 해야겠다면 나도 굳이 말리지는 않겠어. 그러나 내기 금액은 5억으로 하도록 해! 그 이상은 안 돼!"

방금 김강에게 했던 것과 비슷한 톤과 투의 말이었다.

그러나 지금 정들의 말에서는 어떤 단호함이 더해져 있었다.

그리고 그러한 단호함은 그녀의 눈빛과 표정에서도 분명히 볼 수 있었다.

그녀는 이제 완전히 그녀 본래의 그녀다운 모습으로 돌아가 있는 것이었다.

이승조의 표정으로 언뜻 억울하고 불만스러운 기색이 스쳤다.

그러나 그는 이내 고개를 끄덕이고 있었다.

"홋! 우리 어른께서 말씀하시기를, 서로 그릇이 비슷한 상대를 만나야 제대로 된 거래를 성사시킬 수 있다고 하셨지. 그래, 좀 시시하긴 하지만 대충 그렇게 하는 걸로 하자고!"

어느 정도의 빈정거림이 묻어나는 투로 김강이 그렇게 말했다.

그에 대해 이승조는 어떤 표정을 떠올리기보다는 차라리 딱딱하게 얼굴을 굳히면서 느리면서도 분명한 어조로 말을 뱉었다.

"시시하더라도 서로 분명히 할 건 해두어야겠지. 카드를 오픈하기 전에 판돈부터 테이블 위에 올려놓는 게 순서가 아닐까?"

김강이 피식 웃으며 말을 받았다.

"어떻게 할까? 얼마 되지도 않는데, 깨끗하게 현찰박치기 어때?"

그때 듣고 있던 정들이 중재를 할 요량인 것처럼 끼어들었다.

"지금 이 시간에 어디 가서 그만한 현금을 구해? 우선은 서로 약속을 한 걸로 하고, 돈에 관한 것은 내일이라도 처리를 하면 되지?"

그러나 그녀의 중재는 곧바로 이승조의 이의 제기에 부딪쳤다.

"내일로 처리를 미룬다는 건 좀 곤란한데? 까놓고 말해서 내가 저 친구의 뭘 보고 다만 말로만 하는 약속을 신뢰할 수가 있다는 거지?"

김강이 뭐라고 울컥할 것이 걱정이라도 된다는 듯, 정들이 얼른 이승조의 말을 받았다.

"신뢰할 수 없다고? 내가 보증할게. 그럼 됐지?"

순간 이승조는 차라리 허탈해하는 모습이 되었다.

"들이 너 정말……?"

입속에서 중얼거리듯이 흘려낸 이승조의 그 말은 마치 신음 소리 같았다.

그러나 이승조는 금방 다시 차가운 표정으로 돌아갔다.

"좋아! 다른 사람도 아닌 제일그룹의 정들이 보증한다는데, 믿지 않을 도리가 없지."

도장은 제법 넓은 편이었고, 바닥에는 전체적으로 녹색의 매트가 깔려 있었다.

김강과 유기현은 공간의 가운데쯤에 약간의 거리를 두고 마주 서 있었는데, 둘 다 원래의 차림에서 상의와 신발만 벗은 모습들이었다.

　그들 둘 이외에 도장 내에 있는 사람들은 셋이었다.

　정들과 이승조, 그리고 나머지 한 사람은 도장의 관장이자 유기현의 사숙이 된다는 중년 사내였다.

　그는 사십대쯤의 나이로 보였는데, 대치해 있는 두 사람을 지켜보는 그의 눈길은 차분하게 가라앉아 있었다.

　유기현이 중년 사내에게 말을 할 때 굳이 대련이라는 용어를 썼지만, 사실 그들의 대결에는 무슨 금칙(禁則)이나 따라야 할 룰이 따로 정해진 것은 아니었다.

　일단 승부가 시작되고 난 뒤에는 한쪽이 포기하거나 혹은 쓰러져서 못 일어날 때까지 승부가 진행되는 것이다.

　당연히 심판이 필요할 리도 없었다.

　대치 상태를 먼저 깬 것은 김강이었다.

　그는 유기현을 가운데에 두고 크게 원을 그리면서 천천히 돌기 시작했다.

　그런 김강의 움직임에 대해 유기현은 시야에서 상대를 놓치지 않을 만큼만 조금씩 몸의 방향을 틀고 있었다.

　그런 둘의 움직임의 크기와 적극성은 사뭇 대조적이어서,

김강이 동적(動的)이라면 상대적으로 유기현은 정적(靜的)이라고 할 만했다.

그러나 그것뿐이었다.

그들을 지켜보는 세 사람의 관객들이 저마다 기대하고 있음직한, 어떤 격렬함 같은 것은 여전히 없었다.

비록 문외한의 입장이지만, 정들이 보기에는 유기현 쪽이 좀 더 긴장하고 있는 것 같았다.

그러나 그 긴장은 폭발을 위한 응축과 같은 종류의 긴장으로 보였다.

그에 반해 김강은 한마디로 건들거리며 여유를 부리고 있는 것처럼 보였다.

그러한 두 사람의 비교에서 정들은 문득 어떤 격(格)의 차이 같은 것을 생각하고 있었다.

이를테면 유기현이 제대로 된 무술을 익힌 사람의 느낌을 풍긴다면, 김강에게서는 역시 다분한 건달기가 브인다고나 할까.

두 사람의 사뭇 여유있는(?) 대결은 이미 한참이나 똑같은 상태를 이어가고 있었다.

그동안에 구경하는 사람들의 눈길을 잠깐잠깐이나마 끈 게 있었다면 두 사람이 서로 간에 주고받는 그저 약간의 견제 동작 정도일 뿐이었다.

그것을 빼고 나면 두 사람은 마냥 여유를 부리고 있는 것만 같았다.

그리고 그런 시시한 대치는 언제까지고 계속될 분위기였다.

그런 때문인지 정들과 이승조는 자신들도 느끼지 못하는 사이에, 처음에 가졌던 호기심과 긴장을 이미 상당 부분 풀어 놓고 있는 것처럼 보였다.

다만 그들 외에 또 다른 관객인 중년 사내는 처음부터의 그 차분하게 가라앉은 눈길을 조금도 흩뜨리지 않고 있었다.

오히려 처음보다 더욱 꼿꼿해진 그의 허리와 어깨선은 그가 점차로 긴장을 더해가고 있지 않나 하는 생각마저 들게 하는 것이었다.

그들의 첫 번째 격돌은 전혀 예기치 못한 순간에 이루어졌다.

그리고 또한 어리둥절할 만큼 순식간에 끝나고 말았다.

팟!

"멈춰!"

정들과 이승조가 들었던 것은 가벼운 격돌의 소리와 중년 사내가 짧게 외쳐 낸 단발의 경고음뿐이었다.

그것으로 끝이었다.

그들이 제대로 상황을 파악하려고 했을 때 유기현은 이미 바닥에 쓰러진 채 꼼짝도 하지 않고 있었다.

그리고 김강은 뒤로 멀찍이 물러서서 마치 아무 일도 없었다는 것처럼 태연히 서 있었다.

그리고 급한 몸짓으로 유기현에게로 다가간 중년 사내가 그의 호흡 상태를 신중하게 살필 때까지도 정들과 이승조는 그 짧은 순간에 무슨 일이 벌어진 건지에 대해 제대로 정황을 정리하지 못하고 있는 모습들이었다.

잠시 뒤.

약간이나마 안도한 기색이 된 중년 사내가 여전히 축 늘어져 있는 유기현을 안아 들었다.

그의 체구는 오히려 유기현에 비해 왜소해 보였는데도, 유기현을 가볍게 안아 올려서 구석 쪽으로 걸어가는 중년 사내에게서는 버거워하는 기색이 조금도 보이지 않았다.

도장 한쪽 바닥에다 유기현을 내려서 눕힌 중년 사내는 유기현의 두 손을 배 위에다 가지런히 모아준 다음에 천천히 몸을 일으켜 세웠다.

그리고 그가 향한 곳은 김강이 서 있는 쪽이었다.

"젊은 친구가 너무 독하게 손을 쓰는군. 서로 실력을 겨루어보자는 대련인데, 최소한 사혈은 피해줘야 하는 것이 도리 아닌가?"

중년 사내의 목소리는 굵은 톤은 아니었고, 오히려 청음 쪽에 속한다고 해야 했다.

그런데도 그의 목소리는 묘한 무게를 담고 있었다.

그러나 김강의 대답은 무덤덤하기만 했다.

"사혈이 어딥니까?"

김강의 말투는 중년 사내에 대한 어느 정도의 예의는 갖춘 것이었다.

중년 사내의 표정이 한층 차갑게 굳어들었다.

"그 정도 솜씨면 결코 아무렇게나 쌓은 실력은 아닌 것 같은데, 그런데도 사혈을 모른다고 할 건가?"

"그럼 다시 묻죠. 사혈이 아닌 곳이 어딥니까?"

조금은 비틀린 듯도 들리는 김강의 반문에 대해 중년 사내는 다만 눈빛만 번뜩였을 뿐 곧바로 어떤 대답을 내지는 않았다.

대신 김강이 희미하게 미소를 떠올리며 다시 말을 이었다.

"문제는 얼마나 적절한 힘을 가하느냐에 달린 것 아니겠습니까? 또한 지금 그는 다만 기절을 한 것뿐이니 제가 친 것은 사혈이 아니라, 기껏 혼혈일 뿐이지 않겠습니까? 그리고 설령 제가 친 곳이 사혈이었고, 그 결과로 그가 더욱 치명적인 상태로 되었다고 하더라도 법적인 문제를 따질 수는 있을망정 대결에 임한 당사자로서의 제 잘못을 말하기는 어렵지 않겠습니까? 그 어떤 결과에 대해서도 각오하고 임해야 하는 것이 바로 대결이라는 거 아니겠습니까?"

마치 따지듯이 질문으로만 일관된 김강의 말에 대해 중년 사내는 언뜻 선명한 노여움을 떠올리고 있었다.

"역시 자네는 상당히 위험한 생각을 가지고 있군. 무예를 연마하는 사람들에게 있어 대련이나 대결은 결코 자네가 말한 그런 의미여서는 안 되는 것이고, 당연히 무예 또한 자네처럼 그렇게 써서는 안 되는 것이야. 그런 만큼, 그리고 자네의 실력이 대단한 만큼 자네라는 사람이 내포하고 있는 위험성도 커 보이는 것이네. 나는 평생을 무예를 수련해 온 사람이니 분명 자네보다는 선배가 될 걸세. 그렇다면 선배 된 입장으로서 자네의 그 위험스러운 생각을 바로잡아 주지 않을 수 없다는 생각이네."

가만히 듣고 있던 김강이 문득 피식 웃으며 물었다.

"훗! 혹시 그 한얼도라는 곳의 명예 때문이라는… 뭐 그런 이유는 아닐까요?"

중년 사내는 잠시 지그시 김강을 노려보았다.

그러나 그는 곧 표정을 담담하게 풀면서 천천한 어조로 말했다.

"나는 방일운이라고 하네. 이미 자네의 실력을 본 만큼 나로서는 전력을 다하지 않을 수 없네. 그러니 자네 또한 조금도 방심하지 말기를 바라네."

그리고 중년 사내 방일운은 곧바로 두 다리를 조금 벌려 주춤 서기의 형태로 자세를 갖추었다.

그런 방일운에게서는 금방 바위와도 같은 단단한 기세가 흘러나왔고, 그 강한 기세는 이제 그 어떤 말로도 그를 멈추게 할 수 없을 것이라는 확고한 느낌이 들게 했다.

그때쯤에는 김강 또한 어느새 신중한 기색이 되어 있었으므로, 그렇게 그들 두 사람은 또 하나의 대결 상황으로 돌입하고 말았다.

방일운의 자세는 일종의 장법(掌法)이라고 할 수 있었다.

양손 다 주먹을 쥐지 않고 오히려 손바닥을 활짝 펼친 자세였기 때문이다.

그런 채로 방일운은 자신의 가슴 앞에서 양손을 천천히 교차시키는 동작을 끊임없이 반복하고 있었다.

그에 비해 김강은 가볍게 주먹을 말아 쥔 양손을 자연스럽게 허리 부근에다 늘어뜨린 채 방일운을 응시하고 있었다.

대치의 한순간.

김강이 돌연 방일운을 향해 앞으로 나아갔다.

급한 동작은 아니었고, 그냥 뚜벅뚜벅 걸어나가는 식이었다.

김강과의 거리가 한 걸음 정도로 좁혀졌을 때, 방일운은 급하지 않게 왼발을 두 족장(足長)쯤 앞으로 내디뎠다.

그리고 마침 교차되어 왼손 뒤에 위치하고 있던 그의 오른손이 유려한 곡선의 궤적을 그리며 앞으로 뻗어 나왔다.

김강의 가슴 어림을 목표로 한 일장(一掌)이었다.

그에 맞추어 김강 또한 주먹을 뻗었으므로 마침내 하나의 손바닥과 하나의 주먹은 공간의 중간에서 맞부딪쳤다.

팍!

그 가벼워 보이는 한번의 격돌 후에 두 사람은 각자 두 걸음씩을 뒤로 물러섰다.

무슨 충격을 주고받을 정도의 격돌은 아니었고, 물러서는 걸음들 역시 침착해 보였다.

그들 간의 첫 번째 격돌은 그렇게 가벼운 탐색 정도인 것 같았다.

그러나 상황은 그렇게 일단락이 된 것이 아니라, 바로 다음 순간 예기치 못한 돌발성으로 이어지고 있었다.

뒤로 물러났던 방일운이 다시 앞으로 달려나오고 있었던 것이다.

그의 움직임은 마치 잔뜩 움츠렸던 스프링이 일시에 튕겨지는 듯이 폭발적인 데가 있었다.

그리고 한순간에 김강의 바로 앞에까지 도달한 방일운이

일시 주춤하며 속도를 줄이는 순간, 돌연 그의 왼발이 강하게 바닥을 굴렀다.

쿵!

그 순간 정들은 마치 도장의 바닥이 우르릉하고 울리면서 주변의 공기가 부르르 떨리는 것 같은 느낌을 받았다.

'진각(震脚)?'

한번의 격렬한 발 구름과 동시에 그 강력한 반력을 그대로 담아 내치듯이 벼락처럼 뻗어 나오는 방일운의 오른손 일장(一掌)을 보면서, 김강의 머리 속으로 찰나지간 지나쳐 간 단상이었다.

그러나 김강이 그 짧은 단상에서 또 다른 어떤 생각이나 판단을 이어내기에는 상황이 너무나 급박했다.

이미 가슴에 닿을 듯 치고 들어와 있는 방일운의 장(掌)에 맞서 김강이 주먹을 마주 뻗어낸 것은 거의 반사적인 동작이었다.

그러나 상대의 손바닥과 마주치기도 전에 주먹의 살갗에 먼저 와 닿는, 마치 전기가 통하는 듯한 통렬하도록 저릿한 느낌을 접하면서 김강은 일순 머리 속이 하얘지는 듯이 경악하고 말았다.

'아아! 이건… 발경(發勁)이구나!'

경악이 클수록 그 이후의 대응은 거의 본능적인 반사작용이라고 할 수밖에 없었다.

그 자신도 모르는 사이에 김강의 단전은 저절로 어떤 급박한 작용을 일으켜 내고 있었다.

그러나 그것은 아무래도 늦은 감이 있었다.

팡!

그것은 마치 손바닥으로 강하게 배구공을 때리는 소리 같았다.

"우왁!"

그리고 동시에 누군가 거창하다 싶을 정도의 비명을 뿜어냈다.

방일운이었다.

격돌의 순간 공중으로 붕 떠오르다시피 튕겨져 나간 그의 몸은, 곧이어서 바닥으로 떨어지며 뒤로 벌렁 나자빠져 버리는 것이었다.

그것은 마치 액션 영화에서 스턴트맨이 보여주는 오버 액션의 한 장면 같았다.

그런데 아무래도 그런 트릭이나 장난은 아닌 모양이었다.

방일운이 지금 그런 장난을 칠 상황도 아니었지만, 아예 바닥에 드러누워 버린 그의 입과 코에서는 피가 흘러나오고 있었다.

피의 양은 그렇게 많지 않았으나, 다만 그 피 색깔이 조금

지나치다 싶을 정도로 진하였고 거품이 섞여 있었다.

방일운은 그런 상태로 꼼짝도 하지 못하고 있었다.

한편 김강은 격돌 이후에 허리를 조금 숙인 자세로 가만히 그 자리에 서 있었다.

그리고 한참이나 지난 후에 그는 천천히 아주 천천히 허리를 폈다.

그런 김강의 모습에서 정들은 그가 느긋해한다기보다는, 왠지 모르게 힘겨워한다는 느낌을 받았다.

불현듯 안타까운 생각이 들었던 것일까?

정들은 자신도 모르게 김강을 향해 걸음을 내딛고 있었다.

그러나 그녀가 채 두 걸음을 걷기도 전에, 김강은 그녀 쪽이 아닌 방일운이 쓰러져 있는 쪽을 향해 몸을 돌려 버리는 것이었다.

아마도 김강은 그녀가 자신에게 다가오는 것을 못 보았을 수도 있을 것이고, 혹은 어쩌면 못 본 체한 것인지도 몰랐다.

어쨌든 그 순간 정들은 몹시도 서운한 심정과 한편 더욱 걱정스런 심정이 동시에 되고 말았다.

방일운의 곁에 한쪽 무릎을 꿇고 앉은 김강은 조심스럽게 그의 코밑에다 손가락을 대고 있었다.

잠시 후.

나직한 한숨을 내쉰 김강이 아주 조심스럽게 방일운의 상체를 일으키더니, 굳이 책상다리의 자세를 만들어주었다.

지켜보던 정들이 의아한 표정으로 될 때, 김강은 별안간 손바닥으로 방일운의 등 위쪽을 후려쳤다.

퍽!

"우엑!"

등을 후려치는 소리에 이어 방일운이 울컥 피를 게워내는 소리.

그 소리들과 광경에 정들은 흠칫 어깨를 움츠릴 정도로 놀라고 말았다.

그러나 정작으로 방일운은 한 차례 피를 토하고 난 뒤에 오히려 한결 편안하고 안정된 기색이 되어 있는 것 같았다.

문득 눈을 뜬 방일운이 잠시 김강을 응시하고 있다가는 이내 다시 눈을 감았다.

그리고 그는 곧바로 깊은 명상에라도 빠져든 듯, 아무런 미동도 하지 않았다.

천천히 몸을 일으켜 세운 김강은 잠깐 동안 오른 손바닥으로 가만히 자신의 가슴을 문질렀다.

그러고 보니 그의 얼굴은 약간 창백해진 것 같았다.

그러나 김강은 이내 싱긋한 웃음을 떠올렸다.

정들을 향해 보내는 웃음이었다.

정들은 그때까지 잔뜩 걱정스러운 기색이었는데, 김강의 그 싱긋한 웃음을 보고는 이내 마치 아무런 생각도 없는 사람처럼 그만 마주 방그레 웃어주고 말았다.

이승조는 그때까지 벌어진 일련의 상황에 대해 놀라기보다는 다분히 불만스러운 표정이 되어 있던 중이었다.

그러다 마침 그는 김강과 정들이 주고받는 미소를 보게 되었는데, 그 순간 그의 표정은 돌처럼 딱딱하게 굳고 말았다.

그리고 그는 아무 말도 없이 몸을 돌려 그대로 도장을 나가버렸다.

도장 문을 나서는 이승조의 어깨가 몹시도 무거워 보였다.

그의 어깨 위에 무겁게 올라앉은 그 무엇은 혹시 뜨겁다 못해 마침내는 차갑게 식어버린 지독한 분노와 증오는 아니었을까?

9. 어휴! 이 약골!

지금 그에게 무엇보다도 절실히 필요한 것은 바로 안정을 취하는 일이었다.

가슴속 깊숙한 내부로부터 문득문득 치밀고 올라오는 통증에는 마치 저미는 듯한 날카로움이 스며 있었다.

내상(內傷)이었다.

다만 얼굴색이 약간 창백해졌을 뿐 멀쩡해 보였지만, 사실 김강은 결코 가볍다고 할 수 없는 내상을 입은 상태였다.

방일운이 발경을 해낼 수 있으리라고는, 더욱이 그처럼 강력한 발경을 해낼 수 있으리라고는 김강으로서는 미처 예상하지 못했던 일이었다.

그러기에 김강이 주먹으로 방일운의 장(掌)을 맞받았을 때, 비록 뒤늦게 단전으로부터 막 활성화가 된 한줄기 내력이 치달려 나오기는 했지만, 그리고 단순하게 내력의 강도로만 비교해서는 방일운에 비해 그가 우위에 있었지만, 역시 그는 대응에 있어서 너무 늦어버린 것이었다.

비록 방일운을 튕겨냈지만, 그 과정에서의 무리한 내력의 운용과 또한 두 종류의 기가 충돌한 여파를 제대로 수습해 내지 못한 대가로 김강은 제법 중한 내상을 입을 수밖에 없었던 것이다.

김강은 오늘 처음으로 발경을 해본 것이었다.

사실 그의 의지로 했다기보다는 다급한 상황에 몰려 거의 본능적으로, 혹은 어쩌다 보니 저절로 되어버린 것이라고 해야 했다.

그러나 사실 김강은 발경을 하는 데 필요한 조건들의 대부분을 이미 예전부터 갖추고 있었다.

우선 그에게는 충분하고도 넘칠 만큼의 내력이 있었고, 또한 발경을 위한 방법을 모르는 것도 아니었다.

십여 년 전의 그때 그곳.

큰스님이 그의 몸에다 베풀어주신 진기수발법에는 사실상

발경의 요체가 모두 담겨 있었던 것이다.

그는 그때 그 진기수발법의 기로(氣路)와 강약과 완급의 세기(細技) 등 모든 구체적이고도 세부적인 운용의 묘(妙)를 마치 입체 영상을 담듯이 통째로 다 외우다시피 하였었다.

그러니 발경의 방법적인 측면에 있어서는 조금의 부족함도 없다고 할 만하지 않겠는가.

그러나 그것이 또 그렇지만은 않았다.

뭐랄까?

알고 있다는 것과 실제로 할 줄 안다는 것의 차이쯤이라고 할까?

혹은, 이론과 방법에 대한 이해는 충분하지만 막상 실행에 옮기기 위해서는 비록 작지만 결정적인 어떤 경험적인 요소가 미비하였다고 할까?

원래 발경이란 것은 우선 필요한 수준의 내력이 있어야 하고, 깊은 이해의 과정 또한 당연히 거쳐야 하는 것이지만 그 마지막의 단계에서는 반드시 먼저 경험한 스승의 체계적인 인도와 보살핌이 필요한 것이었다.

혼자서 시도하기에는 자칫 돌이키기 어려운 위험 요소가 다분히 있었으므로 김강이 우려를 가진 것은 당연한 일이라는 의미이다.

한편으로는 그런 위험을 감수하면서까지 굳이 발경의 경

지를 성취해 낼 필요성을 그동안 김강은 그다지 절실하게 느껴본 적이 없기도 했다.

위기라고 느낀 순간에 자신을 방어하기 위한 본능적인 대응으로, 그리고 어떻게 보면 상대의 발경을 느낀 순간에 자신도 모르게 마치 마중이라도 나가듯이 튀어나가 버린 그 한 번의 발경에서 김강은 참으로 많은 것들을 한꺼번에 깨달을 수 있었다.

물론 그 순간에 얻은 것이 결코 작지 않다고는 해도 발경을 실전적으로 익숙하게 사용할 수 있는 수준까지 도달하는 데는 아직도 적지 않은 노력과 시행착오, 그리고 그에 수반되는 시간이 필요하다고 할 것이었다.

그러나 어쨌든 김강은 이제 발경의 필요성을 본격적으로 인식하게 되었다고 할 수 있었다.

그가 비록 방일운을 꺾긴 했지만 그 승리에는 분명히 요행이 있었다.

다만 내력 수준에서만 그가 분명한 우위를 차지했을 뿐, 전체적인 실력은 사실 비슷한 수준, 혹은 종이 한 장의 차이라고 해야만 했다.

무엇보다도 그를 긴장시키는 것은 방일운이 최고의 실력자가 아니라는 점이었다.

방일운과 비슷한, 그리고 그를 능가하는 또 다른 차원의 고

수가 존재하고 있다는 것을 알고 있지 않은가.

그것은 김강에게 긴장감과 함께 의욕을 가지게 했다.

아마도 최고를 향한 욕심일 그 의욕이 정말로 누구의 의지인지는 이미 예전부터 중요하지 않게 된 바 있었다.

그것이 누구의 의지이든, 그가 김강인 한에는, 그것은 바로 김강 자신의 의지인 것이다.

김강은 속으로 가만히 되새겨 보았다.

'한얼도라고 했던가?'

"잠깐 좀 씻고 올게."

자리에서 일어서면서 김강은 두 손을 깍지 낀 위에 턱을 올려놓고 감상하듯이 그를 바라보고 있는 정들에게 그렇게 말했다.

정들은 자못 애교스럽게도 보이는, 한편으로는 아마도 처음으로 만들어보는 탓에 약간은 어색하게도 보이는 그 자세를 풀지 않으면서, 또한 약간의 콧소리로 대답했다.

"응!"

그런데 그때 문득 정들은 김강의 얼굴로 약간의 잔경련이 일어났다가 사라지는 것을 보았다.

그러고 보니 김강의 얼굴은 좀 더 창백해진 것같이 보이기도 했다.

"괜찮아?"

그렇게 묻는 정들의 얼굴에는 약간의 걱정이 묻어 있었다.

대답하는 대신 김강은 씩 웃으며 한쪽 눈을 찡긋해 보였다.

그 표정에 정들이 따라서 피식 웃고 말았다.

그 웃음에서 그녀는 김강같이 강한 사람에게 괜찮으냐고 물어본 자체가 쑥스럽다는 생각을 했는지도 모를 일이다.

그런데 정들은 막 몸을 돌리는 김강의 얼굴로 일어나고 있는 또 한 번의 잔경련을 발견할 수 있었다.

정들이 짐짓 뾰로통한 체를 하며 김강의 등을 향해 말했다.

"왜 그래? 자꾸 장난칠 거야?"

김강을 기다리는 동안 정들은 괜히 실없게도 혼자 웃음을 짓곤 하고 있었다.

그것은 김강이, 그녀가 그녀의 남자라고 단단히 정의해 놓은 바 있는 그가 오늘 벌인 그 일련의 황당하고도 놀라운 일들의 장면 장면들을 하나하나 떠올리는 중에 저절로 만들어지는 웃음이었다.

그 일련의 사건들이 마치 한바탕의 폭풍우와도 같이 휘몰아쳐 지나가 버린 뒤에 도장에서 나와 바로 집으로 가겠다는 김강을 정들은 굳이 붙잡았었다.

그리고는 눈에 띄는 대로 가까운 카페로 팔을 잡아끌어 온 것이었다.

그녀가 그런 데에는 자신의 다분히 철없고 유치한 감상 따위로 이런 일을 만든 데 대한 미안함과 또 한편으로 역시나 기대를 저버리지 않고 그녀를 만족시켜 준 김강에 대한 뿌듯함과 그리고 또 오늘 그에 대해 새롭게 가지게 된 몇 가지의 신비감 내지는 의혹들에 대한 궁금함 등등을 즐기고 해소하기 위한 욕구가 있었다.

　얼마나 지났을까?
　딱히 시간을 재고 있었던 것은 아니지만, 못해도 이삼십 분은 충분히 지난 것 같았다.
　그런데도 김강은 아직 오지 않고 있었다.
　정들은 언뜻 짜증이 났지만 금방 또 걱정이 되기 시작하는 것이었다.
　좀 전에 그의 안색이 안 좋아 보였던 게 갑자기 선명하도록 떠올랐다.
　정들은 휴대전화의 단축 버튼을 눌렀다.
　그러나 신호음 대신에 곧바로 전화기가 꺼져 있다는 안내 멘트가 들려왔다.
　갑자기 허전하고 불안해지면서 급기야 정들은 안절부절못하는 모양새가 되고 말았다.
　그녀는 지금 마치 아빠의 손을 잡고 소풍을 나왔다가 모르는 사이에 아빠의 손을 놓치고 미아가 되어버린 어린아이의 심정이 된 듯하였다.

물론 그러한 감정 상태가 오래가지는 않았다.

이내 그녀는 쓰게 웃었다.

그리고 잠시간 자신이 빠져 있었던 엉뚱한 감정 상태에 대해 어이없어했다.

아마도 경호 팀은 부근 어디에 있을 것이었다.

그녀가 다시금 전화를 하려는 참인데, 입구 쪽에서 낯익은 모습 하나가 들어서고 있었다.

그리고 정들은 차라리 멍해지고 말았다.

놀라움보다는 전혀 기대하지 못했던 반가움 때문이었다.

그는 바로 김산이었다.

반가웠다.

반가워도 이만저만 반가운 것이 아니라, 더 이상 반가울 수가 없을 정도였다.

고마웠다. 지금 이 순간 그녀에게 와주어서.

그리고 든든했다.

늘 보호해 주어야만 하는 존재로만 생각했었던 김산에게, 그녀는 이 순간 든든하다는 느낌을 부여하고 있었다.

아마도 그녀는 지금 자신이 방금 전까지 젖어 있었던 불안하고 허전하고 외로웠던 그 일련의 어이없는 감정들에 대해 김산에게서 위로를 받고 싶었던 것일까?

"어떻게 된 거야? 급한 일 있다며?"

정들의 궁금함은 단순히 김산이 어떻게 지금 이 순간 이 자리에 나타났느냐 하는 의미는 아닌 것 같았다.

엉뚱하게도 그녀는 지금 김산이 주말에 사적으로 급한 볼일이 있다고 감히 그녀에게 배짱을 부렸던 일에 대해 일종의 투정을 부리는 것같이 보이기도 하는 것이었다.

그리고 또한 엉뚱하게도 김산의 대답 역시도 여전한 배짱이 섞인 것같이 들리기도 했다.

"응? 그거? 뭐 그냥 그렇게 되었어."

그리고 김산은 오히려 되물었다.

"너야말로 어떻게 된 거야? 경호 팀에서 전화했더라. 너 혼자 있는데 별로 기색이 안 좋아 보인다고. 그래서 바로 택시 잡아타고 날아왔지 뭐!"

김산이 조금의 너스레까지 섞어 하는 말을 들으면서 정들은 문득 으슬으슬 추워지는 듯한 한기를 느꼈다.

'그랬던가. 다만 스쳐 가는 잠시의 어이없는 감상 따위가 아니라, 경호 팀까지 그렇게 느낄 정도로 나는 정말로 그처럼 불안하고 허전하고 외로웠던 것인가?

발딱 자리에서 일어난 정들은 대뜸 김산의 팔짱을 꼈다.

"어어? 얘가 왜 이래? 사람들이 보잖아?"

그러나 정들은 더욱 힘을 주어 아예 김산의 팔에 매달려 버렸다.

"보긴 누가 본다고 그래? 그리고 보면 좀 어때?"

"나야 뭐 무슨 일이 있을 것도 없지만, 넌 누가 알아볼 수도 있잖아? 그리고 경호 팀도 있고."

"경호 팀은 신경 안 써도 될 일이고, 또 얼굴 좀 팔리면 어 떠냐? 지금 우리가 뭐 못할 짓이라도 하냐?"

그러면서 정들은 오히려 보라는 듯, 아예 한 팔을 김산의 허리로 두르며 안기듯이 기대어 버리는 것이었다.

김산은 일순 움찔 놀라고 말았다.

뭉클하고 팔에 와 닿는 이질감 때문이었다.

그러나 김산은 이내 가만히 팔과 가슴을 내어주었다.

정들이 좀 더 편안하게 그리고 좀 더 깊숙이 기댈 수 있도 록.

*　　　　*　　　　*

주말 밤이었다.

대학가를 끼고 있는 거리는 형형색색의 네온사인들이 제 법 볼거리를 만들고 있었다.

정들은 김산의 안색이 창백해 보인다며 잠시 걱정하는 말을 했다.

그러나 피곤하다는 김산의 팔짱을 정들은 결코 풀어주지 않았다.

아마도 거리에 넘치는 붉고 푸르고 노란 색색의 불빛들이, 김산의 얼굴에서 창백한 기색을 쉬이 가려 버렸는지도 모를 일이다.

정들은 괜히 걷고 싶었다.

거리는 사람들로 붐비고 있었지만 정들은 무작정이다시피 사람들이 좀 더 많이 다니는 쪽으로만 방향을 잡고 있었다.

딱히 무어라고 꼬집을 수는 없었지만 정들의 가슴속에는 무언지 모를 혼란스러움 같은 것이 계속 남아 있었다.

그 개운하지 못한 느낌들이 시원하게 해소될 때까지 그녀는 거리를, 그리고 사람들 속을 마음껏 쏘다니고 싶었다.

저 앞쪽 길가에 사람들이 우르르 몰려 있었다.

정들은 오늘 밤 벌써 몇 차례째나 그러고 있듯이 이번에도 무슨 구경거리인지를 확인해야만 하겠다는 듯이 그쪽을 향해 김산의 팔을 이끌었다.

김산이 언뜻 쓴웃음을 떠올렸지만, 이내 정들이 이끄는 대로 그냥 끌려가는 모양새가 되고 말았다.

이미 수십여 명의 사람들이 몰려 있었다.

그러고도 정들이나 김산처럼 무슨 일인가 궁금해하는 사람들이 하나둘씩 계속하여 모여들고 있는 중이었다.

사람들의 구경의 대상이 되어 있는 것은 세 명의 서양인들이었다.

흑인 둘과 백인 하나였는데, 그중 보통 체구의 남자들보다 머리 하나는 더 있어 보이는 키에, 백 몇십 킬로그램은 거뜬히 나가고도 넘을 것 같은 거구의 백인은 마치 TV에서 보던 프로레슬러가 거리로 뛰쳐나온 것 같았다.

그리고 백인거한보다는 못하지만, 흑인 둘도 어디에 갖다 놓아도 덩치 좋다는 소리를 충분히 들을 체구들이었다.

짧은 스포츠형 머리에 청바지와 반팔 티 차림인 그들은 금방이라도 옷을 찢고 나올 듯한 터질 듯한 전신의 근육들을 마음껏 과시하면서 저네들끼리 연신 웃고 무어라고 떠들어대고 있었다.

그런 모습들은 그들이 지금 주위에 몰려든 구경꾼들에 대해 오히려 구경을 하며 즐기고 있는 듯이도 보였다.

더욱이 그들에게서는 일종의 우월감 내지는 어떤 충동적이면서도 위험스러운 과시의 욕구 같은 느낌들이 발산되고 있었다.

무엇보다도 그들은 취해 있었다.

이미 상당히 취기가 올라 있어 보이는데도 그들은 손에 하나씩 든 술병을 연신 홀짝거리고 있는 중이었다.

주변에서 구경꾼들이 웅성거리는 소리를 들어보자면, 사람들은 지금 그들 세 명의 서양인들에 대해 상당한 분노를 느끼고 있는 것 같았다.

술에 취한 그들은 인도에 서서 보란 듯이 아랫도리를 까고 소변을 내갈겼고, 또 지나가는 젊은 여자들에게 휘파람을 불고 소리를 지르는 등 추태를 부렸다는 것이었다.

그래서 어떤 식으로든 그들에게 응징을 가해야 한다는 심정으로 그들이 마음대로 자리를 떠나지 못하도록 일종의 구금을 하고 있는 분위기인 것 같았다.

아주머니 하나는 연신 그들 서양인들을 향해 손가락질을 해대며 분개해하고 있었다.

그러면서 신고한 지가 벌써 십 분이나 지났는데도 아직도 오지 않고 있는 경찰을 비난하기도 했다.

그러자 그 옆의 또 다른 아주머니 하나는 서양인들이 분명히 미군들일 것이며, 미군들에 관한 한 경찰은 단속에 소극적일 수밖에 없으며, 차라리 미군 쪽에서 헌병들이 와야 무슨 조치가 이루어질 것이란 얘기를 했다.

김산은 슬쩍 정들의 팔을 당겼다.

괜한 시비에 휘말려 좋을 것이 없고, 또 구경을 하기에도

영 입맛이 씁쓰름하다고 할 것이니 이쯤에서 그만 가자는 뜻
이었다.

그런 김산의 견해(?)에는 정들 역시 일치가 되었는지, 까치
발을 해가며 구경꾼들의 어깨 너머를 흘깃거리고 있던 그녀
는 짐짓 못 이기는 체 김산의 당기는 힘에 끌려오는 체를 했
다.

그런데 사단이 시작된 것은 바로 그때였다.

"아악!"

난데없이 뾰족한 여자의 비명 소리가 주변의 밤공기를 짜
랑하게 울린 것이다.

동시에 구경꾼들 사이에서 놀라 외치는 소리와 무어라고
욕을 해대는 소리들이 웅성거리며 번져 나왔다.

"어멋!"

"어… 어?"

"저런… 저런 쳐 죽일 놈!"

일은 이렇게 된 것이었다.

무슨 심사가 뒤틀렸는지 백인거한이 갑자기 구경꾼들 쪽
으로 돌진을 했고, 손에 잡히는 대로 한 젊은 여자의 팔을 낚
아채 버린 것이었다.

여자가 기절초풍하여 비명을 질러대며 달아나려 하였지

만, 애초에 거한의 힘을 당할 수는 없는 일이었다.

그런데 더욱 일이 커진 것은 거한이 강제로 여자의 입을 맞추고 몸을 주무르고 하는 중에 아마도 여자가 거한의 입술을 물어뜯어 버린 모양이었다.

대번에 입술을 붉은 피로 물들이고 만 거한이 듣칫 여자에게서 떨어지는가 했더니, 이내 그의 커다란 손바닥이 여자의 뺨을 후려쳤다.

그 한 번의 우악스러운 손질에 여자는 바닥으로 나가떨어졌고, 곧바로 의식을 잃어버린 듯 꼼짝도 하지 못하고 있었다.

그런데 거한의 만행은 오히려 그때부터였다.

바닥에 쓰러져 있는 여자의 등이며 허리를 마구 짓밟아 버리는 것이었다.

그러나 아무도 그 만행을 제지하지 못하였다.

주변에 구경꾼들은 많았지만 그들은 우르르 뒤로 밀려나서는 입으로만 웅성거릴 뿐, 누구도 나서서 말리려 하기는커녕 가까이 접근조차 못하는 모습들이었다.

거한의 일행인 두 흑인들 역시 거한을 말리기는커녕 구경꾼들이 다가오지 못하도록 위협적인 몸짓을 해 보이는 한편, 거한에게 당하고 있는 여자를 향해 손가락질해 대며 시시덕거리기까지 하고 있었다.

와중에 여러 대의 휴대폰들만 분주히 터졌다.

"여보세요! 경찰이죠? 여기 빨리 좀 와주세요!"

신고를 하는가 하면, 몇몇은 와중에도 사진과 동영상을 찍기도 했다.

정들이 구경꾼들의 틈을 밀치고 앞으로 뛰쳐나간 것은 김산이 어떻게 말려볼 새도 없이 돌발적으로 일어난 일이었다.

정들은 극도로 흥분한 중에도 차분하려 애쓰며 거한을 향해 무어라고 외쳤다.

유창한 영어였고, 와중에도 빈틈없이 그리고 신랄하게 거한의 만행을 따지는 내용이었다.

그 당찬 기세와 뜻밖의 유창한 영어에 거한이 멈칫하며 만행을 멈추었다.

취기에 젖어 불그스름하게 충혈된 거한의 눈은 정들을 향해 있었는데, 지금 그 눈빛은 조금 움츠러든 듯 보였다.

그사이에 구경꾼들의 대열 중에서 나이 지긋해 보이는 아주머니 두 사람이 뛰어나와서 바닥에 쓰러진 여자를 일으켜 세웠다.

겨우 몸을 세우기는 했으나 여자는 여전히 충격에서 벗어나지 못하는 듯 스스로의 몸을 지탱하지 못하는 모습이었다.

아주머니들이 종종걸음으로 여자를 끌다시피 하여 구경꾼

들 속으로 물러났다.

그때 김산은 정들의 바로 곁에 와서 서 있었는데, 그의 얼굴에서는 초조한 기색이 역력했다.

"야! 이, 나쁜 놈들아!"

구경꾼들 중에서 누군가 소리를 질렀다.

사실 거기까지는 그래도 괜찮았다.

어차피 백인거한 등은 알아듣지도 못할 말이었으니까.

그러나 바로 이어진 또 다른 누군가의 외침이 문제였다.

"양키 고 홈!"

마치 시위 현장에서 구호라도 외치듯이, 주먹 쥔 팔을 허공으로 한껏 치켜 올리며 목청껏 뽑아낸 누군가의 그 외침에 대해 김산의 이마가 확 일그러지고 말았다.

그리고 김산의 우려를 사실로 확인이라도 하듯이 잠시 당황스러운 모습으로 정들의 따짐과 훈계를 듣고 있던 거한의 고개가 외침이 들린 쪽으로 홱 돌아갔다.

누군가 외친 그 어설픈 비난은 잠시 수그러들었던 거한의 취기와 성질을 다시금 확 뒤집어놓고 만 것 같았다.

그리고 구경꾼들 사이의 웅성거림은 한순간에 조용해져 버렸다.

거한은 뭐라고 고함을 지르며 한차례 허공에다 거칠게 손을 흔들었다.

자칫 정들의 뺨이라도 후려칠 듯한 기세였다.

순간 김산은 정들의 어깨를 당겨 자신의 뒤로 돌려놓았다.

그리고 자신은 반걸음을 앞으로 나가며 거한을 향하고 마주 섰다.

와중에도 정들은 김산에 대한 걱정부터 되는 모양이었다.

"산아! 넌 나서지 마! 얼른 뒤로 물러나 있어!"

정들의 소프라노성 목소리에는 다급한 걱정과 더불어 수습할 능력도 없는 약골이 나서기는 왜 나서냐는 핀잔의 기색도 조금은 있어 보였다.

그때 거한은 다시 뭐라고 고함을 지르며 김산을 향해 두 손을 뻗어내고 있었다.

거한의 우악스럽기 그지없는 두 손은 마치 김산의 머리통을 통째로 감아쥐려는 듯 보였다.

그런데 김산은 피할 엄두조차 내지 못하는 듯, 혹은 얼떨결이기라도 하듯 그대로 거한과 두 손을 마주 잡고 말았다.

거의 머리 하나는 차이가 나는 두 사람의 그런 맞잡음은 영 밸런스가 맞지 않는 것이어서, 마치 어른과 아이가 싸움을 벌이는 것 같았다.

금방이라도 홱 내팽개쳐지고 말 듯이 위태로워 보이는 김산의 처지에 대해 정들이 비명처럼 소리를 질렀다.

"빨리 뒤로 물러서라니까!"

그러나 김산은 이미 거한과 두 팔을 서로 맞잡은 혹은 일방적으로 잡히고 만 다음인데 정들이 물러서라고 한다고 해서 김산 마음대로 물러설 수 있는 상황같이 보이지는 않았다.

　일순 정들의 얼굴에 급박한 기색이 확 도는가 했더니 다음 순간 그녀는 지체없이 행동으로 돌입하고 있었다.

　정들의 그 극단적인 행동에 거한과 위태롭기 짝이 없어 보이는 힘겨루기를 하고 있는 중에도 김산이 놀라 외쳤다.

　"어어? 야야! 너 뭐 하는 거야?"

　정들은 벗어 든 하이힐을 거침없이 휘둘렀다.

　그리고 그녀가 휘두른 그 위험스러운(?) 물건은 백인거한의 옆 머리를 제대로 찍어버렸다.

　퍽!

　뒷굽의 뾰족한 끝 단이 정통으로 박혀든 때문인지 그 소리는 그다지 크지 않았다.

　대신,

　"컥!"

　하는 거칠고도 묵직한 비명이 백인거한으로부터 뱉어졌다.

　그러나 잠시 고통과 어리둥절함에 젖어 있던 거한은 마침 한 가닥의 가느다란 핏줄기가 뺨을 타고 흘러내리자, 이윽고는 상처 입은 맹수처럼 포효했다.

"우와아악!"

거한의 포효와 자신을 쏘아보며 금방이라도 튀어나올 것 같이 부릅떠진 퉁방울 같은 두 눈, 그리고 온몸을 뒤틀어대는 분노의 우악스러운 몸부림을 바로 지척에서 보면서는 아무리 담대한 정들이라도 한순간 공포에 질리지 않을 수 없었던 모양이었다.

"엄마야!"

겁에 질린 고함을 내지르며 정들이 피한 곳은 바로, 김산의 등 뒤였다.

지금 거한의 우악스러운 두 손에 잡혀 제 한 몸 옴짝달싹하지 못하고 있는, 그 이전에 그녀 스스로가 나서지 말고 뒤로 물러서 있으라고 지레 걱정 내지는 핀잔을 주었던, 바로 그 약골의 사내 김산의 등 뒤 말이다.

분기탱천하여 금방이라도 정들에게로 덮쳐들 듯하던 거한은 그러나 고래고래 소리만 질러대고 있을 뿐, 막상 어떤 액션을 취하지는 않고 있었다.

아니, 사실은 어떤 액션도 취하지 못하고 있는 것이었다.

그가 정들에 대해 어떤 액션을 취하기 위해서는 먼저 김산을 내동댕이치던지, 아니면 최소한 마주 붙잡고 있는 두 손이라도 빼내야 하는 것이었다.

그러나 거한은 지금 온몸의 힘을 다 쥐어짜 내는 듯한 모습이면서도, 막상 김산을 떨쳐 내지는 못하고 있는 모양새였다.

거한에게서는 그가 지금 오히려 김산에게 붙잡혀 있는 것처럼, 혹은 알지 못할 어떤 이유로 인해서 넘치는 힘을 제대로 써보지도 못하는 처지에 놓여 있는 것처럼 당황스러우면서도 답답해 죽겠다는 기색 같은 것이 보이기도 했다.

김산의 등 뒤로 숨었던 정들은 상황이 무언가 좀 이상하게 돌아간다는 느낌을 받기도 전에 다급한 경고성을 먼저 발해야만 했다.

"산아! 저기……!"

그녀가 손에 든 하이힐로 가리킨 쪽에서는 지금까지의 상황을 즐기듯이 구경하고 있던 두 명의 흑인들이 어슬렁거리는 걸음걸이로 다가오고 있는 중이었다.

다음 순간 정들은 김산의 등 뒤를 벗어났다.

그리고 얼른 허리를 굽혔다 펴는 그녀의 손에는 또 다른 한쪽의 하이힐이 들려 있었다.

그렇게 양손에 각각 한 짝씩의 하이힐을 꽉 움켜잡은 정들이 김산의 옆을 막아서며, 사뭇 비장한 각오로 다가오는 두 흑인들을 향해 우뚝 자세를 잡고 섰다.

"욱!"

거한의 허리가 갑자기 구십 도로 접히더니 그대로 쭉 하고 뒤로 밀려 나갔다.

그 모습은 마치 뒤쪽에서 어떤 강력한 힘이 그의 거구를 사정없이 잡아당기는 듯했다.

그러나 그의 거구를 팽개치듯이 밀쳐 버린 것은 바로 김산의 앞차기 한 방이었다.

김산은 이어서 잔뜩 굳어 있는 정들의 어깨를 가볍게 잡아당겼다.

"넌 저쪽으로 좀 비켜나 있어."

그때 정들은 차라리 멍한 기색이었다.

"너……? 산이 너……?"

그러다 정들은 김산의 얼굴색이 확연히 창백해졌다는 것과 또한 그의 이마에 식은땀이 송골송골 맺혀 있다는 사실을 발견한 모양이었다.

정들의 표정이 금방 걱정스러운 것으로 변했다.

"괜찮아?"

그러나 김산은 대답 대신 그녀의 어깨를 두어 번 토닥거려 주고는 그녀를 자신의 뒤쪽으로 돌려 세웠다.

몇 걸음이나 밀려 나가 엉덩방아를 찧었던 거한은 믿을 수 없다는 듯 잠시 멈칫거리고 있는 듯했다.

그러나 이내 몸을 일으킨 그는 좀 전보다 더한 흉포성으로 김산을 향해 다가오고 있었다.

그렇게 하여 백인거한과 흑인 둘이 한꺼번에 김산을 향해

치고 들어오는 형세가 되었다.

정들은 보고만 있을 수가 없었다.

더욱이 그녀가 지금 김산의 등 뒤에 숨어 있을 수만은 없는 일이었다.

비록 좀 전에 김산이 전혀 생각지도 못했던 모습을 아주 잠깐 보여주기는 했지만, 그의 그 의외는 역시 어쩌다 벌어진 우연에 불과할 것이었다.

그리고 지금 거칠게 어깨로 숨을 쉬고 있는 그 흗겨운 뒷모습만으로도, 그녀에게 김산의 등 뒤는 결코 든든한 자리가 될 수 없는 것이었다.

어쨌거나 그녀에게 있어서 김산이라는 존재는 본래 어디까지나 그녀의 보호를 받아야 하는 존재로 확고하게 정의가 되어 있는 것이었다.

스스로가 정의해 놓은 범위 내지는 가치를 지켜야 하는 것은 곧 그녀의 자존심에 해당되는 부분이었다.

정들이 굳이 하고자 하는 바에 대해 김산은 또한 굳이 말릴 수가 없었다.

사실 그는 지금 굳이 정들을 말릴 수 있는 처지가 아니기도 했다.

그는 이미 많이 지쳐 있었고, 더구나 가슴을 찌르는 듯한 통증으로 몸을 함부로 움직일 수도 없는 상태였다.

그리하여 김산은 정들과 묘한 공조를 이루게 되었다.

그는 무리하게 동작을 취할 수가 없는 처지였으므로, 포위를 당하지 않도록 세 명의 상대를 적절히 견제하면서 근접하는 상대에 대해 순간적인 움직임으로 급소를 치고 빠지는 전력을 구사하였다.

그 덕에 바빠진 것은 정들이었다.

그녀는 김산의 몸을 방패로 하면서 수시로 몸을 빼며 양손의 하이힐을 휘둘렀다.

퍽!

팍!

그녀의 하이힐은 거의 백발백중의 명중률로 상대의 대갈통이고 어깨고 가리지 않고 찍어대고 있었다.

그런데 묘한 것은 하이힐의 뒷굽에 머리나 얼굴을 찍힐 경우 그냥 피가 튈 정도였으니, 결코 장난으로 찍혀줄 만한 것은 못 되었는데도 놈들은 아예 피할 생각을 안 하는 듯 그냥 정들이 찍는 대로 찍혀주고 마는 것처럼 보인다는 점이었다.

설마하니 놈들이 그 피 튀기는 와중에도 정들의 눈부신 미모와 늘씬하고도 섹시한 몸매에 넋이 빠져서 날카로운 하이힐 뒷굽의 찍기 세례를 그냥 당해주고 있는 것은 아닐 터였다.

정들 역시도 지금 그녀가 주도하고(?) 있는 이 대 삼의 싸움이 주는 치열함과 격렬함에 빠져 있느라 자신의 하이힐이 백발백중일 수밖에 없는 이유 같은 것에 대해서는 조금도 생각해 볼 겨를이 없는 것 같았다.

어쨌든 지금 정들이 신들린 듯이 휘두르고 있는 하이힐 뒷굽의 찍기 세례는 놈들의 머리와 얼굴을 사정없이 기투성이로 만들어놓고 있는 중이었다.

"아주 작살을 내삐라!"

정들의 화끈한(?) 활약에 대해 구경꾼들의 반응도 뜨거워지고 있었다.

심지어는,

"반쯤 죽여놓아라!"

하는 소리가 있더니 이윽고는,

"죽여라!"

하는 살벌한 소리까지 나오고 있었다.

구경꾼들은 말 그대로의 피 튀기는 혈투를 보고 있는 중에 점차로 흥분을 자가증폭시키고 있는 듯했다.

그러나 정들은 몰라도 김산은 주변의 흥분된 분위기에 조금도 동요될 수가 없는 처지였다.

그는 아주 차분하게 그러나 힘겹게 주먹을 뻗고 있었다.

그의 얼굴은 벌써부터 온통 땀투성이였는데, 점점 더 창백하게 변해가는 그의 얼굴이 말해주듯이 그 땀은 열기로 솟아나는 땀이 아니라 힘겨움과 고통으로부터 비롯된 식은땀이었다.

김산의 주먹과 수도(手刀)는 주로 놈들의 목을 노렸고, 아주 급할 때는 놈들의 국부를 짧게 올려 차는 행위도 마다하지 않고 있었다.

그처럼 힘겨운 김산의 타격들은 상대들을 단숨에 눕혀 버릴 정도의 위력을 발휘하지는 못하고 있었다.

그러나 그의 타격에 가볍게 스치기라도 한 상대는 멈칫 멈춰 서서 잠시간 고통에 겨워하고 나서야 겨우 휘청거리며 뒤로 물러나곤 하는 것이었다.

사실 정들의 하이힐 찍기가 그처럼 위력적일 수 있었던 데는 바로 그런 이유가 있었던 것이다.

삐용 삐용!

저쪽쯤에서 사이렌을 울리며 경찰차 한 대가 오고 있었다.

"경찰이다!"

"경찰이 왔다!"

그러나 웅성거리는 구경꾼들의 반응에서는 경찰차의 출동에 대해 아주 반갑다는 기색 같은 것은 느껴지지 않았다.

뭐랄까? 그다지 호의적인 것만은 아닌, 약간의 원망 내지는 시큰둥한 뉘앙스 같은 것이 있다고 할까?

경찰차는 그다지 급하지 않게 다가오고 있었다.

마치 자신들이 도착하기 전에 알아서 끝내라는 듯이.

그런데 지금의 상황은 좀 이상하게 된 측면이 분명히 있었다.

처음 경찰에 신고를 한 사람의 의도는 분명 취중행패를 부리는 서양인들을 어떻게 좀 조치를 해달라는 것이었으리라.

그러나 지금 느긋하게 출동을 하고 있는 경찰이 목도하게 될 광경은 오히려 막 나가는(?) 젊은 남녀가 멀쩡한 서양인 셋을 잡고(?) 있는 상황이라고 해야 했다.

서양인들은 이미 낭자하게 머리와 얼굴 전체에 피를 철철 흘리고 있는 중인데도, 그런데도 만족을 못하고서 젊은 여자는 악착같이 양손의 하이힐을 마구 내려찍고 있는 상황이었다.

그러니 사람을 잡아도 그냥 잡는 게 아니라, 이건 아주 죽도록 때려잡고 있는 상황이 아닌가.

당연히 경찰로서는 비록 그 앞의 상황은 모르겠으나, 지금의 장면만으로도 모든 상황이 확연해질 만하였다.

김산과 정들은 무슨 조폭 남녀쯤 되어 보일 것이고, 처참하게 당하고 있는 세 서양인들이야말로 선량한 피해자가 아니겠는가.

삐이익!

차에서 내린 네 명의 경찰 중 하나가 일단은 호루라기부터 불어젖혔다.

김산은 그제야 퍼뜩 정신을 차린 듯했다.

주변 상황을 일별한 다음, 김산은 우선 여전히 펄펄 뛰고 있는 정들의 팔부터 낚아챘다.

그리고 뒤로 두어 걸음을 물러나면서 급하게 귓속말로 외쳤다.

"야! 그만 해! 그리고 얼른 구두부터 신어!"

그러나 정들은 치열한 기세가 영 주체가 안 되는 듯했다.

"이거 놔! 저런 자식들은 앞으로 다시는 우리나라 땅에서 못된 행패를 못 부리게 아주 작살을 내놓아야 한다니까?"

기세가 등등하여 다시 하이힐을 치켜 올리는 정들의 어깨를 잡아 누르며 김산이 다시 급하게 속삭였다.

"경찰이 왔어. 자칫하다가는 일이 복잡하게 될 수도 있다니까?"

그제야 정들은 정신이 확 드는 듯했다.

"뭐?"

순간적으로 자신이 지금껏 저질러 놓은 만행(?)들을 둘러본 정들은 금방 상황을 파악한 듯한 눈치였다.

또한 그로 인해 자신과 김산이 당면할 수도 있는 사태들에 대한 판단들이 급하게 지나가는 모양이었다.

이윽고 그녀는 사뭇 당혹스러운 표정이 되어버렸다.

마침 그때 경찰들이 구경꾼들을 헤치며 그들에게로 다가오는 것을 본 정들이 김산의 팔을 꽉 붙잡았다.

"어머! 우리 이제 어떡해?"

김산이 슬쩍 그녀를 자신의 등 뒤로 돌리면서 나직이 속삭였다.

"상황을 봐가면서 내가 어떻게든지 해볼 테니까, 넌 절대로 나서지 말고 지켜보기만 해! 그리고 일단 그 하이힐부터 신으라니까?"

그러자 정들은 화들짝 양손의 하이힐을 바닥으로 던져 놓고는 급하게 발을 끼워넣었다.

경찰의 모습이 보이자 태도가 일변한 것은 서양인들 역시 마찬가지였다.

그들은 숫제 바닥에 주저앉아서는 자못 절박하고도 애절한 모습을 연출하고 있었다.

"플리즈 헬프 미!"

그들이 제법 실감나게 만들어내고 있는 공포와 다급함은 영어를 한마디도 알아듣지 못하는 사람이라도 그게 살려달라는 소리라는 걸 단박에 알아들을 수 있을 정도였다.

그런 그들에게서는 처음에 무법천지로 행패를 부리던 모습이나, 이후에 김산 등과 격렬하게 싸움을 벌이던 모습은 상상할 수가 없었다.

와중에도 흘깃 주위를 돌아보던 김산의 얼굴에 언뜻 낭패의 기색이 떠올랐다.

좀 전에 백인거한에게 행패를 당했던 여자가 보이지 않았던 것이다.

아마도 당황스럽고 수치스러움을 견디지 못해, 정신을 수습하는 대로 황망히 자리를 피해 버린 모양이었다.

김산이 그 여자의 그런 심정을 이해 못할 것은 아니지만, 한편으로는 어쩔 수 없이 섭섭한 마음이 드는 것도 사실이었다.

지금 그와 정들의 처지가 자칫 무고한 서양인 폭행범으로 오해받기 딱 좋은 상황인데, 서양인들에게 피해를 당했던 장본인이 현장에 있어 전후 사정에 대해 증언이라도 해준다면 한결 수월하게 곤란한 상황을 면할 수 있을 것이 아니겠는가.

그러나 어찌하랴?

상황은 이미 이렇게 되어버렸고, 주위에는 이해 당사자들이 아닌 구경꾼들만 남아 있는 것을.

하긴 그와 정들도 처음부터 이해의 당사자는 아니었다.

그들 또한 다른 사람들처럼 그냥 구경꾼으로 남아 있을 수

도 있었던 일이었고, 혹은 아예 모른 체하고 지나쳐 버릴 수
도 있었던 일인 것이다.

그런데 어찌어찌하다 보니, 졸지에 이해 당사자가 되어버
린 것이었다.

그러나 괜한 일을 했다는 후회 따위를 하는 것은 아니었다.

다만 이제부터 혹시 생길지도 모를 파장들이 영 부담스럽
고 걱정스러운 것이었다.

혹시 언론 같은 데 노출이라도 된다면, 그 파장은 그냥 대
충 넘어갈 사안은 분명 아니었다.

'제일그룹 2세 정들, 길거리 폭행 사건에 연루되다.'

그렇게 대문짝만 하게 일간지며 주간지, 잡지 등등에 그리
고 인터넷에 도배가 된다고 생각해 보라.

그 과정에서 일파만파로 번져 갈 편견과 오해들, 그리고 그
로 인해 정들이 입게 될 피해와 상처는 또 얼마나 클 것인가.

그런 상황까지를 생각하면서 김산은 참으로 후회막급이지
않을 수 없었다.

김산이 혼란스러운 생각들을 떨쳐 버리고 언뜻 정신을 수
습하고 있는데, 경찰이 자신을 향해 뭐라고 묻고 있는 것 같
았다.

제대로 듣지는 못했지만, 다만 경찰의 표정만으로도 그들
이 이미 자신에 대해 반범죄자 취급을 하며 심문을 하고 있다

는 느낌을 김산은 받았다.

김산은 일시 멀뚱한 표정으로 서 있었다.

일부러 그런 것이 아니라, 일단은 생각을 정리하고 나서 뭐라고 진술을 해도 하자는 심산이었다.

이제부터는 괜히 한마디라도 잘못했다가는 더더욱 빼도 박도 못하는 상황이 되고 말 것 같았기 때문이다.

상황이 자신들에게 호의적으로 번져 간다는 판단을 했던지 서양인들은 아주 기가 산 것 같았다.

경찰들에게 다가가 적극적으로 손짓 발짓을 해가면서 연신 뭐라고 말을 지껄여 대고 있었다.

그러나 경찰들은 그것이 그냥 솰라솰라쯤으로만 들리는 모양이었다.

선임자로 보이는 경찰이 부하들에게 지시했다.

"영어할 줄 아는 사람 좀 찾아봐!"

그러자 세 명의 경찰들이 곧바로 구경꾼들 쪽으로 다가가며 묻고 다녔다.

"누구 영어할 줄 아시는 분 안 계세요? 할 줄 아시는 분 계시면 좀 도와주십시오."

그런데 주변의 분위기는 일시 묘하게 형성되고 있었다.

구경꾼들은 경찰들의 시선을 차라리 의도적으로 외면하고 있는 것 같았다.

마침 가까이에 대학가가 있는 곳이라 구경꾼들 중에는 대학생으로 보이는 젊은 남녀들도 꽤 여럿이 있었다.

그러니 요즘같이 영어 범람의 시대에 왜 그들 중에 웬만큼 영어가 가능한 사람이 한 사람이라도 없겠는가.

아마도 그런 것 같았다.

서양인들이 행패를 부릴 때야 적극적으로 나서서 뭐라고 하진 못하였지만, 구경꾼들도 나름대로는 어떤 의기와 울분 같은 것을 느꼈지 않겠는가.

지금 구경꾼들 중의 누가 선뜻 나서서 김산과 정들을 위해 유리한 증언을 해줄 정도까지의 적극성을 보이는 것이야 여전히 어렵다고 해도 다만 서양인들의 입장을 통역해 줌으로써, 혹시 그로 인해 서양인들에게 유리하도록 어떤 정황을 만들어줄 의향까지는 결코 없다는 그런 정도의 심정들이 되어 있는 것 같았다.

그런 맥락에서 어쩌면 그들은 여태껏 해오던 대로, 철저히 방관하는 것으로써 김산과 정들의 편에 서기를 바라는 듯하였다.

김산은 하나의 계산을 막 끝내고 있는 중이었다.

이리저리 한참을 따져 봐도, 일단 경찰서까지 가서 좋을 일은 하나도 없다는 결론이었다.

막말로 뛰다가 잡힌다고 한들, 어차피 본전이었다.

안 잡히면 두말할 것도 없이 장땡이고, 만약 잡힌다고 해도 처음부터 순순히 제 발로 가는 것에 비해 특별히 손해 볼 것도 곤란할 것도 없다는 계산이 서는 것이었다.

김산이 정들의 어깨를 잡아당겨 그녀의 귓가에다 슬쩍 입을 갖다 댔다.

문득 귓속으로 파고드는 따뜻한 느낌에 정들의 어깨가 일순 움찔거렸다.

그러나 상황이 상황인만큼, 그녀로서는 일단 그 야릇한 간지러움을 견뎌(?)볼 수밖에 없었다.

김산이 속삭였다.

"구두 벗어!"

"……?"

"양쪽 다!"

생각하고 말고 할 것이 없었다.

'왜?' 란 말은 나중에 해도 얼마든지 충분하였다.

정들이 은근슬쩍 발을 비비적거려 하이힐을 벗었다.

그때 김산이 다시 속삭였다.

"하나, 둘, 셋 하면 무조건 뛰는 거다?"

역시 정들이 의문을 제기할 여지는 조금도 없었다.

곧바로 김산의 카운팅이 이어지고 있었으니까.

"하나… 둘… 셋!"

정들이 후다닥 달려나갔다.

그리고 정들이 벗어놓은 하이힐 두 짝을 주워 든 김산이 곧바로 그녀의 뒤를 쫓아 달려나갔다.

다다다닥!

김산의 구둣발 소리가 요란했다.

그리고 선임 경찰이 급하게 외쳤다.

"어이, 이봐! 거기 서!"

그러나 그는 곧바로 도주자들을 추적하여 자신의 두 발로 달리기보다는 구경꾼들 틈에 있던 후임들을 소리쳐 부르는 편한 쪽을 택하고 있었다.

"야! 뭐 해? 빨리 차 대!"

정들은 달렸다.

숨은 벌써 턱밑에까지 차올랐는데도 오히려 그만큼의 쾌감이 차오르는 것 같았다.

생전 처음으로 겪어보는, 아마 앞으로도 다시는 겪어볼 기회(?)가 없을 쫓긴다는 스릴 때문일까?

뒤는 돌아보지도 않았다.

다만 그녀의 바로 뒤에 붙어서 함께 달리고 있는 김산의 느낌만 있으면 충분했다.

누가 쫓아오든 말든, 그리고 잡히든 말든, 그런 것은 아무래도 좋았다.

부딪칠 듯 비켜서며 험상궂게 인상을 그리는 사람들이며, 그들 중에 때로 거칠게 내뱉는 욕설도 전혀 신경이 쓰이지 않았다.

그저 이렇게 숨차게 달리는 게 좋았다.

그렇게 김산과 함께 달리면서 정들은 문득 그동안에는 아무래도 불분명하고 모호한 데가 있었던, 자신과 그를 묶고 있는 어떤 의지 내지는 일체감 같은 것의 실체가 조금은 더 명확하게 느껴지는 듯하다는 생각을 했다.

한동안 그들을 따라 자못 요란하게 울리던 경찰차의 사이렌 소리는 그들이 오가는 사람들과 주차된 차들로 복잡한 골목길 쪽으로 방향을 틀고 난 뒤로 점차 멀어졌다.

그리고 어느 순간부터는 아예 들리지 않게 되었다.

"너, 오늘 보니까 제법이더라? 난 네가 싸움 같은 거에는 영 숙맥인 줄로만 알고 있었거든?"

이윽고 달리기를 멈춘 정들의 첫마디가 그랬다.

그때 정들의 얼굴은 발갛게 상기되어 있었다.

물론 한동안 전력 질주를 한 터라 그런 것이겠지만, 그녀의 얼굴을 보기 좋게 물들이고 있는 그 홍조의 아주 조금쯤은 그녀가 새롭게 발견한 김산의 전혀 의외의 면모에 대해 들뜬 때문이기도 하지 않을까.

그러나 그녀의 은근한 칭찬(?)에도 불구하고 김산은 아주 지쳐 버린 모습이었다.

이윽고 아예 길바닥에 주저앉아 버린 김산이 턱에 받친 숨소리를 거칠게 토해냈다.

"헉헉! 헉헉! 헉헉!"

일순 김산의 그런 모습이 위태하게까지 보였던지, 정들이 급하게 그의 옆으로 쪼그려 앉으며 그의 등을 토닥거려 주었다.

그러면서 걱정스럽게 물었다.

"괜찮아?"

김산이 잠시를 더 헉헉거리다가 겨우 급한 숨을 돌렸다는 듯, 그러나 여전히 숨찬 목소리로 투덜댔다.

"야! 근데 넌 말띠도 아닌 애가, 뛰는 건 꼭 고삐 풀린 망아지처럼 잘도 뛰더라? 너 따라붙느라 아주 가슴이 터져 죽는 줄 알았다."

정들이 바로 받아쳐 쫑알거렸다.

"어휴! 이 약골! 너는 명색이 남자가 되어가지고 어째 그렇게 맨날 비실비실대냐? 아무래도 안 되겠다. 우리 집안에서 잘 아는 용한 한약방이 있는데, 며칠 내로 보약 한 제 지어줄 테니까, 먹고 기운 좀 차리도록 해. 그리고 맨날 회사하고 집만 왔다 갔다 하지 말고, 어디 헬스클럽이라도 좀 다녀라. 회원권 하나 끊어줘?"

정들의 쫑알거림은 자못 따가운 잔소리가 되고 있었다.

그래도 그녀의 표정이 아주 핀잔만 주는 것으로는 보이지 않았기에 김산은 숨을 몰아쉬는 중에도 계면쩍은 웃음을 씩 웃고 말았다.

그런데 어찌 보자니, 김산의 그 웃음에는 계면쩍음 외에도 뭔가 또 다른 의미가 있는 듯도 하였다.

10. 김산! 이 자식!

김강이야말로 은근히 사람을 미치게 만드는 구석이 있는 사내였다.

정들은 그날 온다 간다 말도 없이 석연치 않게 사라져 버린 김강에 대해, 지난 일주일여간 시간이 날 때마다 전화를 했다.

그 횟수를 다 합치면 아마도 이십여 차례는 족히 넘을 것이다.

그러나 그는 도통 전화를 받지 않았다.

그나마도 처음에 몇 번은 신호라도 가더니 이후로는 아예 계속 전원이 꺼져 있었다.

처음에는 불뚝불뚝 화가 나다가, 결국에는 그 화가 걱정으로 변하고 마는 정들이었다.

걱정도 보통 걱정이 아니라 시간이 갈수록 별별 엉뚱한 생각까지 다 들더니, 이윽고는 도저히 견디지 못할 지경으로까지 되어버렸다.

'도대체 무슨 일일까?

'일부러 피하는 걸까? 왜? 그럴 이유가 없잖아?

'아니야. 필시 무슨 일이 생긴 게 틀림없어.'

하루 종일 김강에 관한 생각에서 벗어나지 못하게 된 정들은 결국 그녀가 결단코 하지 않으리라 했던 일을 하기로 마음먹고 말았다.

일단은 김강을 찾기로 한 것이다.

일단 그를 찾아서 무슨 영문인지를 알아보고 나서 만약 그 영문이란 것이 도저히 납득할 수 없는 것이라면 그에 걸맞는 최소한 그녀로 하여금 스스로 세운 원칙을 깨게 만들고, 또한 자존심을 상하게 만든 데 대한 응분의 조치를 가차없이 취해 줄 생각이었다.

정들은 김산에게 지극히 사적인 지시 하나를 했다.

'김강이라는 사람에 대해서 좀 알아봐 줘!'

그 지시는 그녀에게 있어 가장 개인적이며, 또한 가장 비밀스러운 사항이라고 할 수 있었다.

　그랬기에 김산이 아니라면 누구에게도 맡길 수 없는 일이었다.

　김산이야말로 정들이 자신의 개인적인 속내를 믿고 털어놓을 수 있는 존재였고, 설혹 어떤 부끄러운 면을 보여준다 해도 크게 자존심을 상하지 않아도 좋을 그런 존재였다.

　정들이 김산에게 준 단서라고는 달랑 휴대폰 번호 하나뿐이었다.

　김강과 연결되어 있는 고리가 고작 그의 이름과 그 전화번호 하나가 전부라는 사실을 정들은 마치 이제야 문득 깨닫게 된 듯이 느꼈다.

　만약 김강이라는 그 이름마저 가명이라면, 결국은 그 전화번호 하나에 그녀와 김강의 모든 관계가 다 걸려 있는 것이었다.

　정들은 차라리 허탈한 심정으로 되고 말았다.

　물론 그녀가 진작에 알아보고자 했었다면 그에 관해 얼마든지 만족할 만큼의 정보들을 알 수 있었을 것이다.

　다만 그럴 필요까지는 없겠다는 생각과 또 자존심으로 그렇게 하지 않고 있었던 것이다.

＊　　　＊　　　＊

"야! 조유진! 나다!"

누군가 뒤에서 반갑게 외치는 소리에도 조유진은 선뜻 고개를 돌리지 못했다.

"나야, 임마! 김산!"

다시 그 한마디를 더 듣고 나서야 조유진은 천천히, 아주 조심스럽게 고개를 돌렸다.

그리고 거기에 잔잔하게 웃고 서 있는 사람이 정말로 김산이라는 것을 비록 십 년 전의 그 모습 그대로는 아니었지만, 그래도 보는 그 순간에 조금의 주저함도 없이 바로 알아볼 수가 있었다.

"김산! 이 자식!"

조유진의 목소리가 가늘게 떨려 나왔다.

그 떨림에는 무언가 늘 허전했었는데, 이유도 없이 괜히 가슴 저릿한 허전함이 있곤 했었는데, 그 실체가 무엇 때문이었는지 이제야 알게 된 후련함과 또한 그 후련함이 순식간에 뿌듯함으로 반전되는 통쾌하기 이를 데 없는 만족감 같은 느낌들이 촘촘히 녹아 있었다.

여동훈은 조유진과 함께 불쑥 나타난 김산을 보고 잠시간 크게 당황하는 기색이 되고 말았다.

그는 본래 침착하기 이를 데 없는 사람이었지만, 지금 이 순간만큼은 정말로 놀라고 당황스러워하고 있는 것이었다.

심중에 이는 어떤 종류의 격동을 추스르는 듯 말없이 묵묵히 바라보고 있기를 한참 만에야 여동훈은 겨우 첫마디를 꺼냈다.

그런데 그 첫마디에는 왠지 모를 서글픔과 같은 느낌이 잔뜩 묻어 있다고 조유진은 느꼈다.

"미안하다, 김산!"

김산이 잠시 틈을 두었다가 덤덤하게 웃으며 물었다.

"뭐가?"

그러나 그는 여동훈의 대답을 기다리지도 않고 나직하게 소리 내어 웃으며 다시 말을 덧붙였다.

"하하하! 네가 나한테 미안할 일이 뭐가 있을까? 홋! 무슨 뜻인지는 모르겠지만, 어쨌든 그럴 일이 있다면 내가 다 용서해 줄게. 그러니까 마음 쓰지 마라? 하하하! 그건 그렇고 너, 좋아 보인다. 아주 출세한 티가 팍팍 나는데?"

여동훈은 잠시 멍하게 무슨 생각엔가 빠져 있는 듯했다.

그러나 그는 이내 다른 사람이라도 된 듯 갑자기 활기를 되찾았다.

"야! 근데 넌 그동안 어디서 무슨 짓을 하다가 이제야 얼굴을 보여주는 거냐?"

김산은 여전히 덤덤하게 웃는 얼굴이었다.

"너희들 소식은 얼마 전부터 듣고 있었어. 근데 다들 잘나가고 있는데 나만 그런 거 같아서 말이야… 좀 쪽팔리기도 하고, 그래서 이럭저럭하다가 보니까 그렇게 됐어."

외근을 나갔다가 뒤늦게 김산과 해후를 한 장훈은 몇 마디 얘기를 나누기도 전에 버럭 화부터 터뜨려 냈다.

"그러니까 지금 뭐야? 산이 너하고 우리 회장하고 미국 유학할 때 만난 친구 사이인데, 우리 회장이… 아니지! 일이 이렇게 된 판에 회장은 무슨 빌어먹을 놈의 회장이야? 그러니까 그 빌어먹을 인간이 너하고 정들이가 어떤 사이인지 다 알면서도 정들이를 가로챘다는 그런 얘기인 거지?"

주먹까지 불끈 쥐고서 장훈은 자못 분개한 모습이었다.

그러나 김산은 차분하게 고개를 저었다.

"아니, 아니! 그런 게 아니라니까? 정들이가 무슨 물건도 아닌데 뭘 가로채고 말고 해? 김강 그 친구도 절대로 의도적으로 그런 건 아니고, 어떻게 하다 보니까 그렇게 되어버린 거지. 사람 사이의 관계란 게 본래 그런 거잖아? 사람 사이에 마음이 움직이는 걸 누가 어떻게 할 거야? 그리고 김강을 사귀든 또 다른 누구를 사귀든 그거야 어디까지나 정들이 본인의 자유인데, 그걸 가지고 누구든 뭐라고 할 수 있는 건 아니지. 그리고 난 지금도 정들이하고 잘 지내고 있어. 친구로서 말이야."

말끝에 김산은 문득 소리 내어 웃으며 농담이라도 한다는 듯 덧붙였다.

"하하하! 비록 정들이는 날 부하 직원으로만 생각하는지는 모르겠지만 말이야."

여동훈이 사뭇 조심스럽게 말을 끼어들었다.

"산이 얘기가 맞다. 우리가 김강 회장에 대해서도 아주 모른다고 할 수는 없는 입장인데, 일방적으로 나쁜 쪽으로만 몰아갈 수는 없는 일이다."

김산이 빙그레 웃으며 그 말을 받았다.

"후훗! 김강 그 친구, 조금 터프하긴 하지만 꽤나 괜찮은 친구야. 이런 말이 또 어떻게 들릴지는 모르겠다만, 미국에서 생활할 때 그 친구와 난 서로 간에 마지막의 의지가 되어준 적이 있던 사이야. 그러니까 아무리 날 걱정해서 하는 얘기라곤 해도 그 친구를 비난하는 말을 듣고 싶진 않아. 키록 당장에는 이해하기 어려운 부분이 얼마간 있다고 해도 그 친구에게는 분명 어떤 이유와 사정이 있었을 거라고 난 믿는다. 그리고 그 친구와 정들이가 잘된다면 축하를 보내고 싶은 게 솔직한 내 심정이다. 진정으로, 그들 둘 다에게."

장훈은 더 이상 아무 말도 하지 않았다.

어쩌면 그는 지금 내심으로 안도하고 있는지도 몰랐다.

사실 그는 이미 김강을 좋아하게 된 바 있는 것이다.

어쩌면 김산을 좋아하는 만큼이나 그는 또한 김강을 좋아하게 되었는지도 몰랐다.

비록 짧은 기간이었지만, 김강이 가지고 있는 구체적으로 표현하기 어려운 어떤 매력들이 그를 깊숙이 매료시키고 있는 것이었다.

조유진은 내내 김산에게서 눈길을 떼지 않고 있었다.

그의 눈빛은 안으로 깊숙이 침잠되어 있어서 그가 무슨 생각을 하고 있는지 짐작할 수가 없었다.

하긴 그런 것이야말로, 십 년 전에도 그랬던 조유진 본연의 모습이라고 할 수 있는 것이었다.

                    *   *   *

김산의 보고를 듣는 동안 내내 정들은 멍한 표정이 되어 있었다.

김강에 대해 김산이 알아온 내용들이 그녀의 상상을 초월하는 것이기 때문이었다.

경호전문업체 (주)CHINGU.

그 특이한 회사에 대해서는 정들도 들은 바가 있었다.

물론 재계 전체로 보자면 미미한 규모라고 해야겠지만, 그래도 설립 일 년여 만에 동종업계에서는 가히 신화라고 불릴 정도의 대단한 발전을 이루어내며, 지금 한창 최고의 지명도를 굳혀가고 있는 회사였다.

그런 (주)CHINGU의 대표이사 회장이라는 직함이 바로 현재의 김강의 정체라는 것이었다.

그 제법 거창한 타이틀에 대해서 정들은 김강에게 직접 듣지 못하고 남을 통해서 들어야만 한다는 사실에 대해 일시적으로 어떤 배신감 같은 것을 느꼈다.

그러나 한편으로는 뿌듯하기도 하였다.

웃기는 얘기가 될지는 모르겠지만 사실 김강이 자신에게 달린 그 타이틀에 대해 그녀에게 일언반구도 하지 않은 것은 아니기도 했다.

'훗! 그때 그 말뜻이 바로 이런 거였어? 백수 신세를 면했다며 요즘 꽤 잘나간다는 그 말이?

또 하나의 놀라운 사실은 김강과 함께 (주)CHINGU의 핵심을 이루고 있는 인물들이 바로, 그녀가 익히 알고 있는 여동훈과 장훈, 그리고 조유진 등이라는 사실이었다.

김강이 어떻게 그들과 관계를 맺게 된 건지에 대한 의문이 없을 수는 없었다.

그러나 그러한 것들이 기왕에 사실로 확인이 된 이상, 왜 그렇게 되었는지, 혹은 어떻게 해서 그렇게 되었는지 등에 대한 의문을 푸는 것은 그렇게 급하거나 더욱이 중요한 일은 아니었다.

큰 사업을 관리하는 입장이라면 그 어떤 상황에서라도 그 상황이 자신에게 어떤 유불리로 작용할 것인지를 먼저 따져보는 것을 무엇보다도 우선해야만 했다.

사실은 지금 이 순간 정들의 머리 속에서는 벌써 한 가지의 특별한 생각이 구체화되고 있는 중이었다.

정들은 김산에게 지시를 내렸다.

"가능하면 빠른 시간 내에 그쪽과 만날 수 있도록 약속을 좀 잡아줘. 미팅 파트너는 누구라도 좋아. 그쪽을 대표하여 의사 결정을 내릴 수 있는 사람이면 돼."

'그래! 어쩌면 나는 칼 하나를 얻게 되었는지도 모르겠다.'

정들은 자신이 하나의 칼을 얻었다는 판단을 했다.

전가(傳家)의 보도(寶刀)까지는 못 될지 모르지만 반드시, 그리고 확실히 처리해야만 할 일에 대해 믿고 휘두를 수 있는 한 자루의 칼.

그것은 절대적으로 사업과 일이라는 측면에서의 판단이었다.

그러나 그러한 판단은 어디까지나 그 바탕에 김강이 절대적으로 그녀의 편이라는 전제와 신뢰가 깔려 있었기에 가능한 것이었다.

또한 그 칼의 효용성에 대한 평가에는 그녀에게 남아 있는 여동훈이라는 특출한 인물에 대한 기억이 어느 정도 작용하기도 했다.

11. 특별경영진단

제일그룹은 특별경영진단을 실시하기로 했다.

그에 대해 제일그룹의 내외부에서는 다분히 예외적이며, 몇 가지 측면에서는 파격적이라는 소리까지 나왔다.

우선은 그 진단이 그룹 내부의 진단 조직에 의해 이루어지는 것이 아니라 외부 용역 계약에 의해 이루어진다는 점에서 그랬다.

제일그룹은 그룹 산하의 경제연구소를 비롯해 구조본 소속의 감사 팀이나 전략지원 팀 등등 분야별로, 혹은 총괄적으로 경영진단과 컨설팅의 역량을 두루 갖춘 조직들을 보유하고 있었다.

그랬기에 지금껏 정기적 혹은 비정기적인 각종 진단들은 항상 그룹 내부적으로 수행해 왔던 것이다.

물론 국제공인기관에 의뢰하는 형식으로 그룹의 총괄적 경영진단을 실시한 예가 몇 차례 있긴 했었다.

그러나 그것 역시도 마케팅 측면의 필요성에 의한 다분히 광고적이고, 혹은 다분히 행사적인 치레였고, 그나다 그 사실상의 주체는 또한 구조본이 되었던 것이다.

또 하나의 파격은 진단의 주 타깃이 바로 구조본이라는 사실이었다.

구조본은 그야말로 그룹을 움직이는 최고사령탑이었다.

그룹 총수를 가장 근접한 위치에서 보좌하는 조직이고, 능력이 검증된 그룹 최고의 인재들 중에서도 가장 충성심이 강한 인력들만으로 구성된 최고의 맨파워 집단이다.

한마디로 그룹 총수 외에는 아무도 손댈 수 없는 조직인 것이다.

여태껏 그들은 늘 그룹 소속의 계열사들에 대한 감사와 진단의 주체가 되어왔었으므로, 그들 스스로가 진단의 대상이 되리라고는 상상을 하지 못했던 일일 것이었다.

막말로 자존심 때문에라도 쉽게 받아들일 수가 없는 상황이 아니겠는가.

그런저런 몇 가지의 이유에서, 이번의 진단을 그룹 실세들에 대한 군기 잡기의 일환으로 해석하는 시각들도 있었다.

또한 그런 데에는 애초에 이번 진단의 필요성을 제기한 사람이 바로 정들이라는 점도 적지 않게 작용하였다.

총수의 최종결정이 나기 전에 구조본에서는 여러 가지의 문제점들을 지적하는 보고들이 올라갔다.

그 결론은 하나같이 외부 기관에 의한 구조본의 경영진단은 불가하다는 것이었으며, 특히나 감사 기능은 절대 불가하다는 것이었다.

사실 그룹의 핵심기관인 구조본의 경영진단과 나아가 감사까지를 외부 기관에 의뢰한다는 의미는 상당히 민감하고도 위험한 부분이 있을 수밖에 없는 일이었다.

구조본의 업무특성상 기업 대외비에서부터 나아가 국가기밀로 취급되는 온갖 사안들이 다루어지는 것은 불문가지라고 할 것이다.

그러니 내부적으로도 보안을 유지해야 할 기밀사항들이 부지기수라고 할 것인데, 더욱이 외부에다 오픈할 수 없는 민감한 사안들이 어찌 한둘이겠는가.

경영진단을 받으려면 우선 구조본이라는 조직 자체의 정

체성부터 건드려야 했다.

엄격히 말하자면 구조본은 실체가 없는 조직이었다.

구조본의 소속원들이 모두 공식적으로는 계열사 소속으로 되어 있었고, 급여와 복리후생 같은 행정관리 역시 소속 회사에서 관리가 되고 있었다.

더욱이 그들의 업무 자체가 대외비의 성격이었다.

그룹의 최고 실세라는 유명세와는 달리, 사실은 그룹 내부적으로도 그들에 관한 구체적인 조직과 인력의 구성, 그리고 그 세부적인 역할과 권한에 대해서는 막상 자세히 알고 있는 사람이 그렇게 많지는 않다고 해야 했다.

그런 점은 구조본의 소속원들에게 요구되는 특별한 보안지침에 의해 자체적으로도 철저히 지켜지고 있었다.

또한 그런 보안의식은 그들 자신들에게 일종의 우월감 내지는 특권의식으로 작용되는 측면도 있었기에, 구조본 내부의 일이 어떤 목적이나 지침없이 바깥으로 나가는 경우는 거의 없었다.

사정이 그러한데, 더욱이 외부 기관에서 어떻게 그들을 진단할 수 있을 것인가.

역으로 말해, 만약 제대로 된 진단을 받으려 한다면 그들의 실체부터 온전히 공개를 해야 한다는 얘기가 될 것이다.

그러나 그렇게 되었을 때 이어지는 파장과 여파는 또 어떻게 할 것인가?

나아가 그 전반적인 득실을 따져 볼 때, 과연 무엇을 위해 진단을 하려는 것인가 하는 논리로 귀결이 되는 것이었다.

게다가 구조본의 경영진단을 담당할 외부용역기관이 바로 일개 경호업체로만 알려졌을 뿐, 경영진단이나 기업 컨설팅 쪽으로는 여태껏 단 한 건의 실적도 없는 (주)CHNINGU라는 데 대해서 구조본은 아예 일고의 가치도 없는 것으로 결론을 내고 있었다.

그러나 이번 건을 기안한 사람은 바로 정들이었다.

그녀는 자신이 그룹의 미래를 관장할 후계자이며, 또한 이미 실세임을 이번 일을 통해 유감없이 과시하였다.

이번 일이야말로 그녀가 스스로를 과시하는 첫 번째 케이스였던 것이다.

어떻게 보면 그러한 사실 자체만으로도 그녀로서는 결코 양보하거나 뒤로 물러설 수 없는 충분하고도 절실한 이유가 되는 것이라고 할 수 있었다.

정들은 구조본을 거치지 않고 곧바로 그룹 회장의 결재를 받는 강수를 택했다.

그것은 곧 그녀가 자신의 직책인 미래사업본부장으로서 이번 일을 추진하는 것이 아니고, 그룹 실세 서열 이위의 후계자의 입장에서 이 일을 추진한다는 것을 명백히 공표한 것이나 마찬가지였다.

어쨌든 결론은 이렇게 났다.

감사나 감찰기능을 배제하고, 어디까지나 철저히 객관적인 시각에서 조직의 구성 형태와 업무수행 절차 등의 효율성 위주로만 점검하는 말 그대로의 조직진단만을 실시한다는 것으로.

그 결론에는 일종의 절충과 타협의 의미가 담겨 있었다.

어쨌든 구조본으로서는 나름대로의 선을 그을 수 있는 근거를 마련한 셈이었고, 정들로서는 일단 자신의 의지를 관철시켰으나, 한편으로는 다시 한 번 그녀의 현위치를 확인하고 또 확인시켜 주어야 하는 과제를 안게 된 셈이었다.

대개 후계자로서의 자질과 역량은 만들어지는 것이고, 제일그룹의 경우 그것을 만들어주는 행위의 주체는 구조본이라고 할 수 있었다.

그러나 이번 일로 인해 정들은 구조본과의 충돌을 자초하는 무리수를 둔 것이나 마찬가지였다.

그런 만큼 그녀가 스스로의 위상을 지키고, 나아가 한 단계 레벨업시키기 위해서는 뭔가 실효성있는, 혹은 가시적인 결과를 제시해야만 하는 입장이 된 것이다.

김산은 구조본 소속의 전략지원 팀으로 파견 발령을 받

았다.

전략지원 팀이란 곳은 이를테면, 타 그룹의 감사 팀과 경영 진단 팀을 합쳐 놓은 정도의 기능과 권한을 가진 조직쯤이 되는 곳이다.

(주)CHINGU와 맺은 '특별경영진단용역계약의 총괄관리 및 지원업무를 수행하기 위해서'라는 명제하에서의 파견이었지만, 잘못하면 소위 왕따나 '낙동강 오리 알'쯤으로 되기 십상인 파견이기도 했다.

여동훈을 팀장으로 하는 (주)CHINGU의 '특별진단 팀'은 제일그룹과의 용역계약이 발효되는 즉시 활동에 착수하였다.

그의 팀은 팀의 형태를 완전히 갖춘 지 얼마되지 않은, 조금 비판적으로 얘기하자면 급조된 팀이라고도 할 수 있었다.

진단대상인 제일그룹 구조본에서 문제점으로 제기한 그대로 그런 분야에서의 경력과 실적은 당연히 전무했다.

그러나 막상 팀의 규모와 팀을 구성하는 팀원들 각각의 면모로 들어가 보자면, 가히 화려한 진용이라고 할 수 있을 정도였다.

다수의 변호사들, 세무회계사들, 경제경영학 박사들, 그리고 이미 굵직굵직한 타이틀을 지니고 있는 분야별 컨설팅 전문가들, 조직혁신 전문가들 등등…….

게다가 굳이 표면화시키지는 않았지만, 그들의 배경에 각종의 정보와 첩보를 수집하고 평가하고 분석하는 전문정보 처리인력들이 두텁고도 막강하게 포진하고 있음은 본래 (주)CHINGU가 가지고 있던 강점이니 따로 말할 필요가 없는 것일 터였다.

특별진단 팀은 구조본이 보유하고 있는 각종의 업무지침서와 표준서의 평가를 위주로 하는 절차평가, 팀장과 임원급들에 대한 직무분석, 그리고 평사원에서부터 최고임원급을 망라하는 전 계층별 무작위 인터뷰 실시를 시작으로 그 공식적인 활동에 들어갔다.

물론 각종의 지침과 절차와 표준 자체가 모두 다 비공식적이고, 또한 보안에 속하는 것이었다.

그런 탓에 특별진단 팀의 업무는 시작부터 관련 인원들의 유무형적인 저항에 부딪치는 등 문제점들이 속출하였다.

인터뷰 대상자들의 직간접적인 거부가 있기도 했는데, 몇 번에 걸쳐 상부로부터 인터뷰에 응하라는 지침이 내려오고 나서야 마지못해 인터뷰에 응하는 등 시끄럽고도 복잡한 과정을 거쳐야만 했다.

그러나 특별진단 팀의 그러한 활동은 어디까지나 표면적

이고 형식적인 일일 뿐, 물밑으로는 전혀 다른 각도의 일들이 조심스럽게, 그리고 한편 은밀하게 추진이 되고 있었다.

*   *   *

토요일 밤 열두 시.

조용하던 제일그룹 본관 빌딩 로비에는 때아닌 긴장감이 흘렀다.

정장 차림을 한 이십여 명의 남자들이 일시에 현관으로 들어섰고, 그로 인해 현관 근무자들이 잔뜩 긴장하고 만 것이다.

그러나 그들은 엄격하게 매뉴얼로 정해져 있는 '비정상상황 발생 시 대응조치' 및 '긴급상황 발생 시 대응절차'에 준한 조치까지는 들어가지 않았다.

그들 이십여 명의 선두에 자신들의 직속 상사가 있기 때문이었다.

그는 바로 본관의 경비와 보안을 총괄하는 임원급 보안 팀장이었다.

보안 팀장의 바로 곁에는 김산이 있었고 나머지 사람들은 바로 여동훈을 위시한 (주)CHINGU의 특별진단 팀이었다.

휴일 저녁 자택에 있던 보안 팀장은 전혀 생각지도 못했던 전화 한 통을 받았었다.

정들로부터였다.

그녀는 간단하고도 일방적인 지시 사항을 전달했다.

'구조본 감사 팀 소속의 김산이라는 직원이 조금 있다 본 관으로 갈 테니 그가 요구하는 일체의 사항에 대해 무조건적으로 지원해 주도록 하세요.'

당혹스럽고 놀란 중에도 보안 팀장은 어렵게 물었다.

"무슨 일 때문인지는 알아야……."

상대가 누구인지를 생각할 때, 그 정도만으로도 보안 팀장으로서는 정말로 하기 힘든 질문이었다.

그러나 아무리 상대가 그룹 총수의 딸이자 그룹을 승계받을 후계자라고 해도 그에게는 어디까지나 보안 팀장으로서의 업무 절차와 체계가 있으니 최소한 그런 정도는 묻지 않을 수 없는 일이었다.

"회장님 긴급 지시로 이루어지는 특별감사예요."

그 한마디로 끝이었다.

정들의 독단적인 지시라면 업무의 체계와 절차에 대해 한두 마디라도 더해볼 용기를 억지로 내볼 수도 있었을 텐데, 회장님 지시라는 데, 그것도 긴급 지시라는 데 그가 무엇을 더 따지고 확인하겠는가.

그렇다고 정들의 위치와 비중으로 볼 때, 설마 이런 중대한 일에 대해 거짓을 말한다고는 상상조차 할 수 없는 일이었다.

정들은 전화를 끊기 전에 몇 마디를 더 보탰다.

"이 건에 대해서는 월요일 아침까지는 절대 보안입니다. 아무에게도 보고하지 마시고 만약 누군가 묻는다면 저한테 지시받았다고만 하시면 됩니다."

김산은 당직일지를 통해 현재 본관에 있는 층별 야간 당직자들과 각 사무실 잔류자들을 파악했다.

그리고 보안 팀장을 통해 그들을 로비로 집합시키도록 했다.

당직자들과 휴일 야간 근무를 하는 인원들 중에서 임원급의 보안 팀장의 지시에 대해 감히 이의를 제기할 인물은 없던 모양이었다.

오 분이 채 지나지 않아 이십여 명의 인원들이 로비로 모였다.

보안 팀장은 그들에게 그룹 차원의 특별보안점검 팀이 본관 각 사무실의 보안 상태에 대한 일제점검을 실시한다고 알렸다.

아울러 모두는 보안점검의 취지를 살리기 위해 앞으로 몇 시간 동안 로비에서 벗어날 수 없다는 것과 또한 일체의 외부

연락을 금한다는 지시를 내렸다.

그때부터 새벽까지 빌딩 23층과 24층에 자리 잡은 구조본의 모든 사무실에 대한 특별진단 팀의 '작전'이 수행되었다.

과장급 이상의 전(全) 간부급들의 책상에서 업무수첩과 기타의 자료들과 메모들이 수거되었고, 또한 컴퓨터의 본체들이 일괄적으로 수거되었다.

특별진단 팀이 수거해 갔던 자료들과 컴퓨터 본체들은 별도의 조사과정 없이 지정 장소에 고이 보관되었다.

그리고 월요일 아침에 다시 원래의 주인들에게 반납되었다.

결국 토요일 자정의 한바탕 소란은 다만 보여주기 위한 것이었으며, 다른 목적을 위한 일련의 트릭일 뿐이었다.

사실 여동훈의 특별진단 팀은 공식적인 활동에 들어가기 전에 이미 결과를 가지고 있었다.

또한 그것은 벌써 정들과 제일그룹의 총수 정삼혁 회장에게 보고된 바가 있었다.

그러면서도 특별진단 팀이 조직의 업무절차평가와 인터뷰 등을 실시하고, 또한 토요일 밤의 난데없는 압수수색작전(?)을 펼친 것은 어떤 추가적인 결과를 내고자 한 것이 아니라,

이미 내려진 결론에 대한 후속 조치를 염두에 둔 것이라고 할 수 있었다.

물론 그것은 정들과 나아가 정삼현 회장의 의중과도 결코 무관하지 않았다.

정들은 그룹의 핵심층에 어떤 미묘한 움직임이 있다는 사실을 그녀의 비공식적인 정보 라인을 통해 캐치했었다.

일전에 이승조와의 식사 자리에서 그녀가 제일그룹 지배 구조의 핵인 제일해상의 지분 일부를 동방그룹 측에서 확보했다는 얘기를 슬쩍 흘려보았던 것도 바로 그런 미묘한 움직임을 추가적으로 파악해 보려는 시도의 하나라고 할 수 있었다.

비록 전체적인 지배 구조에는 조금의 영향도 미치지 못할 정도로 아주 미미한 정도의 지분의 이동이었지만, 문제는 그 지분이 상징적인 측면에서는 결코 움직여서는 안 될 지분이라는 데 문제가 있는 것이었다.

그리고 다른 쪽에서는 다 모르고 넘어갈 수 있다 하더라도 그룹의 재무 라인, 그중에서도 핵심이며 총괄적인 위치에 있는 구조본의 재무 팀에서는 결코 모르고 넘어갈 수 없으며, 또한 모르고 넘어가서도 안 되는 사항이라는 데 또한 심각한 문제가 있었다.

그래서 정들은 구조본, 그중에서도 구체적으로는 재무 팀을 예의 주시하기 시작한 것이었다.

여동훈의 특별진단 팀은 처음부터 재무 팀을 타깃으로 정했었다.

그리고 정들로부터 받은 제일그룹 내부의 첩보들을 일차적으로 분석한 결과 두세 명의 정밀 타깃을 정할 수 있었다.

그리고 곧바로 조용하게 그러나 강력하기 이를 데 없는 수단들이 동원되었다.

정밀 타깃들에 대한 금융권 계좌 추적, 사무실과 집 전화 그리고 휴대폰에 대한 수발신 내역 조사, 이메일 수발신 내역 등등…….

그러한 수단들은 설사 공권력이라고 하더라도 합당한 형식과 절차를 갖추기 전에는 결코 행사할 수 없는 수단들이었다.

그러나 여동훈은 그가 가진 특유의 은밀한 방법으로 그러한 불법을 행사했다.

여동훈의 그러한 수단이 어디에서 나오는지에 대해서는 역시 이번에도 누구도 묻지 않았다.

특별진단 팀은 조사 결과로 한 인물에 대한 의혹을 제기했다.

일자별로 추적을 해본 결과 그 인물은 일 년여 전부터 정들의 백부인 정일현과 접촉이 있었던 것으로 조사되었다.

그 인물은 정일현과의 몇 차례 접촉 후 이어서 동방그룹의 고위급 관계자를 접촉하였고, 근래에는 동방그룹의 이우영 회장과도 접촉을 가진 것으로 조사되었다.

제일그룹 내에서의 그 인물의 위치와 비중으로 볼 때, 그 인물이 지난 일 년여간 보인 행적은 확실히 이해할 수 있는 선을 넘었다고 할 수 있었다.

공적으로 혹은 업무적으로 그 인물이 정일현과 동방그룹의 고위관계자, 나아가 이우영 회장과 단독으로 접촉할 이유는 전혀 없는 것이었다.

만약 불가피하게 그럴 일이 있었다면, 그것이 공적이든 사적이든 간에 반드시 정삼현 회장에게 먼저 보고가 되어야만 하는 것이었다.

특별진단 팀의 결론은 다만 '의혹이 있다'는 정도에 그치는 것이었다.

그러나 정들이나, 나아가 정삼현 회장에게는 그것으로 충분했다.

그들에게 그 의혹의 실체가 무엇이며, 구체적으로 어떤 내막이 있었느냐 하는 것은 사실 그다지 중요하지 않다고 할 수 있었다.

어쩌면 더 이상은 알 필요도 없는 것일 수도 있었다.

다만 가장 신임하던 인물에 대해 더 이상 신뢰할 수 없다는 결론을 내려야만 한다는 사실만이 중요한 것이었다.

신뢰할 수 없다면 잘라야 한다.

권력의 정점에 있는 자는 자신의 권력을 보다 효과적으로 사용하기 위해 신임이라는 수단을 즐겨 사용한다.

그러나 정점에 선 자는 아무리 신임하는 자에게도 결코 자신의 모든 것을 걸지는 않는다.

언제 어떤 일이 벌어질지에 대해서는 하늘만이 아는 법이기 때문이다.

절대적으로 신임하는 측근이라면 믿음이 큰 만큼 한편으로는 늘 조심해야 하는 것이다.

만약의 경우를 대비하여 언제나 대안은 준비되어 있어야 하는 것이다.

재무 라인의 인재들은 하루아침에 만들어지지 않는다.

그러나 구조본 재무 팀에는 겉으로 드러나지 않는 또 다른 비주류 라인이 있었다.

또한 구조본 이외에도 각 계열사의 재무 팀들 중에는 언제라도 현재의 구조본 재무 팀을 대체할 인재들이 철저한 평가 과정과 관리 시스템을 통해 육성되고 있었다.

이제 필요한 것은 떠나가야 할 자들이 침묵한 채로 떠나가도록 만드는 것이다.

물론 그들의 자발적인 의지로.

그리고 그것을 위해서는 적정한 수준의 명분과 어쩌면 회유와 타협이 필요할 것이었다.

그랬다.

특별진단 팀이 토요일 밤에 벌인 그 한바탕의 난리는 결국, 그 의혹의 인물과 그의 직계 라인을 자르기 위한 사전 포석이었던 것이다.

일요일 저녁.

김문석 사장은 그룹 총수의 자택으로 부름을 받았다.

저녁 식사를 함께하는 자리였다.

총수의 자택으로 부름을 받는다는 것은 더욱이 저녁 식사를 함께 한다는 것은 제일그룹의 임직원에게는 가히 무상의 영광이라고 할 수 있었다.

그러나 그런 영광은 직위가 높다고만 해서 가질 수 있는 것은 아니었다.

그룹 총수가 최측근으로 여기는 인물에게만 베푸는 그야말로 최고신임의 표시였던 것이다.

물론 김문석 사장은 누구나 인정하는, 그리고 스스로도 자부하는 정삼현 회장의 최측근이었다.

그는 회장실을 총괄하는 위치였고, 동시에 구조본의 이인자로서 핵심 부서인 재무 팀장을 겸하고 있었다.

이를테면 그룹 회장의 비서실장이면서 그룹의 돈줄을 틀어쥐고 있는 제일그룹의 최고실세 중 한 사람인 것이다.

그는 그룹의 재무업무를 총괄하면서 정삼현 회장 일가의 자산도 관리하고 있었다.

또한 최근에는 그룹의 후계 구도에도 깊숙이 관여하여 경영권 상속과 관련한 복잡하고도 민감한 지분 구조를 수완 좋게 처리해 냄으로써, 정삼현 회장으로부터 다시 한 번 확고한 신임을 재확인받은 것으로 전해지기도 했다.

그야말로 '가신 중의 가신'으로 절대적인 신임을 받는 존재요, 동시에 그런 절대적인 신임을 바탕으로 '실세 중의 실세'로 군림하고 있는 존재인 것이다.

정삼현 회장과 정들, 그리고 김문석 사장, 그렇게 세 사람만이 함께하는 식사 자리였다.

그런데 오늘의 분위기는 아무래도 지나치게 무거운 감이 있었다.

평상시 같았으면 한두 마디라도 가벼운 화제가 오고 갈 법하였는데, 오늘은 한마디도 없이 그야말로 조용하기만 한 식사가 되고 있었던 것이다.

그렇다고 감히 김문석 사장이 먼저 얘기를 꺼낼 수는 없는 자리였다.

식사 도중에 문득 수저를 내려놓은 정삼현 회장이 특유의 조용하고도 묵직한 목소리로 말을 꺼내고 있었다.

"어떻게 된 일인가?"

정 회장은 말을 많이 하는 사람 아니었다.

그의 말은 대개 키워드만을 짧게 내뱉는 것이어서 난해하다는 평을 받았다.

김문석 사장이 오늘의 위치까지 올라올 수 있었던 데는 정 회장의 그 짧고 난해한 말에 대해 누구보다도 빠르게, 그리고 정확하게 그 의중을 간파해 내는 능력을 지니고 있었기 때문이라고 해도 크게 잘못된 말은 아닐 것이었다.

김문석 사장의 머리는 빠르게 돌아갔다.

분명 질책성의 말이었다.

그리고 최근에 회장으로부터 직접 질책을 받을 만한 사안이라면, 바로 외부용역에 의해 실시되고 있는 특별조직진단 건이 유일하다고 할 수 있었다.

안 그래도 어젯밤에 본관의 구조본 사무실들에 대한 불시점검이 있었고, 그중에서도 재무 팀의 사무실이 집중적으로 조사를 당한 것으로 보고를 받은 터였다.

그 건에 대해 그는 허여된 업무 범위를 훌쩍 넘어버린 특별진단 팀의 불시점검에 대해 어떤 견제 조치가 필요하겠다는 생각 정도를 한 바가 있었다.

그러나 지금의 이런 질책성의 분위기라면…….

아마도 그 불시점검의 결과가 벌써 회장에게 보고가 된 것이고, 또 그 보고 내용 중에 필시 재무 팀에 대한 어떤 문제점들이 포함되어 있는 것이리라.

어쩌면 재무 팀 소속 직원들의 어떤 비리나 업므상의 과실이 발견되었으리라.

그러나 김문석 사장은 그 비리와 과실들이 결코 일정 이상의 선을 넘어서는 것은 아닐 것이라고 확신할 수 있었다.

만약 그런 정도의 문제가 있었다면 자신이 먼저 알고 있었을 테니까.

재무 팀에 대해서는 자신의 직할하는 팀인만큼, 언제나 관리해야 할 선을 분명히 그어놓고 직접 철저하게 업무를 챙겨온 그였다.

'그렇다면 적발된 문제점에 대한 질책보다는 그룹의 중추를 맡고 있는 재무 팀 조직의 전반적인 기강 해이에 대한 질책……?'

김문석 사장은 깊숙이 머리를 숙였다.

"죄송합니다, 회장님! 모두가 제 불찰입니다. 앞으로는 조금의 차질이나 부적절함도 없도록 보다 확고한 관리 지침을 마련하고, 좀 더 꼼꼼히 챙기도록 하겠습니다."

정삼현 회장은 잠시 가만한 눈빛으로 김문석 사장을 응시하고 있었다.

심중을 짐작하기 어렵도록 무덤덤한 눈길이었다.

그런 것이 평상시의 정 회장의 모습이기는 했지만, 오늘따라 김문석 사장은 회장의 그 무덤덤한 눈길에서 도무지 어떠한 예측도 해낼 수가 없었다.

그가 회장을 근 십 년 가까이나 모셔오면서 지금처럼 막막한 느낌을 가져보기는 처음이었다.

회장에게 이런 면모도 있었던가 싶을 정도로 문득 낯선 느낌이 들었다.

그러나 한 가지는 분명하였다.

그가 회장의 심중에 대해 방금 전에 했던 추정들이 완전히 빗나간 것이라는 사실.

정 회장이 가만한 어조로 다시 묻고 있었다.

"왜 그랬나? 내가 자네에게 뭘 섭섭하게 대한 게 있었던가?"

더욱 가라앉은 음성이었다.

그 음성에서 김문석 사장은 차갑다 못해 온몸이 시리다는 느낌을 받고 말았다.

그리고 김문석 사장의 얼굴은 딱딱하게 굳어져 버렸다.

그의 어깨가 가늘게 떨리면서 이마에 식은땀이 배는가 했더니 이윽고는 전신을 떨기 시작했다.

누구보다도 침착한 성격이라는 평을 받아오던 그였는데 지금은 스스로의 떨림조차 도저히 통제가 안 되는 모습이었다.

정 회장은 여전히 무심한 눈길로 그런 김문석 사장을 지켜보고 있었다.

무심하기는 정들도 마찬가지였다.

그런 점에서 두 부녀는 지금 너무도 닮아 보였다.

이윽고 김 사장의 떨림은 점차로 진정되고 있었다.

그러나 그는 완전한 체념을 보이게 되었다.

정일현으로부터 처음 접촉 시도가 있었을 때, 김문석은 당연히 정 회장에게 그런 동향을 보고해야만 했었다.

그렇게 하는 것이 그의 위치에서의 본분이라고 할 것이니까.

그러나 결과적으로 김문석은 그렇게 하지 않았다.

그런 데에는 상대가 어떠한 의미에서도 전혀 변수가 될 수 없는 정일현이라는 사실에 대한 방심이 있었다.

또한 한편으로는 전대 회장의 장남인 정일현에 대한 예우와 함께 약간의 측은함 같은 감정이 작용한 것도 사실이었다.

우여곡절이 없었더라면, 어쩌면 지금쯤 제일그룹의 주인

이 되어 있는 사람은 바로 정일현일 것이었으니까.

그러한 방심과 예우와 또 약간의 측은지심은 처음에는 그저 아주 사소한 실수, 혹은 배려 정도에 불과했다.

그러나 결국 그것은 김문석을 끝없는 나락으로 끌어내리는 발단이 되고 말았다.

정일현의 뒤에 동방그룹이 숨어 있다는 것을 김문석이 어떻게 짐작이나 했겠는가.

김문석이 정일현의 부탁 겸 하소연을 냉정하게 거절하지 못해 두 번째의 애매한 만남을 가졌을 때, 뜻밖에도 동방그룹의 핵심급 고위 인사가 끼어들었다.

우연한 조우였는데, 마침 그는 정일현과 사적으로 매우 친밀한 교분 관계를 가지고 있다고 했다.

물론 김문석은 그 의외의 자리에 대해 당연히 가져서는 안될 자리라는 판단을 했다.

그러나 정일현의 면전에서 그의 체면까지를 무시해 가면서 단호하게 자리를 거절하기에는 역시 여러 가지로 입장이 어려운 측면이 있었다.

동방그룹의 고위 인사도 어디까지나 개인적인 관계임을 누차 강조했고, 이어진 술자리에서도 민감한 사안에 대해서는 단 한 마디도 꺼내지 않았다.

그날의 곤란했던 자리 이후로, 김문석은 정일현과의 만남을 피했다.

그러나 다시 어느 정도의 시간이 흐른 뒤, 정일현은 섭섭하다며 마지막으로 회포나 한번 풀자며 연락을 취해왔다.

정일현이 마지막이라고까지 말을 했거니와 김문석 또한 어쨌든 모가 나지 않게 그와의 관계를 마무리해야 할 필요성을 느끼고 있던 터였다.

그러나 그 마무리를 위한 만남에서 김문석은 다시 한 번 전혀 예기치 못했던 새로운 인물을 만났고, 그 단 한 번의 만남으로 인해 그는 결정적으로 코를 꿰고 말았다.

김문석이 만난 새로운 인물은 바로 동방그룹의 이우영 회장이었다.

이우영 회장 같은 거물이 그런 식으로 자신과의 만남을 시도해 올 것이라는 데 대해 김문석으로서는 감히 상상조차 하지 못했던 일이었다.

이우영 회장과의 만남은 그 실제적인 내용에 있어서는 사실 특별하달 게 없었다.

십 분 남짓의 아주 짧은 만남이었을 뿐이고, 몇 마디 의례적인 인사말만 주고받은 것 외에는 별다른 대화도 없이 끝이 났다.

그러나 이우영 회장과 만났다는 사실 자체만으로도 이미 특별하게 되어버렸다는 것을, 그리고 그 특별하다는 의미가 바로 자신이 이미 넘지 않아야 할 선을 넘고 말았다는 것임을 김문석은 자인하지 않을 수 없었다.

얼마 지나지 않아 김문석은 정일현이 가지고 있던 제일해상의 지분이 거래되었다는 직계 라인의 보고를 받았다.

그 거래 상대가 차명(借名)의 동방그룹 인물 같다는 분석 보고도 함께였다.

그리고 때맞춰 정일현에게서 연락이 왔다.

자신이 자금이 급해 제일해상의 보유 지분을 처리했는데, 밖으로 알려지면 얼마 되지도 않는 지분가지고 괜히 시끄러워질 수도 있으니 모른 체 넘어가 달라는 부탁이었다.

아울러 그는 동방그룹의 이우영 회장 쪽에서 자신의 지분을 샀다는 것을 밝혔고, 나아가 어차피 나중에 한 집안이 될 사이인데 문제가 될 게 뭐 있겠느냐는 소리도 했다.

은근히 자신의 부탁이 곧 이우영 회장의 부탁이라는 언급도 빼먹지 않았다.

그 건에 대해 김문석은 결국 정일현의 부탁대로 모른 체하고 넘겨 버렸다.

그런 데에는 그가 이미 그들의 부탁에 대해 거절하기 어려운 입장이 되어 있었던 탓도 있었지만, 그 건이 큰 문제가 되지 않을 수도 있다는 데 대해 어느 정도는 동감하는 바가 있었기 때문이기도 했다.

또한 회장실을 총괄하고 있으며 그룹의 재무 라인을 완벽히 장악하고 있는 그가 정보를 차단시킨다면, 그런 정도의 미미한 사안 정도는 묻혀 버리고 말 것이라는 판단이 있기도 했다.

물론 김문석에게 불안과 우려가 없을 수는 없었다.

정일현의 지분 처분은 객관적으로는 미미한 사안임에 틀림이 없었다.

그러나 조금만 다른 측면으로 보자면 민감하기 이를 데 없는 사안이기도 했다.

제일과 동방 양대 재벌이 혼인 관계를 맺는다고 하더라도, 결국은 재계 일, 이위를 다투는 경쟁자 관계일 수밖에 없었다.

그런 점에서 그룹 지배 구조의 핵심이 되는 계열사의 지분이 그룹의 총수도 모르게 경쟁 그룹으로 넘어갔다는 사실은, 그것이 아무리 미미한 비중이라고 해도 결코 용납될 수 있는 사안이 아닌 것이다.

그러나 김문석으로서는 이미 돌이킬 수가 없는 상황이었다.

다만 그대로 묻혀 버리기만을 바라는 수밖에는.

자신이 무리수를 범하고 있다는 것에 대해 결코 모르지 않았지만, 한편으로 김문석은 다분히 자조적이 되기도 했다.

그는 스스로를 양날의 칼이라고 늘 생각하고 있었다.

그가 비록 아직까지는 총수의 절대적인 신임을 받고 있지만, 그것을 뒤집어 얘기하면 총수의 입장에서 누구보다 조심스러울 수밖에 없는 사람이 바로 자신이라는 의미가 되는 것이었다.

자신이 배신을 한다면, 그 파장이 얼마나 크고 위험스러울 것인가에 대해서는 총수가 가장 잘 알고 있을 터이니 말이다.

정삼현 회장은 무섭도록 단호하고도 냉정한 사람이었다.

최측근에 대해서 무한대의 신임을 주는 것 같지만, 한편으로는 늘 조심하는 사람이 바로 그였다.

그런 점에서 김문석 자신이 양날의 칼이라면, 정 회장은 그 양날의 칼을 능숙히 다룰 줄을 아는 무사라고 할 수 있었다.

김문석이 정 회장의 최측근 노릇을 한 지는 벌써 십 년이 가까워지고 있었다.

그 세월의 무게만큼, 그는 이미 벌써부터 정 회장에게 조심스러움의 한계에 육박해 있는 존재가 되어 있는지도 모르는 것이다.

*　　　　*　　　　*

구조본에 한바탕의 폭풍이 일었다.

그 진원지는 바로 재무 팀이었다.

구조본의 이인자이자 재무 팀장인 김문석 사장이 돌연 자진 사퇴 의사를 밝힌 것이다.

그리고 그의 사퇴 의사는 곧바로 받아들여졌다.

그는 후임 재무 팀장의 상담역으로 위촉되었다.

몇 년간 일없이 공으로 급여를 타먹다가 적정한 시점에 명예로운(?) 퇴직을 하는 수순을 밟도록 조치가 된 것이다.

그러한 일련의 과정과 조치들에 대해서는 소문들이 무성했다.

'알려지지 않은 거액의 금전 비리가 있었다'는 추정에서부터 심지어는 '여비서와의 불미스러운 관계가 적발이 되었다'는 억측까지도 나돌았다.

뒤이어 재무 팀 소속 인력들에 대한 큰 폭의 인사 조치가 있었다.

재무 팀 인력의 거의 절반가량이나 대상이 되었그, 아울러 구조본 재무 팀으로 연결되는 각 계열사들의 재무 라인들까지 줄줄이 자리 변동이 되는 대규모의 인사 이동이었다.

그야말로 그룹 전체의 재무 라인에 대한 일대 수술이 행해진 것이었다.

금융가에서는 제일그룹과 동방그룹 사이에 모종의 냉기류

가 흐른다는 루머가 잠시 떠돌았다.

　그러나 그런 성격의 루머들이 대개 그렇듯이 그 루머 역시 이내 근거없는 것으로 간단히 치부되고 말았다.

12. 정심회

여동훈은 최고 회의를 소집했다.

경호 사업 분야에 지하 조직들의 노골적인 도전이 발발하고 있고, 그로 인해 벌써부터 사업 수행에 상당한 차질이 발생하고 있다는 것이었다.

나아가 여동훈은 작금의 사태를 (주)CHINGU에 대한 지하 조직들의 정면 도전이라고 정의했다.

여동훈의 분석에 따르면, 지하 조직들의 도전은 (주)CHINGU가 강남 유흥업계를 하나의 특구화(特區化)시켜 버린 것으로부터 그 촉발 원인을 찾을 수 있겠다고 했다.

서울의 웬만한 지하 조직이라면 직접적이든 우회적이든 그 운영자금의 일정 부분을 강남의 유흥업계를 통해 확보해 왔을 것이라고 봐야만 한다.

그런데 그러한 자금줄이 단 하나의 조직, 그것도 엉뚱하게 경호 회사 하나에 의해 차단이 되어버린 격이니 지하 조직들이 반발을 하는 것은 필연적인 결과라고 할 수 있다는 것이었다.

조사 결과 지하 조직들의 도전은 생각 이상으로 조직적인데, 여러 가지 정황들로 보아 그 배후에 정심회라는 조직이 개입되어 있는 것으로 보인다고 했다.

"정심회?"

김강은 짧은 반문을 했고, 조유진은 일순 눈빛을 번뜩였다.

"국내 최대의 조폭 조직입니다. 최근 몇 년 사이에 전국 유수의 조직들을 조용하게 통합시켜 이른바 조폭계의 천하통일을 이룬 것으로 알려져 있습니다."

여동훈의 대답에 대해 장훈이 대뜸 콧방귀를 뀌었다.

"흥! 기껏 양아치들 놀음에 거창하게 천하통일은 무슨……."

그러자 여동훈의 입가로는 희미하게 한가닥의 웃음기가 매달렸다.

다분히 곤혹스러운 웃음이었다.

여동훈이 분석한 바는 다음과 같았다.

아직 그 실체가 정확히 밝혀지지 않은 부분이 있지만, 정심회는 최소한 전국 지하 조직의 70% 이상을 장악하고 있는 것으로 판단된다.

그들은 기존의 조직들을 연합하는 형태로 방대한 규모를 이루었으면서도, 마치 군대와도 같이 잘 짜여진 조직 체계를 유지하고 있는 것으로 알려졌다.

사실 그동안에도 정심회에 관한 첩보를 입수한 검경이 몇 차례에 걸쳐 그들 조직에 대한 전반적인 파악과 아울러 일차적인 와해 시도를 한 적이 있었다.

그러나 그 모든 시도는 간단히 무위로 돌아가 버렸다.

그런 데에는 핵심지휘계통으로 올라갈수록 철저한 점조직 형태를 유지하는 정심회의 독특한 조직 형태가 한 요인이 되었다.

그 외에도 무어라고 명확히 단정할 수는 없지만, 정심회의 주변에는 매번 검경의 시도 자체를 무력화시켜 버리는 어떤 배경, 혹은 배후가 있는 것 같다는 감을 받았다는 게 당시 수사를 맡았던 검경 실무자들의 전언이다.

그렇다면 정심회는 단순한 지하 조직이라기보다는 정관계에까지 상당한 인맥과 배후를 갖추고 있는 막강한 조직이라는 짐작을 해보지 않을 수 없다.

"어쩌면 놈들은 그 막강한 정보력으로 이미 우리 회사에 관해서, 그리고 이 자리에 있는 우리들에 관해서 또한 이미 파악하고 있는지도 모릅니다."

장훈이 여동훈을 향해 불쑥 물었다.

"전부터 궁금했었는데 말이야. 걔들은 그렇다 치고, 여 본부장은 그런 정보들을 도대체 어디서 얻어오는 거야? 전직 검사라는 빽이 그렇게 대단한 거였어? 아니면 설마 정보 기관에다 무슨 연줄이라도 대고 있는 거야?"

사실 장훈이 의혹을 가질 만도 했다.

이전에도 몇 차례 중대한 상황들에서의 전례도 있었거니와, 이번에도 역시 주요한 정보들의 수집과 분석은 사내의 분석평가 팀을 통했다기보다는 여동훈의 다분히 개인적이며 비공식적인 정보 라인을 통해 수집되고, 또한 분석된 것임에 분명해 보였기 때문이다.

그러나 여동훈은 싱긋이 웃으며 태연스레 대꾸했다.

"장 본부장은 전직 검사라는 빽을 상당히 우습게보는 경향이 있더라? 그리고 내가 비록 실패한 검사지만, 그렇다고 해서 인맥마저 실패했다고 생각한다면 그건 장 본부장이 나를 아주 크게 잘못 본 거지."

여동훈과 장훈의 괜한(?) 실랑이에 대해 김강은 습관적인 듯 빙그레 지켜보기만 하고 있었다.

　　　　　*　　　　　*　　　　　*

　강남에 전쟁이 벌어지고 있었다.

　정심회와 (주)CHUNGU 간에 벌어지는 조용하면서도 치열한, 그리고 산발적인 지하 전쟁이었다.

　그들 두 개의 상이한 조직 간에 전쟁이 벌어지리라고, 그리고 나아가 서로 상대가 되리라고는 누구도 생각을 못했을 것이었다.

　그러나 한쪽이 기대 이상의 선전(?)을 펼친 덕분으로, 그들 두 개 조직 간의 전쟁은 사람들의 예상과는 전혀 다른 의외의 방향으로의 양상을 보이고 있었다.

　사람들의 예측을 뒤집은 것 중의 하나는 시작부터 그들 두 조직 간에 공방의 입장이 예측과는 서로 바뀌었다는 점이었다.

　공방(攻防)의 입장.

　즉, 치는 입장과 막는 입장이다.

　원래대로라면 (주)CHINGU는 결코 치는 입장에 설 수 없다고 해야만 했다.

　그들은 엄연히 하나의 주식회사로 제도권 내에 있는 영리단체인데, 어떻게 정심회와 같은 지하 조직과 전쟁을 치를 수 있겠는가.

(주)CHINGU가 정심회에 대응할 수 있는 예측 가능한 유일한 방법은 공권력에 의지하는 수밖에 없다고 할 것이었다.

그러나 결과론적으로 (주)CHINGU는 오히려 공(攻)의 입장, 즉 치는 쪽의 입장에 서 있었다.

오히려 그들 쪽에서 주도적으로, 그리고 적극적으로 전쟁을 이끌어 나가고 있었던 것이다.

그러나 그럼에도 불구하고 (주)CHINGU는 이번 전쟁과는 어디까지나 무관했다.

비록 누구라도 그들 제삼의 조직이 바로 (주)CHINGU의 또 다른 모습이거나, 혹은 최소한 그들을 대리하고 있다는 것을 분명히 인식하고 있다 해도 말이다.

어쨌거나 그들은 적어도 표면적으로는, 그리고 법적으로는 (주)CHINGU와 전혀 연계 고리가 없는 제삼의 조직일 뿐이었으니까.

그들의 실체는 바로 여동훈이 마침내 완성시킨 오십 인의 비선조직이었으며, 기실 (주)CHINGU의 비정규 전위사단이라고 할 수 있었다.

그들은 치밀하게 훈련되고 조직된 일종의 기동타격대와도 같았다.

그들은 이번 전쟁의 환경이 서울 도심의 한복판에서 벌이는 비정규전이라는 환경을 감안할 때 또한 절대 우위라고 할 만한 정보력과 기동력, 그리고 여타의 제반 전력(戰力)을 잘 갖추고 있었다.

그러한 우위를 바탕으로 그들은 거의 일방적이다시피 강남 일대를 휩쓸며 정심회의 휘하 조직들을 부수고 다녔다.

어쩌면 전쟁에서 무엇보다 중요한 승인(勝因)은 바로 운(運)인지도 모른다.

그런 측면에서도 이번 전쟁은 (주)CHINGU 측에 유리하도록 돌아가고 있었다.

하필이면 두 조직 간의 지하 전쟁이 발발한 바로 그 시점에 검경합동의 조폭특별대책반이 가동된 것을 두고 하는 말이다.

더욱이 대책반의 활동은 마치 (주)CHINGU 측의 비정규 전위사단과 공조라도 펼치는 듯했다.

양 조직 간에 전투가 벌어지는 곳에는 어김없이 대책반이 출동했다.

그리고는 마치 짜고 치는 고스톱처럼 용하게도 정심회 측의 조폭들만을 골라서 쓸어 담듯이 검거했다.

대책반으로서는 그야말로 편하게 앉아서 잘 차려진 밥상을 받는 격이었다.

싸움이 있을 때마다 수십 명에 이르는 조폭들이 줄줄이 엮여 들어갔다.

그중에는 이름깨나 있다는 각파 전, 현직의 중간 보스급들도 적지 않았다.

검경대책반으로서는 조직폭력의 현행범들을 검거한 격이니, 그들에게 콩밥을 먹이는 일은 그리 어렵지 않은 일이었다.

대규모의 전면전으로까지 확대될 기미를 보이던 강남 일대의 지하 전쟁은 의외로 본격적으로 불붙기 시작한 지 얼마 지나지도 않아 소강상태로 접어들고 말았다.

각 조직들의 핵심 보스급들이 제 한 몸 사리기에도 급급해진 판국이니, 전쟁이고 뭐고 다 나중의 일이 될 수밖에 없는 일이 아니겠는가.

*   *   *

월요일 아침.

여동훈은 회사로 찾아온 한 사람의 방문객을 맞았다.

여동훈에게 그 방문객은 비록 평소에 친하다고는 할 수 없는 사이였으나, 그렇다고 사이가 멀다고 하기에도 애매한 인물이었다.

그는 여동훈과 사법고시 동기생이었고, 또한 현직 변호사였기 때문이다.

조금은 덤덤하게 서로의 근황에 대해 주고받은 다음, 방문객이 여동훈에게 꺼내놓은 본론은 초대였다.

그는 누군가의 초대를 전하러 온 것이었다.

바로 (주)CHINGU의 대표이사 회장에게 보내는 정심회 보스의 초대였다.

여동훈은 긴급으로 최고 회의를 소집하였다.

그런데 여동훈이 사안에 대해 간략한 설명을 끝내자마자 장훈은 일고의 가치도 없다는 듯 콧방귀부터 뀌는 것이었다.

정심회의 초대에 대해 한마디로 '무슨 개 풀 뜯어 먹는 소리냐?' 는 것이었으며, 뻔한 수작이니 대응할 가치조차 없다는 의견이었다.

김강은 이렇다 하는 말이 없었고, 조유진 역시도 김강의 얼굴만 쳐다보고 있을 뿐이었다.

잠시를 더 기다려도 장훈 외에는 다른 의견이 없자 여동훈은 조심스럽게 말을 꺼냈다.

"그냥 무시해 버릴 것만은 아닌 것 같습니다."

"그럼 놈들의 수작에 장단을 맞추기라도 하겠다는 거야?"

따지듯이 끼어드는 장훈을 향해 흘깃 눈총을 준 다음에 여동훈이 다시 김강을 향해 말했다.

"그동안 검경과의 공조를 취하면서 정심회를 어느 정도 흔들었다고 할 수는 있지만, 한편 다른 시각으로 보자면 크게 효과가 없었다고도 할 수 있습니다."

"그건 또 무슨 소리야? 그동안 잡아넣은 대가리급들만 해도 몇인데?"

다시금 끼어드는 장훈을 향해 여동훈이 이번에는 아주 노골적으로 쏘아보는 눈길을 보냈다.

장훈이 짐짓 어깨를 으쓱하며 힘주어 입을 다무는 시늉을 해 보였다.

"검찰의 자체분석결과를 입수한 것이 있는데, 어쩌면 그동안에 우리와 검경은 다만 놈들의 곁가지들을 쳐온 것에 불과했을 수도 있다는 분석이 있습니다. 그것은 검거된 자들 중에 비록 계보를 가진 조직들의 간부급이 다수 있다고는 해도, 막상 정심회의 핵심층에 있는 자들은 거의 없다는 점에서 나온 분석입니다. 결국 놈들의 몸통은 여전히 건재하며, 어쩌면 놈들은 영리하게도 우리와 검경을 이용하여 조직의 다이어트를 한 것인지도 모른다는 것입니다."

"음!"

전혀 생각지도 못한 얘기라는 듯 장훈이 묵직한 비음을 흘렸다.

여동훈의 얘기는 차분하게 이어졌다.

"이쯤에서 어떤 전기가 필요할 때입니다. 우리가 언제까지 정심회를 상대하고 있을 수는 없는 일입니다. 지금까지와 같은 방식의 싸움이라면 끝이 없을 것이고, 더욱이 검경의 대책반에도 이미 여러 경로를 통해 부정적인 의견과 해체 압박이 가해지고 있는 중입니다."

김강이 처음으로 입을 열었다.

"여 본부장의 생각은 뭔가?"

여동훈은 생각을 정리하는 듯 잠시 틈을 가지고 난 다음에 다시 말했다.

"지금까지 파악된 바로, 정심회는 거의 완벽하다 할 정도로 전국의 폭력 조직들을 실질적으로 통합하고 있습니다. 그쪽 바닥에서의 이런 일은 해방 직후의 혼란기를 제외하고는 유래가 없는 일이라고 할 것입니다. 그것도 여러 가지의 복합적인 장치들을 사용하여 자신들의 세력 규모와 조직 체계를 아주 제한적으로만 드러내고 있습니다. 그런데 이러한 사실들을 뒤집어 본다면, 정심회가 결코 단순한 폭력 조직이 아닐 것이라는 추측이 가능해집니다."

"그 말은 정심회에 어떤 배후가 있다는 의미인가?"

"그렇습니다."

"정치권인가?"

"그럴 수도 있습니다. 그러나 어떤 특정인이나 단순한 집단이 아닌, 보다 거대하면서도 복합적인 어떤 이권 집단일 공산이 큽니다. 그 부분에 대해서는 검찰에서도 이미 상당 기간 조사를 하고 있기도 합니다."

잠시 생각하는 모습이던 김강이 문득 혼잣말처럼 중얼거렸다.

"그렇군."

그에 대해 여동훈은 일시 미묘한 표정이 되었으나 이내 차분한 투로 말했다.

"어쨌든 우리는 지금 애매한 입장에 처해 있다고 할 수 있습니다. 그들과의 싸움을 무작정 계속해 나갈 수도 없고, 그렇다고 우리 임의대로 멈추기도 어렵습니다."

여동훈의 말은 사뭇 심각하게 들릴 수도 있는 것이었다.

그러나 그때 김강은 문득 빙긋한 미소를 떠올리고 있었다.

"음! 좋아! 이제 그만 결론을 내도록 하지. 자! 우리는 어떻게 하면 되는가?"

여동훈은 잠시 묵묵하게 김강과 시선을 마주치고 있었다.

그러다 그는 희미한 미소를 떠올리며 다시 말을 꺼냈다.

"우리를 초대한 걸 보면, 어쩌면 그들 쪽에서도 이 시점에서의 어떤 전기를 필요로 하고 있는지도 모릅니다. 그리고 그들이 필요로 하는 그 전기는 또한 우리 쪽에도 이득이 되는 측면이 있는 것이 분명합니다. 그러기에 우리를 초대했을 것이니까요."

"흠?"

"결론적으로 제 생각은 그들의 초대에 응하자는 겁니다."

여동훈의 말이 거기까지 이르자 장훈이 참지 못하고 벌컥
외마디 의문을 뱉었다.

"뭐?"

그러나 여동훈은 다분히 무시하며 자신의 말을 이어갔
다.

"물론 위험한 상황을 감안하지 않을 수 없습니다. 그러나
그들이 필요로 하는 것이 무엇인지를 알아보는 것만으로도
위험을 감수할 가치는 충분히 있다는 생각입니다. 그래서 드
리는 말씀인데, 제가 가겠습니다. 제가 가서 그들을 만나보겠
습니다."

회의실은 잠시 침묵이 흐르고 있었다.

장훈도 두 눈만 부릅떴을 뿐 끼어들지 못하고 있었다.

다만 장훈의 두 눈은 치켜뜬 그대로 김강에게 향해 있었
다.

마치 이 순간에는 김강이 무어라고 한마디를 해야만 한다
고 강변이라도 하는 듯했다.

"초대받은 건 난데?"

한참 후에야 김강은 그렇게 말했다.

그 말에 대해 여동훈은 아무 말도 대답하지 않았다.

그때 김강은 문득 장훈과 조유진을 둘러보며 한마디를 덧붙였다.

"우리 같이 갈까?"

물 좋기로 손가락 안에 들어간다는 그곳은 대개의 유흥가들이 그렇듯 도심의 번화가에서 두세 블록쯤 뒤로 들어가서 위치해 있었다.

금요일 오전 열한 시.

지난밤 뜨거운 열기와 화려함, 그리고 제각각의 다양한 일탈들을 분출해 내었던 거리는 지금쯤 지치고 늘어져 후줄근한 모습이어야 했다.

그러나 웬일로 지금 거리 곳곳은 팽팽한 긴장으로 가득 차 있었다.

사실은 긴장이라기보다는 과시와 위압이 주변 거리 일대를 무겁게 장악하고 있었다.

잔뜩 힘이 들어간 빳빳한 어깨들, 그리고 양쪽 허벅지 살들이 서로 부대끼기에 건들건들 팔자로 걸을 수밖에 없는 육중한 덩치들이 거리 곳곳을 메우다시피 하며 어슬렁거리고 있었다.

가끔씩 사방을 쓸어보는 그들의 눈빛은 날카롭게 날이 세

워져 있었다.

그렇듯 이백여 명을 수용할 수 있는 제법 규모있는 클럽인 K클럽 주변 일대는 가히 삼엄하다 할 정도의 분위기였다.

클럽이 위치하고 있는 이차선의 거리는 지금 서너 걸음 간격으로 서 있는 정장 차림의 사내들로 완전히 장악되어 있었다.

비록 오전 시간이었지만 그래도 드물지 않게 거리로 진입하려던 차량과 행인들이 있었다.

그러나 그들은 거리의 입구에서 간단한 손짓으로 제지하는 청년들에 대해 감히 항의하는 시늉도 내지 못하고 급급히 방향을 돌리는 모습들이었다.

검은색의 중형세단 한 대가 천천히 미끄러져 들어오고 있었다.

거리의 초입에 서 있던 사내 하나가 다분히 신경질적인 손짓으로 돌아가라는 신호를 보냈다.

그러나 그 정도면 금방 대강의 분위기를 눈치 채고서 주눅든 모양새로 급급히 방향을 돌려야 당연할 텐데, 차는 멈추는 기색이 없이 그대로 거리로 진입해 들었다.

"야! 차 세워!"

사내가 신경질적으로 몇 걸음을 뛰어가 차의 앞을 막아섰다.

그리고 거칠게 운전석의 창문을 두드렸다.

유리가 아래로 내려가며 싱긋 웃고 있는 장훈의 모습이 나타났다.

장훈의 옆으로는 조유진이, 그리고 뒷좌석에는 여동훈과 김강이 타고 있었다.

"당신들 뭐야?"

사내의 우악스러운 다그침에 장훈이 씩 웃으며 되물었다.

"그러는 당신은 뭔데?"

사내가 어이없어하는데 뒷좌석의 여동훈이 장훈에게 핀잔을 주었다.

"야! 쓸데없는 장난 치지 마라."

장훈이 뒤를 돌아보며 슬쩍 인상 구겼다가 다시 사내를 향해 짐짓 목소리를 깔았다.

"들었어? 우리 총괄본부장님께서 장난치지 말라고 하시잖아? 그리고 당신네 보스는 우리를 보고 싶다고 하는데, 당신이 또 우리를 못 가게 막으면 날더러 도대체 어느 장단에 춤을 추라는 거야?"

장훈은 짐짓 하소연조였으나 사내는 금방 태도를 돌변시켰다.

"친구에서 오셨습니까?"

장훈이 느긋하게 고개를 끄덕였다.

"음!"

사내가 흘깃 뒤쪽을 살펴본 다음에 다시 물었다.

"다른 일행 분은 없으십니까?"

장훈이 갑자기 인상을 팍 그렸다.

"당신, 지금 나 검문해?"

"예?"

"다른 일행이 있는지 없는지는 궁금한 당신이 알아서 확인해 보든가 말든가 하고… 자꾸 귀찮게 굴면 그냥 차 확 돌려 버린다?"

그러자 사내는 당황한 모습으로 황급하게 차 앞으로부터 물러섰다.

"아, 아닙니다. 어서 가십시오."

장훈 등이 탄 차는 다시 앞으로 미끄러져 갔다. 느긋하게.

그 앞으로 거리를 장악하고 있던 사내들이 마치 물길이 갈라지듯 양쪽으로 갈라지고 있었다.

좀 전의 사내는 여전히 얼떨떨한 표정으로 차의 꽁무니를 쫓고 있다가 문득 다시 눈길을 반대쪽으로 돌렸다.

멀리, 좀 더 멀리까지를 바라보았지만 사내의 시야에 들어오는 것은 거리 곳곳을 장악하고 있는 동료들의 고습뿐이었다.

사내의 고개가 두어 차례 갸웃거리고 있었다.

홀 안으로 들어서면서 장훈과 조유진의 표정으로는 한줄
기씩의 긴장들이 급박하게 치달려갔다.

텅 빈 공간을 드러낸 홀은 환하게 밝았다.

아니, 홀은 텅 비지 않았다.

테이블과 의자들을 대신해 사람들이 있었다.

원래 줄지어 배치되어 있었을 테이블과 의자들처럼 사람
들도 질서 정연한 배치를 이루며 서 있었다.

홀의 중앙에는 테이블 하나와 의자 두 개가 동그마니 놓여
있고, 지금 그 두 개의 의자 중 하나에는 한 명의 사내가 느긋
하게 등을 기대고 앉아 있었다.

김강 등은 아직 홀의 입구에 서 있는 중이어서 사내와는 제
법 거리가 있었지만, 사내가 미남형의 얼굴에다 사십대 후반
이나 오십대 초반쯤의 나이로 보이며, 또한 상당히 잘 다듬어
진 체형을 지녔다는 것을 알아볼 수는 있었다.

무엇보다도 사내는 한마디로 홀 안의 분위기를 압도하는
듯한 카리스마를 풍기고 있었다.

마치 군림하는 제왕과도 같은 권위적 카리스마라고 할까.

그것은 지금 그를 중심으로 배치되어 있는, 못 잡아도 백여
명은 훨씬 넘어 보이는 사내들로부터 나오는 중압감의 한가
운데서도 오히려 도드라지는 데가 있었다.

또한 그것에는 사람을 은근히 불안하게 만드는 어떤 묘한 느낌이 있었는데, 뭐랄까? 목적을 위해서는 그 어떤 수단과 방법도 가리지 않을 것 같은 시리도록 차갑고 냉혹 잔인한 칙칙한 어둠의 카리스마 같은 것이라고 할까?

그리고 그런 느낌만으로도 여동훈은 그 사내가 바로 정심회의 보스라는 것에 대해 확신할 수 있었다.

슬쩍 김강 쪽을 돌아보던 여동훈의 표정에 언뜻 약간의 당혹과 우려가 스치고 있었다.

김강의 시선은 정심회의 보스에게로 고정되어 있는 중이었다.

그런데 그의 표정은 지금 선명하게 표시가 나도록 딱딱하게 굳어 있었다.

물론 지금의 상황은 당연히 긴장할 수밖에 없는 상황이라고 할 것이나, 여동훈은 김강이 그런 정도로까지 긴장된 모습을 보일 것이라고는 미처 생각을 하지 못했었다.

그러나 여동훈은 차분한 표정을 조금도 흐뜨리지 않았다.

다만 묵묵히 기다렸다.

어쨌든 지금은 김강이 중심이어야만 했다.

어떻게 시작을 하든 어떻게 끝이 나든, 그리고 잘되든 잘못되든 그들은 김강을 중심으로 움직여야만 하는 것이었다.

김강 등이 선뜻 들어서지 못하고 홀의 입구에서 멈춰 서 있자, 정심회 쪽의 분위기는 한결 우쭐하고 느긋해지는 것으로 되는 듯했다.

그때 조유진이 성큼 한 걸음을 옮겨 김강과 어깨를 맞대며 섰다.

마치 자신이 김강의 곁에 있다는 것을 상기시켜 주기라도 하듯이.

장훈은 잔뜩 인상을 찡그렸다.

못마땅하다는 태가 역력했다.

슬쩍 김강과 그리고 여동훈 쪽을 훑어본 다음에 그가 혼자 중얼거리듯이 내뱉었다.

"오늘따라 서울 시내의 양아치 새끼들이 눈에 좀 안 뜨인다 했더니, 니미럴! 죄다 여기에 짱 박혀 있었구나."

혼자 중얼거린다고 해도 워낙 목청이 큰 장훈이었다.

더욱이 장훈은 지금, 누가 자신의 투덜거림을 들을까 봐 조심을 떨 의사 같은 것은 조금도 없어 보였다.

어쩌면 그는 잔뜩 굳어 있는 김강이 영 못마땅했던 건지도 몰랐다.

조용하던 홀 안의 분위기가 대번에 술렁거리고 있었다.

그러나 무슨 욕지거리나 말소리가 흘러나온 것은 아니었다.

다만 꽉 짜여져 있는 듯이 무거운 침묵을 지키고 있던 백 수십여 명 사내들의 숨결이 일순간 조금씩 거칠어졌고, 그것 만으로도 홀 안의 분위기는 대번에 살벌함을 띠었다.

그러나 그런 살벌함으로도 장훈을 주눅 들게 만들 수는 없었다.

장훈은 다만 흘깃하고 김강의 표정을 한번 살폈을 뿐이었다.

그리고 김강의 굳은 표정에서 아무런 변화가 없자 장훈은 오히려 한 수 더 진도를 나가 버렸다.

"이것들만 왕창 잡아 처넣어도, 한 몇 년간은 서울 시내 구석구석이 다 조용할 텐데 말이야!"

그리고 장훈은 말끝에 그러지 못해 참으로 유감이라는 듯 '쩝!' 하고 입맛까지 다셨다.

홀 안의 분위기가 다시 한 번 출렁이듯이 술렁거리고 있었다.

조유진의 표정에는 흐릿한 웃음기가 떠올라 있었다.

김강은 여전히 정심회의 보스에게서 눈을 떼지 못하고 있었고, 여동훈의 표정에는 조금씩 조급한 기색이 떠오르고 있었다.

김강이 문득 홀 안쪽을 향해 걸음을 내디딘 것은 여동훈이 막 자신이라도 나서야겠다는 생각을 하며 지그시 입술을 깨물 때였다.

뚜벅 뚜벅!

한번 내디딘 김강의 걸음은 거침이 없어 보였다.

홀 가운데까지는 정심회 측의 사내들이 두 줄로 늘어서서 통로를 만들고 있었는데, 김강은 그 사이를 한번의 멈칫거림이나 지체함도 없이 빠른 속도로 걸어갔다.

그런 김강의 뒤로 두 걸음쯤 처져서 조유진과 장훈이 따라 붙었고, 다시 그 뒤를 여동훈이 따랐다.

그런데 의도적이었는지 조유진과 장훈이 나란히 서서 걸어가는 간격은 사내들이 만들어놓은 통로의 넓이를 조금 초과하는 것이었다.

당연히 두 사람의 어깨는 사내들의 가슴을 밀며 나아가는 모양새가 되고 말았다.

잠시 조유진과 장훈이 지나가는 주변으로 나지막하게 욕지거리를 뱉는 소리들이 잇달아 흘러나왔다.

분위기가 험악해진 것은 당연했다.

그러나 홀 가운데의 테이블에 앉아 있던 보스는 오히려 웃는 얼굴이 되어 있었다.

이어 그는 가볍게 손짓을 해 보였고, 그것으로 조유진과 장훈이 잠깐 동안 만들어냈던 '험악한 접촉' 은 곧바로 해소가 되었다.

정심회 측의 사내들이 만들고 있던 통로가 두 걸음 정도의 폭을 더 넓혔기 때문이다.

김강은 테이블을 가운데에 놓고 중년 사내, 정심회의 보스와 마주 앉았다.

처음에 딱딱하게 굳어 있던 것과는 달리, 홀을 가로질러 와서 중년 사내와 마주하여 앉기까지의 김강은 그야말로 거침이 없으면서도 태연해 보였다.

오히려 김강의 뒤에 버티고 선 조유진과 장훈의 표정에 사뭇 조심스러운 긴장들이 떠올라 있었다.

잠시 흥미롭다는 표정으로 김강을 보고 있던 중년 사내가 이윽고 입을 열었다.

"듣던 것 이상이군."

거침없는, 그러나 자연스럽게 느껴지는 하대였다.

김강은 사내의 두 눈에 시선을 고정시켜 두고 있었다.

그러나 그가 굳이 눈싸움이나 기세 싸움을 벌이려는 것 같지는 않아 보였다.

그냥 가만히 상대의 눈빛을 받아들이며 깊숙이 관조하고 있는 것 같기도 했다.

중년 사내는 잠시 김강에게서 눈길을 비켜나 조유진과 장훈, 그리고 여동훈 등을 한차례씩 훑어보고 나서 빙그레 웃으며 다시 말을 꺼냈다.

"그동안에 자네들의 활약이 대단했다고 들었네. 우리 애들이 꽤나 많이 당했다고 하더군. 그런데 난 그게 참 궁금했어. 자네들 정도면 우리가 누구인지 모르고 싸움을 시작하지는 않았을 것 같은데 말이야. 자네들이 상대하기에는 우리 조직이 너무 크지 않나? 결국은 계란으로 바위 치기 아니겠나 그런 얘기지."

나직하게 소리 내어 웃는 것으로 김강은 그의 첫 번째 반응을 보였다.

"후후후! 그럴 수도 있겠지. 그러나 어느 쪽이 계란이고, 또 어느 쪽이 바위인지는 어느 한쪽이 깨져 봐야만 확실해지는 거겠지."

확연한 평대(平待)였다.

그리고 명백한 도전이었다.

중년 사내의 얼굴이 대번에 확 일그러지고 말았다.

김강을 노려보는 사내의 눈빛이 번뜩이고 있었다.

그때까지 내내 담담하거나, 혹은 빙그레 웃는 얼굴이기만 하던 중년 사내가 일단 인상을 일그러뜨리고 노려보자 대번에 섬뜩할 정도의 차가운 느낌이 확 풍기는 것이었다.

그러나 김강은 이제 완연하게 덤덤한 기색이 되어 있었다.

한동안 김강을 노려보고 있던 중년 사내의 얼굴이 서서히 펴졌다.

그리고 그는 이내 털털한 웃음소리를 내놓았다.

"하하하! 젊은 친구가 깡이 대단하군. 꼭 이십 년 전쯤의 날 보는 것 같아."

이어 중년 사내는 정색을 했다.

"그렇더라도 자네는 너무 무례하군. 아무리 서로 깨고 깨지는 험악한 바닥이라고 하더라도, 그래도 사람 사는 세상인데 지켜야 할 최소한의 예의는 지켜야 되지 않겠나? 그리고 이런 말도 있지 않나? 사람 팔자 모르는 거라고? 자네가 지금이야 제법 번듯한 회사의 회장님 신분이라고 하더라도, 혹시 또 알겠나? 앞으로 십 년쯤 후에는 자네도 어쩌면 지금의 나와 비슷한 입장이 되어 있을지?"

그리고 중년 사내는 짐짓 유쾌한 듯 소리 내어 웃으며 덧붙였다.

"하하하하! 악담으로 들렸다면 미안하네. 다만 자네의 기질을 보니 지금 있는 쪽보다는 이쪽이 더 어울리겠다 싶은 생각이 문득 들어서 해본 말일세. 흠! 만약에 자네가 정말로 원한다면 그때는 내가 힘이 되어주고 싶은 생각도 있고. 하하하! 정말일세. 그냥 농담이 아니고, 정말 내 진심일세."

"후후! 후후후!"

김강의 웃음소리는 그렇게 실없는 듯이 시작되었다.

이어서는 조금 시니컬하게 변했다.

"호호호호!"

그리고 마침내는 홀 안을 쩌렁하게 울릴 정도의 대소로 번져 갔다.

"으하하하하!"

그런 김강의 모습은 마치 홀 내에 있는 정심회의 백 수십여 인원들은 전혀 안중에도 없다는 듯한 오만과 독선으로까지 비쳤다.

여동훈은 흠칫 놀랐다가 미미하게 미간을 좁혔고, 조유진과 장훈은 잔뜩 긴장된 시선으로 사방을 훑고 있었다.

중년 사내는 다시금 얼굴을 찡그렸지만 비교적 차분하게 김강의 웃음이 잦아들 때까지 기다렸다가 툭 던지듯이 물었다.

"뭔가?"

그때 김강은 언제 웃었느냐는 듯 덤덤해져 있었다.

이어 그는 서늘한 눈빛으로 중년 사내를 향해 말했다.

"사람 사는 세상의 최소한의 예의라……? 다른 사람은 몰라도 강순태에게 그런 걸 따질 자격이 있을까?"

중년 사내, 김강에게 강순태라고 불린 사내의 얼굴이 일순 딱딱하게 굳어들었고, 눈동자는 빠르게 흔들렸다.

그러나 그는 이내 표정을 풀었다.

그리고는 빙그레한 웃음을 떠올렸다.

강순태가 짧은 순간에 보여준 그 일련의 표정 변화는 참으로 변화무쌍하다고 해야만 하는 것이었다.

"내가 쓰는 이름들 중에서, 그 이름을 아는 사람은 드문데… 자넨 정말 재주가 좋군."

짐짓 감탄스럽다는 듯한 강순태의 말에 대해 김강은 피식하고 흘려 웃는 웃음으로 말을 받았다.

"후훗! 강순태란 이름이 그렇게 대단했던 건 아니었던 것 같은데?"

"이 새끼가?"

금방이라도 치고 나올 듯 거칠게 욕지거리를 뱉은 것은 강순태의 바로 뒤쪽으로 서 있던 세 명의 덩치들 중의 하나였다.

장훈과 조유진이 또한 가만있지 않았다.

장훈의 두 눈에서는 확 불길이 번졌고, 동시에 조유진의 입가에는 차가운 미소가 떠올랐다.

"아아! 됐어. 그만들 해!"

강순태가 그렇게 중재(?)를 한 것은 짧으나마 양측이 한 차례의 기세를 주고받은 다음이었다.

그리고 강순태는 김강을 향해 말을 건넸다.

"어쨌든 고맙군. 나도 잊어버릴 뻔한 그 이름을 기억시켜 줘서 말이야. 그런데 역시 자네의 빽은 제법 튼튼한 것 같아?

검찰과 경찰을 움직여 우리 애들을 잡아넣은 것도 그렇고…… 후후후! 지금 보니 내 뒷조사까지 제법 깊이 판 것 같고 말이야……?"

말끝에 강순태는 뭔가 대답을 기다린다는 듯이 잠깐 뜸을 들이고 있었다.

그러나 김강은 그저 희미하게 웃고만 있었다.

강순태는 갑작스럽다고 할 만한 제안을 꺼내고 있었다.

"어때? 괜히 유치하게 서로 폼이나 잡고 있을 게 아니라 술이나 한잔 걸치면서 얘기를 좀 나눠보기로 하지? 그러다 보면 상당히 재미있는 얘기가 나올 것 같은 생각도 드는데 말이야. 하하하! 요즘 애들 말대로 인생 뭐 별거있겠나? 술 한잔하면서 서로 배짱 맞으면 그간 맺힌 거 확 풀어버리고 형님 아우 할 수도 있는 거고, 또 서로 배짱 안 맞으면 그때 가서 죽이든 살리든 하면 되는 거지. 안 그래? 아! 물론 배짱이 맞든 안 맞든 오늘 자네들이 무사히 돌아갈 수 있도록 해주겠다는 건 내 미리 보장하지. 사실 자네들을 깰 작정이었다면 처음부터 이렇게 요란을 떨지도 않았어. 쩝! 좀 귀찮게 앵앵대는 양반들 등쌀이 있기도 했고, 또 자네들이 도대체 어떤 친구들인지 궁금하기도 했고, 후후후! 그리고 말이야, 우리 조직이 워낙 덩치가 있다 보니까 이런 기회에 한번씩 소집해서 군기도 좀 잡고 해야 할 필요도 있는 거거든?"

여동훈의 눈빛이 일순 반짝하고 희미한 빛을 발했다.

비록 이리저리 돌려서 요령부득의 말처럼 들리긴 했지만, 강순태는 지금 협상을 제의하고 있는 것이었다.

밖으로 표시나지 않는 조용한 협상을.

여동훈의 염두가 다시 빠르게 돌아가기 시작했다.

그러나 김강의 말이 좀 더 빨랐다.

"난 내 방식대로 해. 내가 오고 싶으면 오고, 가고 싶으면 가."

순간 여동훈의 속으로 '아차!' 하는 다급함이 스쳤다.

김강은 지금, 그가 이제 막 결론지은 최적의 대응 방안에 대해 완전히 산통을 깨어버리고 있는 것이다.

아니나 다를까?

강순태에게서도 곧바로 자신의 제의가 거절당한 데 대한 반응이 나오고 있었다.

"허! 이거 참! 철이 없다고 해야 하나, 아니면 도대체 뭘 모른다고 해야 하나?"

강순태의 역정(逆情)이 더 치달아가기 전에 여동훈이 급하게 끼어들었다.

"잠깐! 잠깐만요……!"

여동훈의 그 말은 김강을 향한 것이 아니라 강순태를 향한 것이었다.

지금 상황에서 한 치라도 더 나가 버리면 도저히 걷잡을 수 없다는 것이 너무도 확연했기에 여동훈으로서는 격식을 따질 여유가 조금도 없었던 것이다.

그러나 여동훈의 그러한 다급한 노력조차도 그의 개입을 무시하고 이어진 김강의 꽉꽉한 한마디로 인해 아무런 소용이 없게 되고 말았다.

"확인시켜 줄까?"

탁!

손바닥으로 테이블을 짚으며 김강의 몸이 쑥 뽑혀지듯이 위로 떠오른 것은, 주변 사람들이 '확인시켜 줄까?' 라는 김강의 말이 과연 무엇을 대상으로 하는지에 대해 설핏 생각을 굴려 보는 바로 그 순간에 일어난 일이었다.

이어지는 김강의 동작은 사람들에게 마치 엄청나게 빠른 동작을 슬로모션으로 보는 것 같은 착각을 일으키게 했다.

김강이 느닷없이 그런 행동을 취할 것이라고는 그 누구도 상상을 하지 못하였기에, 모두는 미처 어떤 대응을 할 생각조차 못하고 그저 멍하니 바라보고만 있는 상태였다.

그랬기에 또한 모두는 김강의 그 번개 같은 급습을 차라리 선명하게 지켜볼 수 있었다.

팍!

파팍!

동시이다시피 타격음들이 터져 나오고, 그 결과인 듯 강순태의 뒤에 버티고 서 있던 세 명의 덩치들이 또한 동시이다시피 바닥으로 쓰러지고 있었다.

비명 소리 같은 건 없었다.

그들 셋은 조용히 쓰러졌다.

그리고는 움직이지 않았다.

아마도 그대로 실신한 듯싶었다.

그리고 그때쯤 주변은 멍한 상태에서 화들짝 깨어나고 있었다.

"뭐야?"

"저 새끼 잡아!"

사방에서 놀라고 다급한 호통 소리들이 터져 나오면서 홀 내의 백 수십 명 사내들이 일제히 허둥거렸다.

그러나 누구보다도 빨리 움직인 것은 바로 조유진과 장훈이었다.

그들은 벌써 테이블을 돌아 김강의 양옆으로 위치를 잡아가고 있는 중이었다.

그리고 어느새 꺼내 들었는지 조유진의 양손에는 두 자루의 단도가 천장의 조명을 받아 섬뜩한 빛을 번뜩이고 있었다.

"소란 떨 것 없다. 모두 조용히 해라!"

비교적 차분하게 울려 퍼지는 그 한마디에 격렬하게 치달아가던 홀 내의 상황이 일시 주춤거렸다.

그리고 그 목소리의 주인공인 강순태가 이어서 한쪽 손을 가만히 들어 보이는 것으로써, 홀 내는 다시 잠시의 술렁거림을 거쳐 이윽고는 정말로 조용해져 버렸다.

비록 금방이라도 쨍 하고 깨어져 버릴 것 같은 폭발 직전의 조용함이긴 했지만.

여동훈은 퍼뜩 상황을 일별했다.

강순태는 부하들을 진정시키기 위해 들어 보였던 한쪽 손을 천천히 내리고 있었다.

그런데 그런 강순태의 목에는 한 자루의 단도가 정확하게 목줄기의 울대 바로 아래 부위를 지그시 누르고 있었다.

단도는 강순태의 바로 뒤에 붙어 선 조유진의 것이었다.

여동훈은 가만히 가슴을 진정시켰다.

조유진의 단도가 과연 강순태에게 위협이 되고 있는 것인지에 대해서는 여동훈도 확신을 할 수가 없었다.

그것보다 여동훈이 지금 더욱 유의하고 있는 것은, 이미 촉발된 장내의 긴장을 통제한 것이 바로 강순태였으며, 또한 여전히 그에게서는 상황을 격하게 몰아갈 의사가 없어 보인다는 점이었다.

강순태는 잠시 복기(復碁)라도 하듯이 머리 속으로 방금의 상황을 정리해 보고 있는 듯 보였다.

한마디로 기가 찰 노릇이 아니겠는가.

지금 바닥에 얌전히 뻗어 있는 세 명은 그래도 명색이 정심회의 보스를 경호하는 자들인데, 그 주먹 실력들이 어찌 예사로운 것이겠는가.

그런 그들이 어떻게 된 건지 제대로 보지도 못한 순간에 한꺼번에 나가떨어지고 만 것이다.

강순태로서는 눈 깜짝할 사이에 그런 상황을 만들어놓은 김강의 실력에 대해 새삼 놀라지 않을 수 없는 심정일 것이었다.

그러나 강순태에게서는 딱히 어떤 당황의 기색 같은 것은 보이지 않고 있었다.

더욱이 지금 그의 목에 대어져 있는 단도의 날카로운 촉감쯤은 아예 신경도 쓰지 않고 있는 듯 보이는 것이었다.

여전히 의자에 깊숙이 등을 기대고서 마치 남의 일인 양, 돌아가는 상황을 구경이라도 하고 있는 듯이 강순태는 차라리 느긋해 보였다.

아마도 이런 일 정도에 당황하고 놀라는 모습을 보일 만큼은 그의 깡과 배짱과 독기가 약하지 않은 때문일까.

"이봐! 자네 실력은 잘 구경했네. 그런데 이런 장난은 아무래도 유쾌하지 않은데? 슬슬 기분이 나빠지려고 하니까, 우선

이 연장부터 좀 치우도록 하지?'

강순태가 자신의 목에 대어져 있는 조유진의 단도를 눈짓하며 무겁게 하는 말이었다.

그때 김강은 강순태의 곁에 서서 그를 내려다보고 있었는데, 문득 그의 두 눈에 희미한 웃음기가 떠올랐다.

강순태도 그것을 보았는지, 순간 그의 눈빛에서는 스멀거리며 차가운 기운이 피어올랐다.

이어 강순태는 마치 씹어뱉듯이 나직한 웃음소리를 흘렸다.

"흐흐흐! 장난이 아니란 건가? 그럼 기꺼이 썰려줄 용의가 있으니까 망설이지 말고 한번 썰어보게. 대신 너희들도 각오는 해야 할 거야. 여기 있는 우리 애들 중에도 제법 칼을 잘 다루는 애들이 있거든? 아마도 너희들 몸뚱이도 아주 부드러운 고깃덩어리로 잘 다져 줄 거야."

그리고 강순태의 목소리는 더욱 섬뜩하게 변했다.

"어설프게 인질놀이 같은 걸 할 생각이라면, 아예 말아라. 우리 애들한테 통하지도 않겠지만, 나도 용납하지 않아. 나 강순태야, 이 새끼들아!"

한순간 여동훈은 강순태의 눈빛에서 새파란 독기가 번뜩인다고 느꼈다.

"회장님!"

여동훈이 불현듯 치미는 초조함에 자신도 모르게 김강의 팔을 붙잡으며 그렇게 부른 것은 아마도 강순태의 그 독기를 보면서 일시 모골이 송연해지는 듯한 섬뜩한 느낌을 받았기 때문일 것이다.

김강은 천천히 고개를 돌려 여동훈을 보았다.

그러나 막상 그의 얼굴에는 아무런 표정이 없었고, 눈빛 또한 무덤덤하기만 했다.

그런 김강에게서 여동훈은 알지 못할 어떤 고집 같은 것을 보았다.

"회장님, 제발!"

여동훈이 다시 속삭이듯 말했다.

그런 둘의 모습을 보면서 강순태의 표정에는 독기 서린 중에도 언뜻 한가닥의 흥미로움이 스치고 있었다.

김강은 조유진을 향해 고개를 끄덕였다.

그리고 천천히 테이블을 돌아서 좀 전에 앉아 있던 맞은편의 자리를 가서 앉았다.

그런 김강의 모습은 마치 방금까지 아무런 일도 없었다는 듯 태연하게까지 보이는 데가 있었다.

조유진은 날카로운 눈빛으로 주변을 한번 돌아본 뒤 단도를 거두었다.

그리고 장훈, 여동훈과 함께 조용히 김강의 뒤로 돌아갔다.

정작으로 급하게 움직인 것은 근처에 몰려 있던 정심회의 무리들이었다.

그들은 강순태의 주변으로 우르르 몰려들어 이중 삼중으로 벽을 쌓았다.

"어이! 괜히 쪽들 팔지 마라."

강순태는 그 한마디로 부하들을 모두 물리쳤다.

그것은 어쩌면 보스로서 그가 보이는 최소한의 자존심인지도 몰랐다.

이어 강순태는 김강을 향해 덤덤한 투로 말했다.

"지금까지의 무례는 젊은 친구들 재롱 좀 본 셈치고 넘어가도록 하지. 아! 물론 아주 봐주겠다는 얘기는 아냐. 난 그렇게 속이 넓은 사람이 못 되거든? 지금 말고 나중의 적당한 시점에 조금도 섭섭하지 않도록 이자까지 쳐서 갚아주도록 하지. 흐흐흐! 기대해도 좋을 거야."

강순태의 경고에 대해 여동훈은 우선 김강의 눈치부터 살폈다.

그러나 김강은 마치 듣지 못한 듯 그저 무덤덤한 얼굴일 뿐이었다.

여동훈이 가만히 안도의 숨을 들이켤 때, 강순태는 사뭇 친근하게 표정을 바꾸고 있었다.

"자! 나중의 일은 나중의 일이고, 지금은 역시 좀 더 매력적인 일에 대해 얘기하는 게 서로 간에 즐겁겠지? 어떠? 난 아직까지 같이 술 한잔할 용의가 남아 있는데… 아! 싫으면 할 수 없고. 술이란 게 본래 서로 통하는 데가 있어야 맛이 나는 거지, 안 그러면 서로가 고역이거든?"

그 말을 할 때 강순태의 눈길은 김강이 아닌 여동훈에게로 슬쩍 가 닿아 있었다.

여동훈의 얼굴은 무겁게 굳어 있었다.

그런데 여동훈은 지금 모든 신경을 김강에게로 집중시켜 놓고 있느라 막상 자신의 얼굴이 그렇게 굳어 있다는 것에 대해서는 알지 못하고 있는 것 같았다.

여동훈의 조급함과 답답함을 아는지 모르는지 김강은 내내 무덤덤하기만 했다.

그런 김강이 지금 무슨 생각을 하고 있는지에 대해서는 여동훈도, 그리고 장훈과 조유진도 짐작하기가 어려웠다.

다시 잠시를 더 기다린 끝에 이윽고 여동훈의 입술이 달싹거렸다.

그러나 그의 입에서 막 말이 뱉어지기 직전에 김강이 불쑥 먼저 말을 꺼내고 있었다.

"한 가지는 분명히 해둬야겠어."

김강의 그 소리에 여동훈은 퍼뜩 긴장하는 기색이 되어버렸다.

그리고 강순태는 묘한 호기심 같은 것을 표정에다 떠올려
놓았다.

"술은 내가 사는 걸로 하지."

잠시 뜸을 들인 후 내놓은 김강의 그 말에 대해 순간 여동
훈의 표정으로는 짙은 안도의 기색이 스쳤다.

그리고 강순태는 피식 어이없다는 웃음을 떠올리고 말았
다.

13. 그때 그 사람들

술잔과 음료 등이 세팅된 테이블을 가운데에 두고 강순태와 그 맞은편에 김강과 여동훈이 자리를 잡고 있었다.

그들은 각자 한 사람씩만 대동하기로 하고 이 밀실로 들어왔다.

김강 측에서는 여동훈이 들어왔고, 장훈과 조유진은 룸 바깥에서 대기하고 있었다.

그런데 강순태는 혼자였다.

그 여인이 룸의 문을 열고 들어올 때까지 그들은 그저 묵묵한 침묵을 지키고만 있었다.

삼십대 중, 후반쯤일까?

아니면 사십대 초, 중반쯤일까?

여인에게는 흐드러진 농염함이 있었다.

혹은 백치적이면서도 한편으로 터질 듯 무르익은 풍염함
이 엿보이기도 했다.

그렇게 여인은 보기에 따라 그 나이를 십여 년을 더 보고
덜 보고 할 수 있을 만큼 사뭇 묘한 양면적인 느낌을 지니고
있었다.

"아! 여기 사장일세. 그리고 내 파트너이기도 하지."

강순태는 마침 어색한 침묵을 깰 화젯거리가 생겨서 반갑
다는 듯이 그녀를 소개했다.

여동훈은 잠시 조심스럽게 여인을 살폈다.

강순태는 여인을 자신의 파트너라고 소개했다.

그 말은 다소 묘한 뉘앙스를 풍기는 데가 있었다.

우선은 흔히 남녀 간에 쓰이는 의미 그대로 여인이 그의 정
부(情婦)라는 정도의 의미로 편하게 해석을 할 수가 있을 것
이었다.

여인을 대하는 친근한 표정만으로도 강순태는 여인과 자
신이 어떤 사이라는 것을 자연스럽게 보여주고 있었다.

또한 강순태는 자신과 그런 사이인 여인을 보여주는 것으
로써, 자신이 지금 어떤 수준의 긍정적 호감으로 김강 등을

대하고 있는지를 보여주려 하고 있는지도 몰랐다.

그러나 다른 한편으로는 그녀가 제법 규모가 있어 보이는 이곳 클럽의 사장이라고 하였으니, 말 그대로 사업 파트너라는 해석도 가능할 것이었다.

그러한 쪽의 해석은 그녀가 여동훈과 마찬가지의 자격으로 이 자리에 배석한다는 의미가 되기도 할 것이었다.

여인은 강순태의 곁에 자리를 잡고 앉았다.

그녀를 뒤따라 웨이터 둘이 술과 안주를 가지고 들어왔는데, 그것들을 놓을 위치를 지시하는 그녀의 눈짓은 아주 능숙해 보였다.

김강의 표정에는 관심이 떠올라 있었다.

아울러 김강은 자신의 관심이 바로 여인을 향한 것이라는 티를 사뭇 노골적으로 내고 있는 감이 있었다.

그런 탓에 여동훈은 다시금 당황스러운 심정이 되고 말았다.

오늘 김강의 행동은 자꾸만 그의 예측과 이해의 한계를 벗어나고 있는 중이었다.

"이렇게 큰 클럽의 사장님이 되어 있을 줄은 몰랐군."

그냥 지나가는 말처럼 김강이 중얼거렸다.

여인은 조금 뒤늦게 김강의 중얼거림이 바로 자신을 두고 한 말이라는 걸 깨달은 모양이었다.

"예?"

여인이 언뜻 놀라는 기색이 되어서 하는 반문에, 김강은 대답 대신 다시 엉뚱한 말을 내놓았다.

"이름이 뭐요?"

"……?"

여인은 김강의 무례하기 짝이 없는 태도에 대해 무척이나 당혹스러워하고 있었다.

이제 서른쯤?

한참이나 어린 나이다.

물론 그가 요즘 꽤나 잘나간다는 경호회사의 회장이라는 얘기를 듣긴 했다.

그러나 그렇다고 해서 여인이 그에게 무례한 언사를 들을 이유는 없는 것이었다.

여인은 지금 접대를 하기 위해 이 자리에 있는 것이 아니었고, 더욱이 강순태는 소개를 통해 여인의 위치와 입장에 대한 선을 이미 그어놓은 바가 있지 않은가.

강순태는 설핏 이마를 찡그렸다.

그로서는 불쾌하지 않을 리는 없었다.

그러나 그는 이내 오히려 흥미롭다는 표정을 만들어냈다.

마치 만만치 않게 전개될 듯 보이는 김강과 여인 간의 신경전에 대해 흥미가 당긴다는 듯이.

여동훈은 이제 당혹스러움을 넘어 은근히 화가 날 지경이 되어 있었다.

오늘따라 김강이 왜 자꾸만 이해할 수 없는 돌출 행동을 거듭하고 있는지에 대해, 그는 도무지 짐작으로조차 그 이유를 알 수가 없었다.

물론 김강이란 인물이 원래가 보통 사람들과는 많이 다른 독특하고도 강한 개성을 지니고 있기는 했다.

그러나 지금까지의 김강은 여동훈이 이유를 아주 짐작조차 할 수 없는 돌출 행동을 한 적이 없었다.

김강은 사뭇 유들유들해지기까지 하고 있었다.

"좋으나 싫으나 서로 몇 마디쯤은 말을 섞어야 하는 분위기인데, 뭐라고 부를 호칭은 하나 있어야 되지 않겠소? 그냥 사장님 하기는 뭣하고… 김 사장? 아니면 이 사장?"

여인은 정색으로 가만히 김강과 눈을 맞추고 있었다.

그런 여인에게서는 결코 평범치 않은 인생의 질곡을 겪은 끝에 얻어진 만만치 않은 기질 같은 것이 느껴졌다.

그러나 여인의 눈빛은 금방 미미한 흔들림을 보이고 있었다.

'강한 눈빛이다.'

웃고 있는 김강의 눈빛에서 여인은 문득 지독히도 거칠고 강한 기세를 읽을 수 있었다.

숱한 남자들을 겪어온 그녀였고, 그런 남자들 중에는 소위 강하다고 인정받거나 자부하는 남자들도 적지 않았다.

그런데도 지금 이 순간 그녀가 김강에게서 특별하게 강한 기세를 느낀 것은 그녀의 의식 깊숙한 언저리에 각인되어 있는 어떤 한 사람에 관한 기억이 불쑥 떠올랐기 때문이다.

그 사람은 그녀에게 세상에서 가장 강한 사내로 기억되고 있는 사내였다.

여인은 일순 흠칫 어깨를 떨고 말았다.

그러나 바깥으로 드러나 보이는 떨림은 아니었고, 그녀의 마음이 그렇게 떨린 것이었다.

"나(羅)예요. 제 성은 나예요."

여인의 대답을 들으며 김강은 여동훈을 향해 한쪽 눈을 찡긋해 보였다.

뭔가 의미를 담은 눈짓일 텐데, 여동훈으로서는 조금도 그 의미를 짐작할 수 없는 눈짓이었다.

그때 김강이 여동훈에게 그러나 혼잣말처럼 중얼거렸다.

"나 사장? 후후후! 그렇군. 그랬어."

도대체 무엇이 그렇다는 것인지…….

여동훈의 이마가 이윽고는 설핏 찌푸려지고 말았다.

"술 한잔 청해도 되겠소, 나영 사장?"

김강이 불쑥 빈 술잔을 내밀며 여인에게 하는 말이었다.

이번에 여인은 확연히 느껴질 만큼 멈칫하고 말았다.

그리고 마치 자신의 의지가 아닌 것처럼 다분히 망연한 소리로 물었다.

"예?"

그러나 김강은 추가적인 대답 없이 묘한 눈빛으로 여인을 바라보고만 있었다.

여전히 빈 술잔을 내민 채로.

자못 묘하게 돌아가는 분위기를 잡아채어 돌려놓은 것은 강순태였다.

"하하하! 김 회장은 보면 볼수록 재미있는 구석이 있어? 하지만 이제 시위는 그만 좀 하지? 김 회장이 여러모로 대단하다는 거는 내 이미 충분히 인정한다고 하지 않았나?"

그러면서 강순태는 짐짓 항의하듯 말을 보탰다.

"그런데 너무 심한 것 아닌가? 내가 법적으로 뭐 흠이 있는 사람도 아닌데 남의 사생활을 이런 정도로까지 파는 것은 엄연한 불법 아닌가 말이야."

그래 놓고서 강순태는 웃음으로 마무리를 했다.

"하하하! 하긴 나 같은 사람이야 합법을 해도 불법이 될 거고, 반대로 한자리씩 차지하고 있는 높은 양반들이야 불법도 합법이 되는 거지. 안 그런가, 여 본부장?"

갑작스러운 지목에 여동훈은 순간 당황했다.

그러나 그는 곧바로 사뭇 의미심장해 보이는 미소를 떠올려 보여주는 것으로써 강순태의 말에 대해 대응을 해주었다.

여동훈이 생각하기에도 김강에게는 그조차 전혀 눈치 채지 못하고 있었던 어떤 특별한 수단이 따로 있는 것 같았다.

강순태는 물론이고, 그의 정부(情婦)의 이름까지 캔 것을 보면 말이다.

그러나 그런 것은 적어도 지금 이 순간에는 중요한 것이 아니었다.

오히려 지금 이 순간에는 김강이, 강순태가 말한 '한자리씩 차지하고 있는 높은 양반들'과 불가분의 관계에 있다는 것을 과시하면 할수록 좋은 것이었다.

그래야 강순태가 가지고 있는 카드를 트릭없이 온전히 오픈할 수 있도록 만들 수 있을 테니까.

그리고 강순태의 그 카드야말로 여동훈 자신이 궁극적으로 목적하고 있는 일에 어떤 획기적인 전기로 작용할 수도 있을 것이라는 예감을 여동훈은 지금 가슴 짜릿하게 가져보고 있는 중이었다.

그때 강순태는 차라리 대범해지기로 작정을 한 모양이었다.

"어이, 나 사장!"

평상시에는 아마도 그렇게 부르지 않았을, 약간의 거리를 두는 듯한 그 호칭이 우선은 그랬다.

그리고 그 뒤에 이어지는 말에서 강순태의 '작정'은 보다 분명해졌다.

"김 회장께 한 잔 따라 드리지?"

그것은 강순태가 자신의 정부에게 범한 김강의 무례에 대해 크게 개의치 않겠다는 선언이었다.

나아가 강순태는 듣기에 따라서는 제법 진한(?) 상상을 할 수도 있게끔 하는 말을 다시 덧붙이고 있었다.

"후후후! 김 회장은 여자에 관한 취향도 상당히 독특한 것 같군? 하긴 뭐 김 회장 정도의 처지라면 원하는 여자는 얼마든지 취해봤을 테니 좀 새로워 보인다 싶은 여자에게 관심을 가지는 것은 당연하다고도 할 수 있겠지. 그런 측면에서 김 회장의 여자 보는 안목은 제법 평가해 줄 만한데? 하하하! 나 사장은 정말 특별한 여자거든?"

김강은 문득 묘한 표정이 되어 있었다.

노골적으로 느물거리는 것 같기도 하였고, 혹은 무덤덤한 중에 서서히 약간씩의 연민 같은 것이 배어 나오고 있는 것 같기도 한 그런 표정이었다.

여인, 나영의 표정은 확연히 굳어 있었다.

그러나 그녀가 지금 모멸감 같은 것을 느끼는 것은 아니었다.

그것은 차라리 지독한 긴장 같은 것이었다.

완전히 달랐지만, 그녀는 왠지 익숙하다는 생각을 떨치지 못하고 있는 중이었다.

김강이 지금 짓고 있는 표정에 대해서였다.

마침내 나영의 굳은 표정 아래로 긴장과는 상반되는 묘한 흥분 같은 것이 조금씩 비쳐 나오고 있었다.

"난 지극히 현실적인 사람일세. 내가 탄 배가 기운다 싶으면 언제라도 배를 갈아탈 수 있다는 거지. 하하하! 어떤가? 만약에 나와 그쪽이 다 이득을 볼 수 있는 방법이 나한테 있다면……?"

강순태의 기색은 진중해져 있었다.

여동훈은 힐끗 김강을 바라보았다.

아무래도 이제부터는 자신이 주도가 되어 강순태와의 대화를 진행시켜 나가야겠다는 의미일 것이었다.

그리고 그때쯤 김강은 이미 심드렁한 기색이 되어 있었다.

그의 관심은 이미 나영으로부터도 멀어진 것 같아서 손안의 술잔을 만지작거리는 데만 열중하고 있는 모습이었다.

여동훈은 짧게 심호흡을 했다.

"배신입니까?"

여동훈의 짧은 물음에 대해 강순태는 역시 짧게 되물었다.

"배신? 누구에 대한?"

여동훈이 단호하게 대답했다.

"호국사!"

강순태는 잠시 대답없이 여동훈의 눈을 직시했다.

그러다 그는 불쑥 큰 소리로 웃으며 통쾌하다는 듯 말했다.

"으하하하하! 과연 그랬군. 역시 내 직감이 맞았어."

"이제 서로의 이득을 따져 봐야지 않겠습니까?"

여동훈의 말에 강순태는 빙그레한 미소를 떠올렸다.

"그래야겠지? 후후후! 난 정보 하나를 가지고 있니. 아마도 지금 그쪽에서 가장 필요한 정보일 것 같네만?"

"그 정보가 기대만큼의 가치를 가지는 정보이기를 진심으로 바랍니다. 그래야 우리의 거래가 성립될 수 있을 테니까요."

여동훈은 시종 정색을 하고 있었지만 크게 조급해 보이는 얼굴은 아니었다.

강순태가 빙글거리며 말을 받았다.

"내가 보기에 그쪽도 그다지 여유를 부릴 수 있는 입장은 아닌 것 같은데? 후후후! 겨우 깃털에 불과한 우리하고 지금껏 노닥거리고 있는 걸 보면 아직까지 감을 제대로 잡지 못한 것 같기도 하고… 안 그런가?"

그러나 여동훈은 표정 변화 없이 그저 묵묵히 강순태를 바라보고만 있었다.

강순태가 어깨를 으쓱하며 말을 보탰다.

"검찰과 경찰 쪽 형편도 아마 지금쯤은 쉽지 않게 되어 있을걸? 저 높은 곳에 있는 말 많은 양반들한테서 이런저런 시비들이 걸리기 시작했을 거니까 말이야. 안 그래?"

그제야 여동훈은 처음이다시피 흐릿한 미소를 떠올리고 있었다.

"오늘 우리의 거래는 아마도 무난히 성사될 것 같다는 생각이 드는군요."

김강은 벌써 몇 잔째를 비우고 있었다.

그는 손바닥 안에서 한참 동안 술잔을 돌리다가 단숨에 홀짝 잔을 비우곤 했다.

그러면 기다렸다는 듯이 나영이 잔을 채웠다.

비록 한마디도 주고받지 않았지만, 두 사람은 지금 마치 어떤 깊숙한 교감을 주고받고 있는 것같이 보이기도 했다.

그러나 그런 두 사람의 묘한 분위기에 대해 나머지 두 사람은 전혀 관심을 기울이지 않고 있었다.

그 나머지 두 사람은 지금, 이제 막 본격적으로 주고받기 시작한 대화에 완전히 몰입해 있었기 때문이다.

"일 킬로짜리 금괴가 가득 든 007가방이 수백 개가 넘어. 적어도 톤 단위라는 거고, 돈으로 따지면 천억대가 넘을 수도 있지. 그런데 저쪽에 아마도 무슨 큰일이 발생한 모양이야. 일본 쪽을 통해서 급하게 현금화를 시도하고 있는 눈치거든?"

"일본 쪽을 통해서 말입니까?"

"흐흐! 뻔하지 않겠나? 야쿠자 쪽으로 금괴를 밀반출하고 일정 비율로 할인된 대금을 챙기는 형태겠지."

"금괴에 관심이 있으신 겁니까?"

"흐흐흐! 족보없는 금이고, 임자없는 금인데, 먼저 차지하는 놈이 임자가 되는 거 아닌가? 게다가 금괴이니 얼마나 먹기 좋은가? 웬만큼 먹어도 체할 염려가 거의 없지. 만국공용 아닌가? 하하하하!"

"금괴에 대한 관심만으로 이 배신의 이유를 삼기에는 아무래도 뭔가 좀 부족한 느낌이 드는데요?"

"후후후! 사실 배신은 저쪽에서 먼저 때리려 하고 있는 중이지. 흐흐흐! 그런 걸 두고 토사구팽이라고 하던가? 처음 정심회를 만들 때와 지금은 형세가 많이 달라졌고, 그래서 부담스럽다는 거겠지. 저쪽은 우리보다 몇 배는 더 은밀히 움직여야 하는 입장이니까. 사실 세상이 너무 빠르게 변하긴 했잖아? 이십 년도 채 지나지 않아서 이런 세상이 되리라고 그때 누군들 상상이나 했겠느냐는 말이지. 어쨌든 저쪽에서 이번 일에 우리를 완전히 제쳐 버리고 비밀리에 쪽바리 놈들과 짝짜꿍을 하고 있다는 것은 조만간에 우리를 팽한다는 계산이 이미 섰다는 얘기지. 흐흐흐! 사실 금괴를 현금으로 챙긴다는 자체가 몸을 가볍게 하겠다는 얘기 아니겠어?"

"음! 그쪽과 그렇게 되었다고 하더라도 생소한 우리 쪽과 거래를 생각하기는 쉽지 않았을 텐데……."

"후후! 어차피 세상에 믿을 놈이 어디 있나? 다만 서로 같은 목적을 가졌다면 그 목적을 이루기 위한 동안 필요한 만큼만 서로를 믿어보는 거지, 안 그래? 그런 점에서 자네들이라면 나하고는 뭔가가 통할 것 같다는 삘을 곽하고 받았지."

"삘이라면……?"

"하하하! 이거 왜 이러나? 얘기가 여기까지 진행이 되었는데도 여전히 내숭을 떨 셈인가? 내가 무식한 건달이라고 해서 눈치마저 꽉 막혔다고 생각하지는 말게. 그 금괴가 바로 한때 세상을 떠들썩하게 만들었던 비자금인가 뭔가 하는 거고, 자네들 쪽에서 노리는 것도 결국은 그거 아닌가? 왜, 내가 잘못 짚었나?"

일순 여동훈의 머리 속은 급한 회전을 일으키고 있었다.

'이자! 전부를 다 알고 건 아니다.'

잠시 깊숙한 눈빛으로 여동훈의 얼굴을 응시하고 있던 강순태가 문득 나직이 웃으며 다시 입을 열었다.

"흐흐흐! 한동안 많이 답답했던 건 사실이야. 읕이 돌아가는 꼴은 답답하지, 입은 근질거리지, 그런데 도대체 어디에 가서 어떤 놈의 옆구리를 찔러야 하는 건지를 도통 모르겠더란 말씀이야? 비록 기울어가는 배라고는 해도 아즈 까지 저쪽은 심하게 빵빵하거든? 괜히 어문 놈 옆구리 잘못 찔렀다가는 쥐도 새도 모르게 가는 수가 있겠더라고? 그러던 중에 저쪽에서 자네들 쪽에 신경을 좀 쓰라는 요구가 있었지. 처음에는 누구 엿 먹이려는 수작인 줄로만 알았어. 하하하! 그런데 돌아가는 꼴을 가만히 보고 있으려니까 뭔가 팍 하고 와서 꽂히는 게 있더라고. 삘 말이야."

"음!"

"어때? 많이 바라는 건 아냐. 우리가 본래 주제 파악은 또 잘하는 편이거든? 그냥 조금만, 적당히 먹을 만큼만 먹으면 돼. 어차피 족보없는 누랭인데 조금 부스러기 떨군다고 해서 뭐 표시가 남는 것도 아니지 않나? 대신 자네들 쪽에서는 얻는 게 제법 많을 것 같은데? 혹시 알아? 최고훈장이라도 탈지 말이야. 하하하! 안 그런가?"

순간 여동훈은 강순태의 눈빛이 반짝하고 날카롭게 번뜩인다는 생각을 하면서 힐끗 김강 쪽을 살폈다.

그러나 김강은 여전히 그와 강순태의 대화 따위에는 전혀 관심이 없는 듯한 모습이었다.

그저 술잔을 만지작거리다가 비우고, 나영이 술잔을 채워주면 또 만지작거리다가 다시 비우는, 단조로운 반복만을 계속하고 있는 중이었다.

여동훈은 진중하게, 그러나 어느 정도 느긋한 표정을 만들어내며 강순태에게로 눈길을 향했다.

"우리는 사실 금괴에는 관심이 없습니다. 겨우 몇천억 정도 가지고 나라가 치명적인 위협에 처하지는 않으니까요."

여동훈의 말에 강순태의 눈빛이 일순 지극한 관심으로 반짝였다.

"호오? 그럼 그쪽에서 관심을 가지고 있는 건 뭔가?"

"우리가 찾는 것은 몇 가지의 문서들입니다."

"겨우 몇 가지의 문서라……? 흐흐흐! 그럼 기껏 종이 뭉치란 얘긴데, 그딴 걸 찾으려고 지금 이런 일들을 벌이고 있다는 건가? 잘은 모르지만, 그동안 동원된 검경 쪽의 규모만 보더라도 결코 장난은 아닌 것 같은데?"

"극비로 분류되는 문서들입니다. 자세히 말할 수는 없지만 잘못 유출될 경우 전쟁과 같은 극단의 위협이 될 수도 있고, 반대로 무사히 찾아서 잘 활용할 경우에는 막대한 외교적인 이득을 볼 수도 있는 그런 종류의 문서들입니다. 다시 말해, 그 문서들을 찾을 수만 있다면 금괴 같은 건 어떻게 돼도 좋다는 말씀입니다. 말씀하신 대로 족보가 없는 물건이니 공식적으로 처리하기에는 오히려 골치가 아플 수도 있을 겁니다.”

강순태가 싱긋이 웃으며 고개를 끄덕인 것은 한동안이나 염두를 굴린 끝이었다.

“좋아! 아주 좋네. 이제 서로의 목적이 분명해졌으니 서로에게 구체적으로 필요한 부분이 무엇인지는 지금부터 차분하게 생각을 해보면 될 일이겠고, 우선은 이렇게 하기로 하지? 당분간은 저쪽에서 움직이는 상황을 좀 더 지켜보기로 말이야. 아! 물론 적당히 생색을 내는 게 필요하겠지? 너무 빡세게는 말고 말이야.”

여동훈 또한 충분히 수긍한다는 표정으로 강순태에게 고개를 끄덕였다.

돌아가는 차 안.

네 사람은 아무 말도 하지 않았다.

뒷자리의 김강은 머리를 젖혀 뒤로 기댄 채 지그시 두 눈을 감고 있었다.

그 옆 자리의 여동훈 또한 시종 창밖만 바라보고 있었다.

문득 여동훈이 어렵게 입을 떼었다.

“저… 회장님!”

그러나 김강은 눈을 뜨지도 않은 채 귀찮다는 듯이 대답했다.

"어이! 여동훈! 피곤하지 않나? 우리 일단 회사로 들어가서 얘기하기로 하자고."

순간 여동훈의 얼굴은 흠칫 굳어지고 말았다.

김강이 그를 지칭한 '여동훈!'이라는 호칭 때문이었다.

(주)CHINGU를 설립하여 회장과 총괄본부장으로서의 관계를 맺은 이래로, 김강이 그를 부르는 호칭은 언제나 '여 본부장!'이었다.

여동훈은 자신에 대한 김강의 호칭이 바뀐 의미를 생각하기 이전에, 바뀐 그 호칭에 대해 순간적으로 너무도 낯설고 먼 느낌을 받았던 것이었다.

『강산들』 5권 끝

EXCITING! BLUE! 블루부크(BLUE BOOK) 청어람의 또 다른 이름입니다.

BLUE BOOK 출범 및
칠대천마 출간 기념 이벤트!

빠르게 발전해 가는 장르문학의 변화를 리드하고 절대적인
재미와 감동, 무궁무진한 상상력으로 **도서출판 청어람**의
뉴 브랜드 블루부크가 출범하였습니다.

높은 완성도와 끊임없는 반전의 연속, 감동을 전해 드릴 것을
약속드리며 시작하는 **블루부크**의 첫 번째 출판작

칠대천마!!(七代天魔)

그 눈부신 첫 작품이 독자 여러분의 곁을 찾아갑니다.

그리고 몰아치는 대폭풍 같은 이벤트
칠대천마 읽고 쏟아지는 사은품을 노려라!

ONE. 칠대천마 퀴즈 풀고 문화상품권을 잡아라!

Q1. 수석장로 전홍이 소운에게 쓰는 사람에
따라 모습이 변하는 가면을 주었는데,
그 가면의 이름은?

Q2. 혈창천마의 전 대제자이자 혈창천마의
아들로 현마교의 십장로인 인물은?

문제는 **총 5문제!!**
www.cyworld.com/bluebook_로 접속해서
나머지 문제를 확인하세요!

TWO. 블루부크를 응원만 해도 도토리가?

싸이월드 미니홈피에서 **블루부크** 로고를
스크랩하고 응원메세지를 남기면 **도토리
300개**가 쏟아진다!

언제까지?
기간은 6월 10일까지!

지금 바로 싸이월드 **블루부크** 미니홈피에
접속하세요!

BLUE BOOK
도서출판 **청어람**

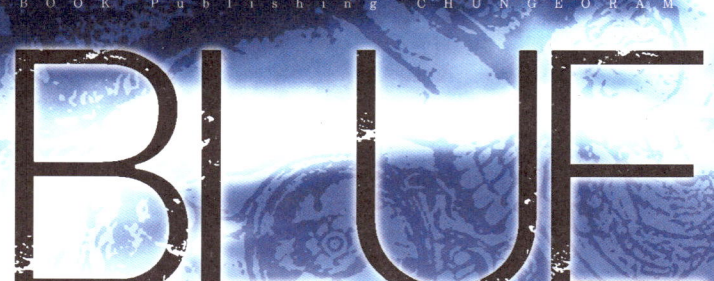

BOOK Publishing CHUNGEORAM

EXCITING! BLUE! 블루부크(BLUE BOOK) 청어람의 또 다른 이름입니다.

무한 상상 무한 도전의 힘!
블루부크

BLUE는 맑게 갠 가을 하늘과 넓은 바다입니다.
그곳에는 미래에 대한 희망과
보다 넓은 미지의 세계에 대한 동경이 담겨 있습니다.

BLUE는 젊음과 패기를 의미합니다.
언제나 새로운 시작을 위한 힘이 있고
세상에 대한 도전의식이 충만합니다.

블루가 새로운 도전과 희망으로
곧! 여러분과 함께합니다.

BLUE BOOK
도서출판 청어람

유행이 아닌 자유추구 -
www.chungeoram.com   Book Publishing CHUNGEORAM